KUWEI

酷威文化

图书 影视

Dolly Alderton　〔英〕多莉·奥尔德顿　| 著

袁　毅 | 译

我所知道
关于爱的一切

四川文艺出版社

图书在版编目（CIP）数据

我所知道关于爱的一切 / （英）多莉·奥尔德顿著；
袁毅译 . -- 成都：四川文艺出版社，2024. 9. -- ISBN
978-7-5411-6987-8

Ⅰ . I561.55

中国国家版本馆 CIP 数据核字第 202474ER37 号

著作权合同登记号 图进字：21-24-041

WO SUO ZHIDAO GUANYU AI DE YIQIE
我所知道关于爱的一切

[英]多莉·奥尔德顿 著

袁毅 译

出 品 人	冯 静
出版统筹	刘运东
特约监制	王兰颖
责任编辑	陈雪媛
特约编辑	冯婉灵　赵哲安
封面设计	李在白
责任校对	段 敏

出版发行　四川文艺出版社（成都市锦江区三色路238号）
网　　址　www.scwys.com
电　　话　010-85526620

印　　刷　天津旭丰源印刷有限公司
成品尺寸　145mm×210mm　　　　开　本　32开
印　　张　9.25　　　　　　　　　字　数　240千字
版　　次　2024年9月第一版　　　印　次　2024年9月第一次印刷
书　　号　ISBN 978-7-5411-6987-8
定　　价　45.00元

献给弗洛伦斯·克莱纳

目 录

少女时期我所知道的爱

二十一岁时我所知道的爱

二十五岁时我所知道的爱

二十八岁时我所知道的爱

三十岁时我所知道的爱

少女时期
我所知道的爱

浪漫的爱情是世界上最重要、最激动人心的事情。

如果你真的成为大人，却不曾有这样的爱，那么你算白活了。就像我遇到的许多美术老师那样，她们被称呼为"小姐"而非"夫人"，头发卷曲而蓬松，戴着富有民族特色的首饰。

你可以和很多人谈情说爱，但最好不要超过十个人，这一点很重要。

如果我是一位居住在伦敦的单身女子，那我必定举止优雅，身材苗条，身着黑色长裙，喝马提尼（Martini）酒，只在新书发布会和展览会开幕式上与男人们邂逅。

真爱的标志是有两个男孩为了你大打出手 —— 最好是出点血但又不至于上医院。如果我足够走运，总有一天也会有两个男孩肯为了我这么做。

在十七岁生日至十八岁生日之间成人是很重要的。当然了，十八岁生日的前一天也没关系。

你可以和自己喜欢的人接吻，但这并不能说明什么问题，那只是练习。

那种身材高大又有车的犹太男孩是最酷的。

那种年纪大一点的男孩是最好的，因为他们更成熟、更世故，而且他们的标准也没那么苛刻。

恋爱中的闺密是无趣的朋友，除非你自己也在谈恋爱，那你们就会聊得来。

如果你从不问及你闺密的男友，那她们最终会意识到你对这件事不感兴趣，然后就不再谈论他们了。

晚点结婚是明智之举 —— 最好是在你们同居了一段时间之后，比如二十七岁左右。

法莉永远都不会和我喜欢上同一个男孩，因为她喜欢个头矮、厚脸皮的男孩，比如奈杰尔·哈曼；而我则喜欢有男子气概且充满神秘感的男孩，就像霸子（Busted）乐队里的查理·辛普森一样。这就是我们的友谊能够天长地久的原因。

我这辈子最浪漫的时刻，是某年的情人节，我和劳伦在圣奥尔本斯那间怪异的酒吧里演唱。当时我正唱着《亲爱的，你应该早点到来》，乔·索耶坐在前排，闭眼聆听，早些时候我们谈论过杰夫·巴克利。总体而言，他是我见过的唯一一个能够完全理解我以及我心路历程的男孩。

我这辈子最尴尬的时刻莫过于我想亲吻山姆·利曼，而他却抽身躲开我，结果让我摔了大跟头。

我这辈子最伤心的时刻是威尔·杨①出柜的时候，当时我硬撑着，假装什么也没发生，而私下里我却一边哭一边烧掉了我在坚信礼②上收到的一个皮面笔记本，里面是有关我和他在一起生活的畅想。

男孩真的很喜欢你对他们说些粗鲁的话，如果你过于温顺，他们会觉得你很幼稚，很土气。

等我终于有了男朋友，其他的便都不重要了。

①译者注。威尔·杨（Will Young）是英国创作歌手，2002年参加选秀节目《流行偶像》（Pop Idol）获得冠军，一个月后公开出柜。

②译者注。Confirmation，也称确认礼、坚振礼或堂会礼。基督教的一种仪式，孩子只有被施坚信礼后，才能成为教会正式教徒。

男孩们

对一些人来说，代表青春的声音是他们和兄弟姐妹在花园里玩耍时的快乐尖叫；对另一些人来说，则是他们心爱的自行车在丘陵和山谷中费力前行时发出的链条声。有些人会回忆起上学路上的鸟鸣声，或者操场上的笑声和脚踢足球的声音；而对我来说，青春的声音是美国在线（AOL）①拨号上网的声音。

那声音我至今都还记得，而且分毫不差。最初电话发出短促而尖细的哔哔声，接着是断断续续且不规则的杂音，表示连接过程进行到一半，之后的一个高音表示连接正在推进，随后是两声低沉刺耳的噪音，然后是一阵杂乱声。之后是片刻的安静，这表明你已经度过了最难熬的时段。"欢迎来到美国在线。"一个抚慰人心的声音说道（中间字母"O"的音调明显上扬）。那声音会接着说："您有电子邮件。"在此期间，我会随着美国在线拨号上网的声音在房间里来回舞动，好让痛苦等待的时间更快地过去。我还借鉴了芭蕾舞里面的一些舞步，编排了一段舞蹈：在机器发出哔哔声时半蹲，在发出低沉的噪音时做一次猫跳。每天晚上放学回家我都会这么做，那是我生活的配乐，我的青春都是在网上度过的。

这里得稍微解释一下：我是在郊区长大的。对，这就是我要解释的；在我八岁的时候，我的父母做了一个残酷的决定——从伊斯灵顿的地下公寓搬到斯坦莫尔的一所更大的房子里；这里是朱比利线的最

---

①译者注。美国在线为20世纪90年代非常著名的美国网络服务提供公司，该公司在英国也有提供服务。

后一站，也是北伦敦最偏远的地带。这里属于城市的边缘，只能成为乐趣的旁观者，而无法享受到派对的狂欢。

如果你在斯坦莫尔长大，那么你既不属于城市，也不属于乡村。这里离伦敦太远了，因此我不可能成为那些炫酷小孩中的一员，他们去内阁之声夜间派对，讲话都不发尾音①，穿着酷酷的复古衣服（虽然是从柏金黑麦②的乐施会③买来的，但品质却出奇地好）。但我离奇尔特恩也同样遥远，因此不像那些面色红润、野性十足的乡村少年那样，穿着旧旧的渔夫毛衣，十三岁就会开父亲的雪铁龙，和亲戚家的孩子们一起在森林里散步。北伦敦郊区是身份认同的真空地带，就像装饰着每个家庭的米色毛绒地毯一样。这里没有艺术，没有文化，没有古老的建筑，没有公园，没有独立的商店或餐厅。但这里有高尔夫俱乐部、普雷佐餐厅的分店、私立学校、私人车道、环岛、零售公园以及带有玻璃屋顶的购物中心。这里的女人们看起来都一个模样，房子也大同小异，就连车都是同款，唯一的自我表现形式就是把钱花在那些同质化资产上——暖房、厨房扩建、内置卫星导航的车、全包式的马略卡岛假日游。除非你要打高尔夫球，挑染头发，或者参观大众汽车的展厅，否则这里绝没有什么可做的。

如果你是个十几岁的孩子，只有在你母亲有空的时候才能坐着她的大众高尔夫 GTI 到处逛逛，那情况就更是如此了。还好，我有个最好的朋友法莉，她骑自行车到我住的胡同只有三英里半的路程。

---

①译者注。不发尾音，这里的意思是不发单词末尾的字母"g"。例如，不发 g 音的人会说"what are you doin？"而不是说"what are you doing？"

②译者注。柏金黑麦，位于伦敦东南部，传统印象上属于治安比较差的一区，但因为消费程度较低，吸引了许多独立商店、文艺人士，成为新兴的热门地点。

③译者注。乐施会（Oxfam）是一个具有国际影响力的发展和救援组织的联盟，它由十四个独立运作的乐施会成员组成。

法莉一直有别于我生命中的其他人，过去是，现在也是。我们是十一岁时在学校认识的。无论是过去，还是现在，她一直与我完全相反。她肤色较深，而我则肤色白皙；她身材偏矮，而我则身材较高；她会事先计划和安排好每件事，而我则习惯将任何事情都拖到最后一刻；她喜欢秩序，而我则倾向于混乱；她喜欢规则，而我则讨厌规则；她缺乏自我意识，而我则认为连我的晨间吐司都重要到值得在社交媒体（三个不同的平台）上展示；她专注于当下，关注手头上的事务，而我却总是一半活在现实生活中，一半活在脑海中的幻想里。但不管怎样，我们还是很合拍。在 1999 年的一堂数学课上，法莉坐到了我身旁，这是我人生中最幸运的时刻了。

和法莉在一起的每一天，日程安排都是一成不变的：我们坐在电视机前，吃着成堆的百吉饼和薯片（尽管只有在父母外出时我们才会这样——因为郊区中产阶级的另一个特征是他们特别珍惜沙发，因此客厅是严禁吃东西的），看尼克国际儿童频道的美国青少年情景喜剧。在看完《姐妹》《天生一对》和《魔法少女莎琳娜》之后，我们就会转到音乐频道，呆呆地盯着电视屏幕，每隔十秒钟就会在音乐电视网、音乐与综合娱乐频道和 VH1 音乐频道之间切换，寻找"亚瑟小子"的某个音乐视频。当感到无聊的时候，我们就调回到尼克国际儿童频道的延时频道（节目会在一小时后重播），把一小时前看过的美国青少年情景喜剧的所有剧集再重看一遍。

莫里西（Morrissey）曾把他的青少年生活描述为"等一辆永远都不会来的公交车"，当你在一个感觉像米色候车室的地方长大时，这种感受只会更加深刻。我感到无聊、悲伤和孤独，有一种希望童年时光一去不复返的躁动情绪。然后，就像一位身着闪亮铠甲的英勇骑士一样，美国在线网络降临在我家的大型台式电脑上，随之而来的便是 MSN 即时聊天工具。

当我下载 MSN 聊天软件并开始添加电子邮件地址联系人时——学校的朋友，朋友的朋友，附近学校里我从未见过的朋友——就像敲监狱牢房的墙，听到有人轻敲回应；就像在火星上发现了绿草地一样；就像打开收音机的旋钮，终于听到杂乱的噪声变成了人声。这让我逃离了郊区生活的沉闷，进入了丰富多彩的人生。

在我十几岁的时候，MSN不仅仅是我与朋友们保持联系的一种方式，它还像一个房间——这就是我对它的记忆。每天晚上和周末，我都要在这个"房间"里坐上几个小时，直到我的眼睛因为盯着屏幕太久而布满血丝。即使当我们离开郊区，或父母慷慨地带我和弟弟去法国度假时，我仍会每天进入这个"房间"。当我们到达一家新开的民宿时，我要做的第一件事就是看看他们是否有可以上网的电脑——通常是昏暗地下室里的一台老旧的台式机——然后我会登录MSN，心安理得地霸着这台电脑，在上面聊几个小时，而一个情绪多变的法国少年则坐在我身后的扶手椅上等着轮到他。普罗旺斯的户外阳光普照，我的家人躺在泳池边看书，但我的父母知道，谈到MSN，跟我争论也没用。那是我的交友中心，是我的私人空间，是我唯一能称之为"自己的"东西。要我说的话，那是仅属于我的一片天地。

我的第一个电子邮件地址是 munchkin_1_4@hotmail.com，这是我十二岁时在学校的IT房里注册的。我之所以选择"14"这个数字，是因为我认为我只会发两年的邮件，在此之后发邮件就会显得很幼稚；我给自己留出一段时间来享受这种新风尚和它的各种古怪之处，限期就是我的十四岁生日，到时这个邮件地址就会失去我赋予它的原本意义。我十四岁时才开始使用MSN，在那之前，我也会尝试使用 willyoungisyum@hotmail.com 这个邮件地址，来表达我对2002年《流行偶像》冠军[1]的热爱。也用过 thespian_me@hotmail.com 这个邮件地址，毕竟我当时在学校的巡演剧目《旋转木马》中扮演了斯诺先生，演技广受好评。

---

①译者注。即前文提到的威尔·杨。

下载 MSN 时，我又重新启用了 munchkin_1_4 这个邮件地址，然后沉浸在其庞大的通信录中——包含其自注册以来所积累的所有学校朋友的联系方式，但至关重要的是，这里面还包括一些男孩。在那之前，除了我弟弟、小表弟、爸爸以及我爸爸的一两个板球球友，我一个男孩都不认识。说真的，那时我从未和一个男性在一起待过，但我的 MSN 里却充斥着男孩的电子邮件地址和头像，仿佛一群突然冒出来的幽灵；他们都是来自学校女孩们的"慈善捐赠"——女孩们会在周末和男孩们一起出去闲逛，然后慷慨地将男孩们的邮件地址传给学校里的其他人。这些男孩会在 MSN 上"巡回访问"，进入学校里每个女孩的联系人名单，每个人都有机会和他们聊上一聊。

这些男孩的来源大致分为三类。第一类是某个女孩母亲的教子，或者是和她一起长大，处于她生活外围的某个家庭朋友。这种男孩通常比我们大一两岁，又高又瘦，声音低沉。同样被划入这一类的还有某些女孩的邻居男生。第二类是某人的堂表亲或远房堂表亲。最后，也是最具异国情调的，是在家庭度假时认识的男孩。这种男孩简直是女孩们梦寐以求的圣杯①，真的，因为他可能来自任何地方，甚至远到布罗姆利或梅登黑德，但你却可以在 MSN 上和他聊天，就好像他和你在同一个房间里一样。这是多么疯狂、多么浪漫的奇遇啊。

我迅速整理了一份通信录——里面汇集了这些"流浪男孩"的联系方式，并在联系人名单上给他们单独添加了一个标签"男孩们"。和他们聊天时，时间过得飞快，聊天的话题通常包括普通中等教育的选科，最喜欢的乐队，和异性相处时到底有多"亲近"（这往往是一部耗费大量精力的小说）。当然，我们都不知道对方长什么样，因

①译者注。圣杯（San-greal）是在公元 33 年，犹太历尼散月 14 日，也就是耶稣受难前的逾越节晚餐上，耶稣遣走加略人犹大后和十一个门徒所使用的一个葡萄酒杯子。这里比喻人人都希望得到的东西。

为那时还没有照相手机或社交媒体资料，所以你唯一要做的就是看他们在 MSN 上的头像和自我介绍。有时我会不厌其烦地使用我妈妈的扫描仪，上传一张我在家庭聚餐或度假时的美照，然后用图片处理软件上的裁剪功能小心地剪掉我阿姨或爷爷，但很多时候我都嫌这样太麻烦了。

随着"虚拟男孩"闯入我们女生的世界，学校女生们之间接连上演起一系列新的冲突和戏剧性事件。关于谁和谁在聊天的流言蜚语不断地传开。女孩们会宣誓忠诚于素未谋面的男孩——在自己的用户名里加入男孩的名字，并在名字前后加上星星、爱心和下划线。有的女孩以为自己是某个男孩的唯一聊天对象，但那些突然冒出来的用户名却证明了这种想法的幼稚。有时，你从未见过的某个邻校女孩会加你，然后劈头盖脸地问你和她是否正在跟同一个男孩聊天。偶尔，你也会将本该发给某个男孩的消息错误地发给了自己的某个朋友，从而意外地暴露了你和这个男孩在 MSN 上的亲密关系（这总会成为学生们茶余饭后的警世寓言），于是莎士比亚式的悲剧便接踵而至。

使用 MSN 还有一个复杂的潜规则：如果你和你喜欢的男孩都在线上，但他没有和你说话，那么吸引他注意的一个万全之策就是先退出，然后再次登录，这样他就会收到你再次上线的通知，然后重新想起你的存在。你希望这样能吸引他主动和你搭讪。如果你只想与某个特定的联系人聊天，那么你还可以通过隐身来避开其他人，并偷偷达成目的。其复杂程度堪比爱德华时代的求爱之舞，而我被爱冲昏了头脑，心甘情愿地参与其中。

这些长期联系很少会"变现"——线下见面，即使能见面，其结果也往往是令人失望甚至痛苦的。比如那个有着复合姓氏的马克斯——一个臭名昭著的 MSN 花花公子，以给女孩送卡西欧运动手表而闻名。法莉和他在线上聊了几个月，终于他答应某个周六的下午在布希的一家报馆外面见面。法莉到了那里，看了他一眼就紧张地躲到了一个垃圾箱后面。她看着他在电话亭里一遍又一遍地给她打电话，但她就是无法鼓起勇气跟他面对面，最后跑回家。他们后来还是每天晚上在 MSN 上聊上几个小时。

我曾和两个线上男友见过面。第一次约在某购物中心，约会只持续了不到十五分钟，非常糟糕。第二次是和附近一所寄宿学校的男孩，我和他聊了将近一年才终于在斯坦莫尔的一家比萨快餐店迎来了初次约会。在接下来的一年里，我们的关系时断时续，主要原因是他所在的学校实行封闭式管理。不过，我偶尔会去看他，涂着口红，提着一个手提包，里面装满了买给他的香烟，就像在第二次世界大战中被派去劳军的鲍勃·霍普①一样。他的宿舍没有网，所以没办法使用 MSN，但我们每周会通过信件和长时间的电话来弥补这一缺憾，当我爸爸收到每月三位数的固话账单时，他绝望得就像老了几岁。

十五岁时，我开始谈恋爱，它比 MSN 聊天窗口里发生的任何事情都要费时费力。那年，我和劳伦成了朋友，她头发蓬乱，长着雀斑，淡褐色的眼睛画着眼线。我们小时候就在好莱坞露天剧场的生日派对上见过面，但最终是通过共同的朋友杰西熟稔起来的，当时我们在斯坦莫尔众多意大利连锁餐厅中的一家共进晚餐。我们之间建立默契之迅速，就像我在 ITV2②频道上看过的爱情电影的桥段。我们聊到口干舌燥，不断帮彼此补充未说完的句子；我们笑得前仰后合，连桌子也跟着东倒西歪；杰西回家之后，我们待到餐厅打烊，然后在冷死人的天气里坐在冰冷的长凳上继续聊天。

她是个吉他手，想找一个歌手来组建乐队；我在霍克斯顿一个听

①译者注。鲍勃·霍普（Bob Hope，1903 年 5 月 29 日—2003 年 7 月 27 日），出生于英国，美国演员、主持人、制作人，代表作品《猫与金丝雀》等。

②译者注。ITV2 是英国的一个免费电视频道，全天二十四小时播出。频道由独立电视公司的子公司 ITV 数字频道公司所有。

众稀少的开放麦克风之夜①上演唱，刚好需要一个吉他手。第二天，我们开始在她妈妈的棚屋里排练歌曲——将《消逝的肯尼迪之家》这首歌改编成巴萨诺瓦式风格的版本。起先，我们乐队的名字叫"暴怒的潘克赫斯特"②，后来我们莫名其妙地把它改成了"苏菲不会飞"。我们的第一场演出是在平纳的一家土耳其餐厅举行的，当时拥挤的餐厅里除了一位顾客，其余的人要么是我们的家人，要么是我们的校友。我们乐队的足迹遍布所有热门景点：里克曼斯沃思的某个剧院大厅、米尔希尔某家露头酒吧的废弃附属建筑、切尔滕纳姆郊外的一个板球馆。我们在没有警察的街头表演，在犹太教男孩成人礼上演唱，只要他们没赶我们走。

我们还有一个共同的爱好，那就是开创 MSN 聊天内容的新用法。打从一开始认识，我们就发现对方也有这个习惯。开始用 MSN 后，我们都会把与男孩们的聊天记录复制粘贴到微软 Word 文档上，然后打印出来，放在活页夹里，以便在睡觉前阅读，就像看小说一样。我们自认为是千禧 MSN 世代初期的"布卢姆斯伯里二人组"③。

不过，就在我和劳伦的友谊逐渐加深的时候，我离开了郊区，进入了斯坦莫尔以北七十五英里处的一所男女同校的寄宿学校。MSN 再也无法满足我对异性的好奇心了，我迫切想知道他们在现实生活中的样子。我要的不只是情书上不断淡化的拉夫·劳伦蓝色香水的味道，以及 MSN 上新消息出现时的提示音。我上寄宿学校，就是为了去亲身了解并适应男孩们的存在。

（偷偷跟你说：感谢上帝，我这么做了。法莉在本来的女子学校

---

①是指一种文艺演出活动，通常在酒吧、咖啡馆或其他场所举行，鼓励任何人来表演自己的音乐、诗歌、喜剧或其他形式的作品。

②译者注。即 20 世纪初的英国政治家、女权运动代表埃米琳·潘克赫斯特（Emmeline Pankhurst），她是促使女性获得投票权的关键人物，作风激进。

③译者注。布卢姆斯伯里小组，20 世纪初期英国文化界的一个知名团体，成员包括作家、艺术家、评论家等，以其前卫的思想和文化观念而著名。

读到六学级①，从来没有和男孩在一起待过，她进大学时就像一头涉世未深的公牛冲进古董店。在新生周的第一天晚上，学校举办了一场"红绿灯派对"，单身的人被怂恿着穿上绿色的衣服，而有对象的人则穿上红色的衣服。我们多数人会觉得穿一件绿色 T 恤就算过关了，但法莉来到我们学生公寓的酒吧时，竟穿着绿色的紧身裤袜、绿色的鞋子、绿色的裙子，头发上扎着一个巨大的绿色蝴蝶结，甚至还喷了绿色的发胶。她还不如直接在额头上文上"我是一名女校生"。我非常庆幸自己在男女同校的寄宿学校里经过了两年的男女互动练习，否则，恐怕我自己也会在迎新周上大出洋相。）

但事实上，就读寄宿学校的这段时间让我发现，自己和大多数男孩完全没有共同之处。除了想亲他们，我对他们几乎毫无兴趣。再说，我想亲的那几个男孩都不想吻我，所以我还不如留在斯坦莫尔，最起码还能继续在丰富的想象力中享受那一出出梦幻的爱情连续剧。

我将自己对爱情的过高期望归咎于两件事：第一，我父母对于彼此的迷恋几乎到了令人尴尬的程度；第二是我在性格形成期所看过的那些电影。作为一个孩子，我对老音乐剧异常痴迷，从小就沉迷于吉恩·凯利和洛克·赫德森的电影，我一直期待男孩们也能表现出他们那样的优雅和魅力。但男女同校很快就扼杀了这个念头。以我的第一节政治课为例。我是班里十二个同学中仅有的两个女孩之一，我之前从来没有和这么多男孩坐在一个房间里。在老师向我解释什么是比例代表制的时候，那个长得最帅的男孩从桌子下面递给了我一张字条，而我已经得知他是个臭名昭著的花花公子（他一年前已经离校的哥哥就是个情场老手，被戏称为"宙斯"）。信是折起来的，正面画着一颗心，让我误以为这是一封情书；我带着腼腆的微笑打开

①译者注。六年级，也常译为"预科"，是英国中学教育制度的最高等级，招收十六至十九岁，在 GCE（通用教育证书）考试后想要继续升学的学生，类似专攻考大学的先修班。

了信。然而，我一打开信件，就看到里面有一张怪兽的图片，上面的注释让我明白了这张图片的真正含义——这是《指环王》中的半兽人，下面还潦草地写着"你长得就像这头怪兽"。

法莉会在周末来看我，色眯眯地盯着几百个体型各异的男孩在街上闲逛，他们肩上背着运动包和曲棍球棒。我的好运让她诧异，因为我每天早上都能坐在教堂里的长椅上，离男孩们很近。但我发现现实中的男孩子有些令人失望，他们不像我在那里遇到的女孩们那么有趣，也不像她们那么吸引人或友好。而且不知为什么，我与他们相处时从来就没能真正放松过。

到中学毕业的时候，我已经不再是 MSN 的虔诚信徒了。埃克塞特大学的第一个学期开学，我便迅速投身大学生活中，而脸谱网（Facebook）也在同时间问世。脸谱网简直就是一个男孩的宝库，而且比之前更好的是，所有重要的信息都已经整理好，全部罗列在一个页面上。我会定期浏览同城大学生朋友的照片，碰到长相合我心意的就加为好友；很快我们就会在上面聊得火热，并计划在当周举行的夜店拼酒大赛或泡沫派对[①]上见面。我所在的大学位于德文郡的教堂城附近，要找到彼此并非难事。如果说 MSN 是一块空白的画布，我可以在上面随意描绘各种栩栩如生的幻想，那么脸谱网就是一个完全意义上的实用型约会工具。学生们用它来寻找下一个约会目标，安排好自己在下周四晚上的约会行程。

当我大学毕业回到伦敦时，我已经果断放弃了在脸谱网上给潜在的恋爱对象发消息的习惯——就像雅芳的代理商用咄咄逼人的口吻向潜在客户推销产品一样，转而培养出一种新的模式。我会通过朋友，或是在派对、聚会上结识男孩，索要他的名字和电话号码，然后通过短信或电子邮件与他建立线上关系，这样持续

---

①译者注。泡沫派对，是一种流行于欧美国家节日的时尚派对，现场数以万计的七彩泡沫将持续喷洒在人群身上，利用泡沫打造属于自己的独特的泡沫造型。

数周，然后才约定和他再次线下见面。也许，这是我学会了解一个人的唯一方式，彼此之间有一定的距离，有充足的空间让我过滤并整理出要呈现的最好的自己——随口说出那些顶级笑话、名言妙语，或是确信会给对方留下印象深刻的歌曲，那些歌曲通常是劳伦发给我的。而作为回报，我也会给她发一些歌曲，好让她转发给她的笔友。她曾这样形容这种交易关系：我们以批发价向彼此买进一些好听的新歌，然后附带上自己的"情感价签"，再转发给各自的潜在对象。

这种形式的通信几乎总以失望告终。我开始意识到，第一次约会最好在线下进行，而非以书面形式，否则你想象中的这个人与他们真正的样子差距会越来越大。很多时候，我会在脑海中虚构一个人，就像写剧本一样塑造我们之间的化学反应，等到我们在现实生活中见面时，结果总是令人失望。事情的发展往往偏离我的想象，就好像我本以为他拿到了我写的剧本副本，而实际上他的经纪人却忘记将该副本递送给他，所以他的表演与我的期望值之间出现了巨大的落差，这让我十分沮丧。

任何一个在成长期一直被其他女孩包围的女生都会告诉你同一件事：你永远无法真正摆脱这样的想法——男孩是世界上最迷人、最有趣、最恶心、最奇怪的生物，他们和大脚野人一样危险和神秘。一般而言，这也意味着你一辈子都只会活在自己的幻想里。毕竟，你怎么可能不这样呢？那么多年来，我就只是和法莉一起坐在墙头上，用我那厚厚的橡胶鞋底踢着墙砖，仰望天空，试图通过足够多的幻想，将注意力从数以百计的女孩们身上移开，她们穿着相同的制服，到处都是。如果你在女子学校上学，那你每天发挥的想象力和一个奥林匹克运动员所要做的训练一样多。当你借幻想来逃避现实的频率越来越高，你会惊诧于自己对于它的严重依赖程度。

我总以为自己对异性的痴迷，会随着我离开学校踏入社会而逐渐和缓，但我无法预料的是，即使快三十岁的时候，我仍然不晓得怎么跟他们相处，就像当年第一次登录 MSN 时那样。

男孩们是个人生课题，我花了十五年才破解。

糟糕的约会日记:十二分钟

那是 2002 年,我十四岁。我穿着塞尔弗里奇小姐①的苏格兰短裙、黑色马丁靴和霓虹橙色的露脐上衣。

男孩的名字叫贝萨雷尔,和我的同学娜塔莉很熟。他们是在犹太人的度假营中认识的,从那以后他们就一直在 MSN 上聊天,给对方提供"情感和生活方面的建议"。娜塔莉刚刚因为散布谣言(说我们同年级的一个女生自残,而实际上她只是得了严重的湿疹)而失去了那个朋友,此时她正在寻找新的朋友,而我则成了她的目标之一。

她知道我想交个男朋友,于是在 MSN 上撮合我和贝萨雷尔。我对这场从未明说的交易非常满意,娜塔莉给我介绍了一个男网友,作为回报,我则偶尔和她一起吃午饭。

我和贝萨雷尔每天放学后都会在 MSN 上聊天,差不多一个月后我们便开始约会了。他认为同龄人都很幼稚,我也这么认为。他的身高比同龄人都高,而我也是。我们同病相怜,经常在一起抱怨这类事情。

我们约好在布伦特十字购物中心的科斯塔咖啡店见面。我不想单独赴约,就找了法莉一起去。

贝萨雷尔到了,看起来跟他发给我的照片完全不一样——他剃光了原来的一头鬈发,体重也比参加夏令营时重了不少。我们隔着

_____

①译者注。塞尔弗里奇小姐是 2009 年创立的针对十八至二十四岁女性设计的服饰品牌,性感时尚的风格受到很多人的喜爱。该品牌隶属于英国大零售集团。

餐桌互相招手，他什么也没点。

法莉一直在说话，而我和贝萨雷尔则尴尬地盯着地板，沉默不语。贝萨雷尔带着一个购物袋，说他刚买了《玩具总动员2》的录像带。我说那太幼稚了，而他说我的裙子让我看起来像个苏格兰大叔。

我说我们要赶142路公交车回斯坦莫尔，要先走了。整场约会仅仅持续了十二分钟。

当我回家登上MSN时，贝萨雷尔立即给我发了一条长长的消息，消息的字体用了他那标志性的紫色斜体漫画字体，我知道他一定是先用微软 Word 写好了，然后复制粘贴到聊天窗口。他说，他觉得我是个好女孩，不过他对我没感觉。我告诉他，这种做法挺不合适的：明明就是他比较喜欢我，但因为不想让我先说拒绝的话，于是便写好发言稿坐在家里等我上线，要知道，他的住处离布伦特十字街那么近，而我坐公交车到那里则需要二十五分钟。

为此，贝萨雷尔屏蔽了我一个月，不过最终还是原谅了我。我们没再约过第二次，但在我十七岁之前，我们一直都是蓝颜知己。

在解除了"合同义务"之后，娜塔莉和我便再也没一起吃过午饭了。

糟糕派对大事记：
2006 年新年夜，伦敦大学学院宿舍

那是我大学第一学期后首次回家过节。劳伦也回家过圣诞节了，她提议我们去参加伦敦大学学院宿舍的跨年派对。她是被海莉邀请过去的，她们是中学同学，自从毕业典礼之后就再也没见过。

我们来到尤斯顿街和沃伦街之间的后街，派对地点是一栋破旧建筑里的大型集体公寓。公寓的门根本没关，而且当晚的大部分时间里反复播着 R. 凯利的《燃》，导致派对上混杂了伦敦大学学院的瘾君子、劳伦的中学同学们，以及趁机加入的路人。劳伦和我各自喝了一瓶红酒（因为场合特殊，所以买了杰卡斯的西拉干红葡萄酒），我们是用塑料杯喝的（因为场合特殊，所以没直接用瓶子灌）。

我环视房间，寻找举止正常、头脑还清醒的男孩。这时的我十八岁了，已经有了六个月的爱情生活史，并处于一个对爱情极度渴望的阶段；在这段极为短暂的时间里，爱情就是我最大的冒险和探索；对那个时期的我来说，谈恋爱就像土豆和烟草一样稀松平常，而我就像爱情世界的探险家沃尔特·罗利爵士①，完全搞不懂为什么大家不一直享受爱情。所有关于它的书籍、电影和歌曲都不足以描述它的美好；我们应该每到晚上，就拼命找机会谈情说爱，怎么还会有人去做其他事情？（不过，这种感觉在我十九岁生日时却神不知鬼不觉地消失了。）

我在派对上注意到一张熟悉、友好的脸，脸的主人身高很高、肩膀宽大。我很快便认出他，当初我获得普通中等教育证书后，加

①译者注。沃尔特·罗利爵士（Sir Walter Raleigh），英国伊丽莎白时代著名的冒险家。

入过一部情景喜剧的剧组，而他是剧组场务。当时我们两个打情骂俏了一阵子，会相约在摄影棚后面偷偷地抽烟，一起抱怨耍大牌的演员们。这时我们互相靠近，张开双臂拥抱，几乎马上就要接吻了。当荷尔蒙在我的血液中如此密集和快速地奔涌时，我便会有这样的举动；握手就变成了亲吻，拥抱就变成了肢体的相互摩擦。这标志着我们的亲密关系又升华了几个层次。

　　整整两个小时，我们分享着喝完了西拉酒，一直进行肢体上的互相摩擦，最后跑进浴室里打算"完成协议"。我们是两个喝醉了的青少年，手开始在彼此的牛仔裤和裙子周围摸索，就像在修理坏了的保险丝盒一样，这时突然有人敲门。

　　"马桶坏了！！"我叫道，而场务先生正咬着我的脖子。

　　"小莉。"劳伦压低了声音，"是我，让我进去。"于是我扣好裙子，走到门口，稍稍掰开一条门缝。

　　"什么事？"我探出脑袋问道，她趁机从门缝里挤了进来。

　　"是这样：我和芬恩差不多要做了——"她注意到我那位躲在浴室角落里的朋友，他正不好意思地拉上牛仔裤的拉链。"噢，你好。"她一脸轻松地对他说。

　　"我和芬恩就要做了，但我担心他会摸到我的内裤。"

　　"所以？"

　　"我今天穿的是收腹裤。"说着她撩起裙子，露出了一条肉色的紧身收腹裤。"可以收腹收背。"

　　"好吧，你可以把它脱下来，假装你没穿过。"我边说边把她推到门口。

　　"那我把它放在哪儿呢？现在每个房间里都有人，我每个房间都去过，里面都有不少人。"

　　"放那儿吧。"我指着马桶脏乱的水箱后方说，"没人会发现它的。"说着我帮劳伦脱了收腹裤，塞到了马桶后面，然后就把她推了出去。

扫兴的是，由于我们喝了大量的酒，又一起吸了烟，场务先生根本打不起精神。我们几次尝试补救（其中一次太疯狂了，我们甚至不小心将花洒从墙上掰了下来），但都无济于事。为避免浪费精力，我们只能友好地分道扬镳了——他还要去参加另一个聚会，我们拥抱告别。此时才刚过午夜。

劳伦和我再次会合，相互聊聊各自的艳事。芬恩也离开了，消失在了漆黑的夜里，因为他急着去参加另一个更有意思的凌晨派对。我们举杯敬酒，致深厚的友谊，致对男孩们的无尽失望。随后我们遇到了一支情绪摇滚乐队①（我们曾在惠特斯通的"开放麦克风之夜"巡回演唱会上与他们相识），并很快跟他们打成了一片。劳伦选择了一个留着罗伯特·史密斯式发型的歌手，我则选择了一个有着椰菜娃娃般脸蛋的贝斯手。我们懒洋洋地靠着衣橱，像工厂的四人生产线一样来回传递着丝卡牌香烟和烟卷，轮流把 iPod（数字多媒体播放器）插在扬声器的基座上，播放约翰·梅尔和迪斯科恐慌乐队的混杂歌曲（二者几乎各一半）。突然，音乐停了下来。

"有人弄坏了淋浴器。"海莉霸气地向大家宣布，"我们需要找到那个弄坏淋浴器的家伙，并要求他赔偿，否则宿管就会找我们麻烦。"

"是啊，我们得找到他。"我装模作样地插嘴道，"我猜是那个长发矮个子。"

"哪个家伙？"

"他刚才还在这儿。"我说，"一定是他，他和一个女孩笑着从浴室出来。他可能出去抽烟了。"

我领着一群住宿学生上街搜寻那个我虚构出来的男人，但这时我看到乔尔正寻找派对场地，于是很快就对这场小骗局失去了兴趣。乔尔是北伦敦有名的万人迷，一个长得像沃伦·比蒂的犹太人，他

①译者注。情绪摇滚乐队，EMO（Emotional Hardcore），意思为情绪硬核，由于 EMO 乐迷常追随情感和时尚，典型形象是穿紧身牛仔裤，蓄黑色长发，以冲动、敏感、忧郁为特征，所以网络语境下也常用 emo 来代表"丧""忧郁""伤感"等含义。

那打着发胶的头发像尖刺一样立着，一脸的青春痘疤，他可以说是郊区版的丹尼·祖克。我给了他一支烟，很快我们便吻在一起了，就像在谈论伦敦交通局相关的新闻一样。之后我们回到公寓，在那里我享受着与乔尔在大庭广众之下亲吻的感觉，与之前那个场务先生相比，他带给我的虚荣要多一些。唯一遗憾的是我不能再霸占浴室了，现在浴室里挤满了海莉和她的半吊子沉默证人 ① 组，此刻他们对派对的热情已经荡然无存，一个个把自己弄得像法医一样，试图推断出弄坏淋浴器的凶手以及作案经过。我正在寻找一个新的藏身之所，这时克里斯汀（一个美丽的金发女郎，如果乔尔是丹尼的话，那她就是桑迪 ②）问我是否允许乔尔和她说句话。我大方地同意了，因为正如那句老话所说的："如果想和某人上床，那你就该放他自由。"

现在劳伦和我又只能聚在一起抽烟了 —— 只不过现在换成了梅费尔牌的。

她告诉我："我们上中学的时候，他们就是一对了，但一直分分合合，高潮迭起。"

"哦。"我说。

我望向房间的另一头，看到克里斯汀和乔尔正手牵着手离开公寓。他出去时抱歉地向我挥了挥手。

"再见。"他说。

劳伦和情绪摇滚乐队的歌手打得火热，他们正在谈论和弦，看来她已经下定决心和这人发生关系了。现在已经快凌晨四点了，我两个小时后要起床上班，到邦德街的一家高档鞋店当销售助理，在那里我有百分之一的销售提成，我可舍不得损失这笔收入。我想在

---

①译者注。《无声的证言》（*Silent Witness*）是 1996 年 2 月 21 日英国 BBC 首播的悬疑类电视剧。

②译者注。电影《油脂》（1978 年上映的爱情电影）讲述了澳大利亚姑娘桑迪与学校"硬汉帮"老大丹尼之间颇为曲折的爱情故事。这里通过类比表明克里斯汀和乔尔是一对。

一间昏暗的房间找块地毯睡觉，幸运的是，我找到了一张空着的单人床。我把闹钟调到六点，便睡下了。

两小时后我醒了，感觉这是我这辈子最难受的宿醉；我的大脑感觉像被翻了个底朝天，我的眼皮被睫毛膏粘在了一起，我的口气闻起来就像昨晚有一只老鼠在灌下一整瓶苏维翁酒后钻进了我的嘴里，然后死在了里面，腐烂了。我低头看了看自己，拓扑肖普 ① 棕色迷你裙、裸露的大腿、海盗靴，这才想起我没带工作装。

"海莉。"我低声叫着，并用我的大脚趾戳了戳她的身体，她睡在我旁边地板上的一堆毛衣上。"海莉，我需要借一条裙子，一件普通的黑色连衣裙就行，今天晚些时候还你。"

"你睡在了我的床上。"她冷冷地说，"昨晚怎么也没法把你赶下来。"

"对不起啦。"我回答。

"劳伦告诉我是你把淋浴器弄坏的。"她一边穿着套衫，一边喃喃自语。我什么也没说，静静地离开了，同时开始后悔起来——几个小时前，我在海莉的枕头下发现了一本她的"忧伤小诗集"，却没有从头到尾读一遍，我真不该这般无私啊。

"你看起来像个流浪汉。"当我走进办公室时，我那挂着一张巫婆脸的老板玛丽对我咆哮道。"闻起来也像。"她一边说着，一边轻蔑地向我摆摆手，就像赶走一只苍蝇一样。"到仓库去，今天你不能上前台。"

那天晚上，当我结束了一生中最长的一个工作日回到家时，我登录了脸谱网，查看有关昨晚灾难级现场的照片。在我主页的顶部，有劳伦那条巨大内裤的近距离特写，海莉把它放入了一本名为"失物招领"的相册里。派对上的每个人都被贴上了标签，配文只写着："这是谁的裤子？"

---

①译者注。拓扑肖普（Topshop）是 1964 年创立的快时尚品牌。

一个酒疯子的利明顿温泉之旅

我第一次喝得酩酊大醉还是在我十岁的时候。我是娜塔莎·布拉特犹太成人礼的嘉宾，与我一同受邀的还有我们同一年级的其他四位幸运女孩。娜塔莎住在米尔山，在她家后花园那洒满阳光的大帐篷里，琼浆玉液般的葡萄酒流淌着，熏鲑鱼环绕其间；女人们被风吹干的头发如波浪般起伏，她们的嘴唇齐刷刷地涂成了粉米色。出于某种我永远想不通的原因，服务人员将一杯又一杯的香槟递给我们这些还处于前青春期的女孩——我们全都穿着塔米女孩牌的无肩带连衣裙，头发上还扎着蝴蝶夹。

一开始，我感觉有一股暖流涌过了全身，随即血液冲刺起来，皮肤仿佛嗡嗡震颤；接着，我感觉身上所有关节上的螺丝都松动了，这使得我像刚发酵的面团一样轻盈、有弹性；然后是聊天——各种有趣的故事、有关老师和家长们的趣事、粗俗的笑话、喜欢的脏话等等。时至今日，这"醉酒三部曲"仍是我刚喝醉时的必经过程。

父女之舞的伴奏是范·莫里森的《棕色眼睛的女孩》，但跳到一半却被突然打断并草草结束。因为其中一个女孩比我们其他人醉得更厉害，只见她肚皮朝下，把自己塞进娜塔莎和她爸之间的地上，像离开水的鱼一样疯狂地扭动着。很快我也模仿她的动作跳了起来，直到我俩被一位愤怒的叔叔训斥一顿后赶走了。但这时夜幕才刚刚降临。

我被新涌现的自信冲昏了头脑，决定是时候开启我的初吻之旅了，然后是第二吻（他的好朋友），然后是第三吻（第一个男孩的兄弟）。每个人都沉浸其中，交换着试用接吻对象，仿佛是在跟同桌的人交换甜点。最终，这场郊区孩子们的狂欢被迫散场了，我们都被带到前厅，灌了黑咖啡；然后门被锁上了，我们的父母被叫来领人。这种恶行是前所未有的，周一在学校时我们又被女校长训斥了，原因是"败坏学校的名声"（学生时代的我经常被这样指责，但我总觉得这种理由多少有些站不住脚，毕竟我从未选择代表学校，相反，是我的父母选择了学校来代表我）。

从那晚起，我就不再是从前的我了，那晚所发生的事情为我少年时代的日记提供了足够的素材。我在那么年轻的时候就尝到了酒的滋味。在任何家庭聚会场合，我都会哀求大人给我一小杯低度葡萄酒。在圣诞节，我会从酒心巧克力里吸出甜甜的、呛人喉咙的糖浆，希望能获得一丝醉意。十四岁时，我终于找到了爸妈酒柜的钥匙。我会在他们出门后，大口地喝上几杯廉价的法国白兰地，在做作业的时候享受那股温暖、微醺的感觉。有时我会拉上法莉参加我在郊区偷偷摸摸的狂欢——我们会豪饮我父母的必富达金酒，然后再将空瓶子加满水，然后一边盘腿坐在毛绒地毯上看《百万富翁》[①]，一边醉醺醺地争论着正确答案。

有生以来我最讨厌的事情便是自己的青少年身份了。我对青春期的不适应已到了极点。我渴望成为一个成年人，渴望被认真对待。我讨厌自己在任何事情上都必须依赖任何人。我宁愿打扫地板也不愿要零用钱，我宁愿冒雨走三英里也不愿让父母来接我。十五岁的时候，我就开始查询卡姆登一居室公寓的租金价格，这样我就可以提前算计着通过当保姆来积攒房租钱。在这个年纪，我就开始用妈妈的食谱和餐桌来举办"晚宴"，强拉着我的朋友们来吃迷迭香烤鸡配意大利干面和覆盆子帕芙洛娃蛋糕，并播放着法兰克·辛纳屈的歌曲作为背景音乐，即便她们真正想要的是吃汉堡，打保龄球。我

---

①译者注。《百万富翁》，英国电视节目 *Who Wants To Be A Millionaire?*，答对主持人的所有问题便可以获得一百万英镑的奖金。

想要属于自己的朋友、自己的日程安排、自己的家、自己的钱和自己的生活。我认为身为青少年是一种令人沮丧的、耻辱的、毫无隐私且令人成瘾的窘困境地，所有人的青春期都太长。

　　在我看来，喝酒是体现我独立的微小举动，这是我感觉自己像个成年人的唯一方式。而我的朋友们却沉迷于喝酒的那些附加效果——接吻、尖叫、交换秘密、抽烟和跳舞，它们的确很有趣，但我最喜欢的是酒精带给我的成熟感觉。我会幻想着平凡的成人生活中可能发生的各种小插曲。我会自信地晃进当地的酒类商店，一边浏览酒瓶背面的信息，一边假装对着我的"诺基亚3310"手机聊天，谈论"本周六的休闲酒会""办公室噩梦般的一天"或"我把车停在哪里了"。我会在周五下午四点的放学的人潮中，拿着我那本皱巴巴的《女太监》①（讽刺的是，这主要是起装饰作用的），故意站在走廊的中央，用老师们能听到的音量对着法莉大喊："我们还一起吃晚饭吧？我超想喝一瓶口感醇厚的红酒！"我享受一旁走过的老师们脸上那略带疑惑的表情。我会在心里想："去你的吧。我要做的事你们不也在做吗？我就是在喝酒，因为我已经成年了。你们最好别不把我当一回事。"

　　直到十六岁上寄宿学校时，我才真正养成了酗酒的习惯。②我所在的男女同校是英国最后一所为六年级中学生开设校内酒吧的寄宿学校。每周四和周六，数百名十六到十八岁的年轻人拥入一个小地下室，在代币制的激励下领取两罐啤酒，然后在光线暗淡、挥汗如雨的舞池里，随着陛尼曼（Beenie Man）和其他雷鬼歌手的音乐摇摆，直至汗如雨下。幸运的是，我们的宿舍正对着酒吧，十一点钟的时候，我们就可以跌跌撞撞地回到家。女舍监会摆上一盒盒比萨，让烂醉如泥的

---

①译者注。《女太监》（The female Eunuch），杰梅茵·格里尔（Germaine Greer）在1970年所著，书中认为女性从小在家庭和教育之中就逐渐开始受到男权制的压迫，逐渐放弃了自主权和主动性，人格被人为地"阉割"。

②译者注。在英国，十六岁以上的人在有人陪同的情况下可以饮用啤酒和葡萄酒。

我们在一起狼吞虎咽。宿舍的花园也理所当然地成为我们这些放荡人士的夜间游乐场。宿舍熄灯后半小时，我们的女舍监会在头上戴上一个草编头盔①，到灌木丛里去搜寻那些衣衫不整、喝得东倒西歪的偷情学生。接着，她会把在花园里找到的女孩送回楼上睡觉（比萨就别想了），然后把男孩赶回他们自己的宿舍，接着，我们总是会听到她在书房里给男生的舍监打电话，这是个十分有意思的时刻。

"我发现你们宿舍的詹姆斯在我的杜鹃花丛后面幽会我们宿舍的艾米丽，裤子都脱了。"她会用浓重的约克郡口音说，"我已经把他打发走了，十分钟后应该能回到你那儿了。"

所有老师都知道，我们在去酒吧之前就已经喝酒了。我们偷偷把几瓶伏特加倒进洗干净的空洗发水瓶，然后把它们藏在手提箱里；我们的床垫下藏着取之不尽的万宝路香烟。我们用廉价的香水和薄荷口香糖来掩盖我们留下的"痕迹"；如果是抽完一根烟，眼睛充血，那就把头发弄湿，就好像刚洗完澡，然后把问题归咎于洗发水。老师们都遵循着一条潜规则：我们相信你知道自己的极限在哪儿，所以不要坏了规矩。你可以喝酒抽烟，但要表现得文明一些，不要露了马脚。总的来说，这套规矩很有效。尽管总会有少数几个孩子做得太过火，砸了一把椅子，或试图对值班中的年轻数学老师霸王硬上弓，但我们其他人都设法保持冷静。总的来说，老师们对学生都很尊重；他们把我们当作年轻人而不是孩子。我在寄宿学校度过青春期的最后两年，那是我唯一喜欢的青少年时光。

对于酗酒的人来说，大学只会凸显酒精所带来的负面影响，而在我提交入学申请的那天，我做出了最糟糕的决定——我的天哪，我竟然选择了埃克塞特大学。埃克塞特大学坐落在德文郡连绵起伏、绿意盎然的山丘上，长期以来一直以录取"酒鬼兼文盲的富二代"而闻名。如果你遇到一个打长曲棍球的中年男子，他通晓所有饮酒

---

① 译者注。草编头盔，又称木髓帽，是 19 世纪欧洲殖民者和冒险家常戴的帽子。

游戏的规则，喝醉时拉丁语歌曲唱得比英语歌还要好，那么他很可能就毕业于埃克塞特大学——这所大学在 20 世纪 80 年代还被称为"绿靴①一族的大学"。我是因为法莉申请了这所大学才申请的，法莉之所以申请是因为这所大学的古典文学专业很不错，而且她喜欢海滨。我真正想读的大学在布里斯托尔，最后去读埃克塞特是因为我没有被布里斯托尔那所大学录取，而我父母又要求我必须上大学。

直到今天，我仍然确信，在埃克塞特的三年时光让我变得比入学前更愚蠢了。以前的我就像一个如饥似渴的书虫，而现在除了教材，我却几乎连一页书也读不进去了（我甚至没有读完过一本）。从 2006 年 9 月到 2009 年 7 月，我唯一做的事情就是喝酒和做爱。所有人都这样，其间只会短暂地停下来吃一顿土耳其烤肉，或看一集《天才书呆子》（Eggheads），或为了参加主题为"夏日美酒之旅"的酒吧巡游而购买一套别致的舞会服。那个地方跟我本来预期的不同，不仅不是前卫思想的中心，也缺乏热情的激进主义，根本是我所见过的最政治冷漠的地方。在就读的那段期间，我只见过两次抗议活动：第一次是学生团体抗议大楼酒吧菜单上的卷曲薯条被取消了，第二次是一位年轻女同学发起的请愿，她希望在校园里建一条马道，让她可以骑着自己的小马去上课。

如果不是因为我在那里认识的那帮女孩，我会对自己在埃克塞特大学虚度的岁月悔恨不已，正是她们让我糟糕的大学时光变得有了一些意义。在入学的第一周，法莉和我就结识了一帮女生，她们后来成了我们最亲密的朋友。这些人包括：莱西，她是戏剧专业的一位女生，有着一头漂亮的金发，但常常口无遮拦；AJ，她来自管教严格的女子学校，有着一头闪亮的深褐色头发，喝醉了会大唱赞美诗；塞布丽娜，一位迷人的金发女郎，充满活力和热情；还有一位来自南

①译者注。绿靴指的是会从事骑马、猎狐、射击等户外活动的有钱人，他们常穿绿色的赫特惠灵顿橡胶靴。这里指住在乡下或热衷于到乡下观光的富人。

伦敦的红发女孩，名叫苏菲，她有趣，还有些男孩子气，总是来我们宿舍帮忙修东西；最后一位是希克斯。

希克斯是我们的头儿——一个出生于萨福克的"荒野小英雄"①，她留着白金色的波波头，闪闪发亮的蓝绿色眼影簇拥着一双狂野的眼睛，她那放浪不拘的美少女长腿和乳房总是显露在外，让我在人群中一眼就能认出来。她机敏、勇敢、爱冒险，敢闯敢拼，我从未见过像她这样的人。和希克斯在一起时，似乎做任何事都不用考虑后果。她就像活在自己王国里的女皇，有着自己的规矩：有时睡到下午一点才起床，而隔天下午便又外出狂欢了；她在酒吧里认识的某个老男人可能会成为你家里的临时"房客"；她完全、绝对、彻底地活在当下；她有着不可思议的魅力和令人羡慕的摇滚风范。她的放荡不羁和纵情享乐为接下来的三年时光定下了基调。

埃克塞特大学的校风充满男性荷尔蒙，因此我时常在想，当年还是学生的我们做出某些举动的根本原因，是否就是受这种校风影响；又或是因为，我们这群女生想和那种能量媲美，而试图改变自己的行为。那是美国兄弟会文化的延续，这种文化源自我们从小到大所看过的电影，与公立学校粗野的等级制度相融合。我们喜欢一起蹲在废料桶后面小便（法莉和我有一次因为在墓地外缘蹲着小便而被抓了个正着，还被骂了一顿——我们光着屁股暴露在过往的车辆跟前，倒霉的是，其中一辆碰巧是警车）。我们会偷路上的交通锥，堆在客厅里。我们会去夜店的舞厅接彼此回家或送彼此到下一家；我们谈论性爱，仿佛那是某种团队运动；我们通过自吹自擂和虚张声势来抬高自己；我们彼此之间保持绝对的坦诚，且毫无竞争关系（我们唯一对彼此的对象下手的时刻，是带着醉意向他们发表长篇大论，借以夸赞自己的朋友有多了不起，通常令他们无聊到不可能对我们有意思）。

---

①译者注。一本儿童小说，讲述了一个男孩在荒野中发现了一个洞穴，里面住着一个穴居人，他们成了朋友。

我和 AJ、法莉和莱西住在一间带红门的破房子里，我们有一本"访客登记簿"，供"过夜的客人"在第二天早上离开时留言。后花园里有一台 20 世纪 80 年代的旧电视，如今早已"退休"了，摆在那里任凭风吹雨打。我们家的走廊上满是鼻涕虫，晚上出去后，我会把它们一只一只地救出来，带到室外，放在草地的一个固定角落里（后来莱西才承认，她们放了杀虫药却从没告诉过我）。那是一段狂放怪诞、纵情酒色的时期。在那个世界里，我们其中两人会通宵跳舞，然后直接去埃克塞特大教堂参加周日礼拜，穿着金色的"夜店专用"莱卡衫唱赞美诗；在那个世界里，法莉曾经为了听早上九点的课早起，下楼之后却发现我和希克斯还在和我们前一天晚上遇到的中年出租车司机喝着贝利红酒。我们属于最糟糕的那种学生——鲁莽、自私、幼稚、无忧无虑。我们就是所谓"颓丧的英国"①——事实上，我们过去常常在去酒吧的路上呼喊着这个词。现在，我会穿过马路或提前一站下地铁，以避免靠近和我们当初一个德行的那种人——吵闹、愚蠢、自我满足的表现欲者。

要评估我大学朋友圈里糟糕的酗酒文化，只需看看来访者的眼睛便知道了。我的弟弟——本，十七岁时曾在我的宿舍待了几天。我带他去了夜店，里面那些衣衫不整、几乎没有意识的"幽灵"让他震惊不已，他还对其中一家店里的阶级制度感到不爽（那家店有所谓的"传奇之角"区，只有橄榄球队的队员才能够入座）。他后来告诉我父母，在埃克塞特的三天之旅，是他拒绝申请大学转而申请戏剧学校的主要原因之一。

劳伦也来找过我。当时她在牛津读英语文学，我们进行过几次属于我们两人的"大学交换生项目"。她会乘坐超级巴士②来埃克塞

---

① 译者注。颓丧的英国（Broken Britain），是英国保守党从 2007 年到 2010 年使用的一个术语，用来描述工党首相戈登·布朗任期内英国普遍存在的社会衰败状态。

② 译者注。超级巴士是一家位于英国的长途城际客车服务运营商，所有者为苏格兰长途巴士网（Scottish Citylink site）。

特，和我一起待上几天，这时她才会"开窍"；然后带着我一起回到牛津。我们会在马格达伦鹿园漫步，幻想着另一种生活：读书，每两周写上一篇随笔，住在没有电视的尖顶房子里。

劳伦第一次来埃克塞特的时候，感觉像是我在教她如何成为一名大学生。有一天晚上，我在酒吧点了一瓶五英镑的玫瑰酒。

"好吧。"她说，"这瓶酒就我们俩喝吗？"

"不，就我一个人喝。"我回答道。劳伦环顾四周，看到我的朋友们都各自拿着酒和一个从吧台取来的塑料酒杯。"我们每人一瓶。"第二天，她躺在沙发上吃着又甜、又软、又贵的比萨，观看《全美超模大赛》，那还是她第一次看这个节目。当天下午，她遇到了学校里的一个长曲棍球运动员，这位仁兄的光辉事迹是，他常在人文地理学论文要上交的当天下午两点才开始写。劳伦说，牛津的大学生活是场智力军备竞赛，令她精疲力竭，而在埃克塞特的时光让她得到了自己所急需的休息，因此每次回到牛津，她都仿佛刚度完假，身心放松、精神焕发。而在牛津待了几天回到埃克塞特时，我总会感到情绪低落，想离开这里。

我的大学生活充满了各种不良行为，我却从未因此受到处罚或像气泡一样被人戳破。每当向别人描述起这段经历的时候，我会时常提起一件关于苏菲的逸事（她现在是一名成功而受人尊敬的记者，报道有关女性的重要议题），借以提醒自己，我们的行为曾是多么离谱。某天晚上，她打扮成泰国渔民去一家码头酒吧参加泰国满月派对，离开时整个人醉躺在水边，同行的男性朋友还在旁边撒尿。她想着刚喝下的那桶足够装八杯的鲨鱼伏特加，觉得自己随时要吐了。而身边还躺着另一个朋友的女性朋友，对方已经处于半昏迷状态了，四肢大开像海星一样仰躺着。苏菲发现了一个机会，既可以把这个年轻女子带回安全的地方，又可能走桃花运。但当她送那个女生回到宿舍后，才发现走桃花运显然是不可能的了，所以她又叫了一辆出租车回到俱乐部，在那里她又点了一桶鲨鱼伏特加。然后她遇到了一个男孩，那个男孩说他要去当地一家深夜咖喱店买外卖。苏菲跟他一起去了，到了后，她一边敲打着商店柜台，一边喊着"我要帕桑达①，我要帕桑达！"他们买完外卖，去他宿舍吃了一大堆咖喱食物。苏菲吐在男孩卧室的一个透明塑料碗里，然后把它放在了一边。她昏倒在他的床上，第二天早上醒来时还穿着渔夫装。她瞥了一眼那个塑料碗，丝毫没理会它，然后就蹬上男孩的微型滑板车，兴高采烈地一路溜回家了。

"我们只是在为彼此收集故事。"现在，每当我问她，当年的我们怎么会如此鲁莽和缺乏自我意识，以至于到了如此幼稚的地步，她都会这样对我说。"这就是我们彼此'交换的物品'。经历那些事不是为了向别人炫耀，而是为了在我们彼此之间储备谈资。"

每个人都喜欢喝酒，但显然我是真的非常非常喜欢喝酒，而且我喝酒的速度堪称"飞快"。很大一部分原因是我喜欢酒的味道和醉醺醺的感觉：让酒精进入我的大脑。那就像把水倒进浓缩果汁里，能稀释一切，让味道变得柔和。有一种人，清醒时充满了焦虑，深信她爱的每个人都会死去，并为每个人对她的看法而烦恼。但只要喝了酒，她就会为了哗众取宠而用脚趾抽烟，然后在舞池里横翻筋斗。我就是那种女孩。

我在二十一岁生日的前一个月，从埃克塞特大学毕业了。9月，我来到伦敦，攻读新闻学硕士学位。信不信由你，这是我的派对活动达到顶峰的一年。当时的我被毫不客气、粗暴地抛弃了，为了不让自己伤心，我全身心地投入减肥之中，同时我还喝酒抽烟，以求分散自己的注意力。

我对酒仍然保持着浓厚的兴趣。二十一岁的我就像十一年前在娜塔莎·布拉特的犹太成人礼上那样兴奋。我记得那一年，在许多个周六的晚上，我坐在地铁里，从郊区乘坐大都会线前往伦敦市中

①译者注。帕桑达（Pasanda），一种印度咖喱食物。

心——地铁就像一匹在铁轨上慢跑的马，而我坐在车厢里，眺望着这座灯火通明的城市。我想，整个伦敦都是我的，一切皆有可能。

这一年，我的玩乐生活以一种特别不摇滚的方式达到了顶峰：乘坐着微型出租车长途奔波。首先我得为自己辩护一下，这一切的始作俑者是希克斯。在我们大三的时候，她的名字在埃克塞特大学已经是尽人皆知了。事情是这样的：某天晚上，她离开高街的一家酒吧，坐上了一辆出租车，让司机带她去布莱顿。最后她花光了身上的所有钱，和两个已婚的朋友（他们来这里是为了开启一段浪漫之旅）一起住在酒店套房里——她睡在地板上。一周后，她回到埃克塞特，向我们讲述了她的这段传奇旅程。

关于这样的出租车之旅，我也有个自己的版本。一天晚上，我和我在新闻学硕士课程上结识的鬈发朋友——聪明的海伦——一起去朋友莫亚的宿舍喝酒，顺便准备即将到来的重要考试。海伦和我成瓶地喝酒，从白天就开始喝，喝得烂醉如泥，直到半夜才离开莫亚的宿舍。

我还没尽兴，不想今晚就这么结束了，于是我们坐上了从西汉普斯特德到牛津广场的巴士。但就在巴士旅程开始的那一刻，我的醉意突然急剧飙升。因为一场交通事故，旅程又变得不可思议地久，久到让在车上的我居然以为我们不是在去牛津广场的巴士上，而是在去牛津市中心的长途汽车上①。海伦的情况也差不多，她赞同我这个颇有说服力的理论。劳伦那时已经从牛津大学毕业了，所以我没有给她打电话，而是给她的几个朋友（他们是我之前去牛津时认识的，我知道他们还待在学校）发了短信，内容写得让人不明就里，大致意思是这样的："我和我的朋友海伦不小心登上了开往牛津的巴士。我们很快就到了——晚上有什么好玩的地方吗？可以和我们一起玩吗？"

---

①译者注。牛津广场位于伦敦市中心的牛津街，距离牛津市中心约九十公里。

我们在拓扑肖普旗舰店附近下了车，我注意到它的店面比我记忆中上次来牛津时要大一些。我站在店外，不停地给我在牛津大学认识的每个人打电话（我还是没意识到自己其实是在伦敦），但没人回应。海伦和我都认为这次邀约注定会失败，但那时已经太晚了，我来不及赶上最后一班地铁回到我父母在郊区的家。于是我们又坐了一辆巴士回到海伦和她男友位于芬斯伯里公园的公寓，她说我可以睡在他们家的沙发上。

　　当我走进公寓时，醉醺醺的幻觉萦绕不去，我断定我们是在牛津大学的宿舍里，而且海伦的某个朋友还是这里的学生。海伦上床睡觉了，我翻了翻电话簿，看看有没有我认识的人来参加聚会。我的朋友威尔是个热情的加拿大人，他个头较高、体型精瘦、留着卷曲的头发，眼睛的颜色浅得像蛋白石一样。我一直很喜欢他。

　　“你好，亲爱的。”他声音含糊不清地说道，似乎刚喝了伏特加。

　　“我想搞一个聚会。”我说。

　　“那就到这儿来吧。”

　　“你在哪儿？”我问，“你不是还在伯明翰上大学吗？”

　　“不，是沃里克大学。我住在利明顿温泉。”他说，“我把地址发给你。”

　　我走出海伦的公寓，去找出租车公司①。在街上闲逛了十分钟之后（此时酒精慢慢从我身体里消散，我终于快要意识到自己是在伦敦而不是牛津），我找到了一家小的、木制门脸的小出租车公司。我走进去，大声宣布要找一辆车带我去利明顿温泉，钱绝对不是问题——只要不超过一百英镑就行，因为我的账户里只有一百英镑了，而且我的透支额度已经达到了上限。里面的三个人顿感困惑，其中一个走到玻璃隔墙后面，从抽屉里拿出一张已经落满灰尘的英国地图。他将两张桌子拼在一起，戏剧化地将地图摊放在上面，这激发

---

①译者注。在英国，人们只能通过电话叫车的方式打的。

了另外两个同事的兴趣。于是他们都挤在地图周围，一个人用红笔在地图上画着虚线，规划着行程线路，俨然一位船长，正策划着对海盗的攻击。即便我当时那么醉，也觉得这么做有些夸张。

"二百五十英镑。"最终他报了价格。

"这未免太荒唐了吧。"我说，故作惊讶的语气里带着一种中产阶级顾客出于维护自身权利的愤怒，仿佛他才是我们两个之中提出荒谬要求的人。

"小姐，你想在凌晨三点钟到三个郡以外的地方去，二百五十英镑是一个非常合理的价格。"

我砍价砍到了两百英镑。威尔说他会支付剩下的一百英镑。

凌晨四点左右，奔驰在 M1 高速公路上的我开始清醒了，（我希望你们所有人在往后余生里都不必说出或写出下面这段话）但想回头已经太迟了——我常在那些午夜过后才开启的冒险途中有这样的感觉，然后说服自己，和即将绽放的青春相比，这些钱都物有所值。玛格丽特·阿特伍德（Margaret Atwood）曾写过一段话，仿佛天花板上的灯罩一样笼罩着我的人生：

> 当你身处故事之中时，这根本就算不上故事，而只是一种困惑；那是一声黑暗里的咆哮，一种无知，一片满是玻璃碴和木头屑的残破景象；就像风暴肆虐下的房子，或被冰山撞击或陷入急流的船，无人能阻止它。直到这件事情过去之后，当你向自己或其他人述说时，它才会开始变得像个故事。

一切都将有所回报。在天色渐亮的高速公路上，我把头伸出窗外，这样想着。这其中积累的逸事将成为我们取之不尽的谈资。

我在凌晨五点半到达目的地，威尔拿着五张二十英镑的钞票站在门口迎接我。顺利抵达那里让我心中涌起了一股强烈的胜利感。

旅程和目的地就是故事的全部，其后发生的事情都无关紧要。我们通宵喝酒、聊天，衣衫不整地躺在床上抽烟，听史密斯乐团的专辑，只是偶尔会停下来随便亲热一下。我们在上午十一点才入睡。

我下午三点醒来时头痛得厉害，还伴随着一种糟糕的感觉：前一晚想到的笑话可能不像我认为的那么有趣。我查了一下银行账户余额：零。我查看了一下手机：朋友们发来了几十条短信，对我表示担忧。我忘了自己曾给法莉发过一张照片，照片里的我坐在出租车后座上开心地笑着，在凌晨四点的高速公路上疾驰狂奔，并配文："火速前往西米德兰兹郡！！"

我开始制订计划。我和十几岁时交的某位男友保持着一种模糊的友谊关系，当时他正在沃里克大学学医。我可以在他那里待几天，等到我通过周末做促销员的工作赚到一些钱之后再搭火车回家，赶上周二的新闻学硕士考试。但当我给他发短信时，他却告诉我他出去度假了。

我的电话响了，是苏菲打来的。

"你真的在利明顿温泉吗？"她劈头问道。

"是的。"

"为什么？"

"因为我想搞一个余兴小派对，我的朋友威尔住在利明顿温泉，他刚好在操办。"还处于半睡半醒状态的威尔，闭着眼睛笑了笑，然后竖起大拇指，一副"就是我"的态度。

"好吧，废话少说。"她说，"你打算怎么回家？"

"我不知道。我本来打算去一个相识已久的男友家，但他不在，我也没钱坐火车。"然后是一段长时间的沉默，我能听到苏菲对我的担心变成了恼怒。

"好吧，那我给你订回家的票。"她说，"你的手机有电吗？"

"有。"

"订完票后我会把细节发给你。"

"谢谢，谢谢，谢谢。"我说，"我会把钱还你的。"

苏菲找出客运公司最长的路线，帮我订了位子——她本来的想法是，我需要一段清醒的时间来思考，好好反思自己的行为所带来的后果。可人算不如天算，最后我却阴差阳错地和一群正在开单身派对的喧闹女孩坐上了开往伦敦的同一班车。旅途中我们都喝了几杯龙舌兰酒，她们还给了我一顶墨西哥宽边帽。第二天，我打电话感谢苏菲帮了我大忙，我问她是否生我的气。

"多莉。"她说，"我不是生你的气，我是担心你。"

"为什么？"我问。

"因为你喝得太醉了，还以为自己在牛津市中心，其实你在牛津广场上的拓扑肖普店。你知道醉醺醺地在伦敦街头闲逛是一件多么危险的事吗？"

"对不起。"我回嘴，"我只想找找乐子。"

"我们这些朋友都会因此而破产的，因为要帮你支付横跨整个英国的的士费用。真不知道要多少朋友破产，你才会停止这种疯狂的举动。"

（事实上，只需要一个。是法莉。事情发生在几个月后的一天，她从伦敦西南部去埃克塞特。当她从一家夜店坐出租车回家时，突然收到一位暗恋对象的短信。于是她问司机能否掉头去德文郡。直到今天，如果有人指责她的此次行为过于奢侈，她仍会表现得不屑一顾，并表示整个旅程只花费了"九十英镑和一包香烟"。但随着我们追问的深入，这笔花费数额便会逐渐增加。）

不过，现在回头看，这都是很有趣的经历，这就够了。这是二十岁出头的我存在的意义。那时的我是一个六英尺高的人体金属探测器，专门寻找那些潜在的逸事碎片，我沿着这片土地探索，我的鼻子紧贴草地，希望能嗅到一些蛛丝马迹，让我有理由向下开挖。

还有一则逸事。某天晚上，希克斯和我带着二十英镑，去了伦敦一家豪华酒店，因为她曾向我保证，那里充满了"想认识有趣年轻人的百万富翁和美酒"。我们真的找到了两个来自迪拜的中年男子，他们一个在埃奇韦尔路上拥有一家咖喱屋，另一个在托特纳姆法院路一家手机店的楼上拥有一所英语语言"大学"。希克斯和我又像往常一样，夸张地讲述了我们精心编派的故事，浮夸地说着彼此相遇的渊源：我们在游艇上认识，我跟随乐队表演，她的丈夫不见了踪影；有一天，我俩单独坐在顶层甲板上，一边抽烟，一边眺望大海，于是我们便开始聊天。

那两个中年男子问我们想不想去他们朋友罗德尼的家，说罗德尼是个"派对男孩"。我们所有人挤进了他们停靠在酒店外面的车里，司机把我们带到埃奇韦尔路上的一座塔楼，那里跟我们听闻的模样相去甚远，完全没有54俱乐部[①]的奢华和魅力。希克斯和我手拉着手走向门口，在电梯里，我给法莉发了一条短信，告诉她我们所在的地址，以防万一当晚出事——她已经习惯了这种不太健康的仪式。

一个身穿条纹睡衣的七十多岁的塞浦路斯男子开了门。

"天哪！"他朝我们扫了一眼，叫道，然后绝望地举起双手，"太晚了！我老了，和你们折腾不起了！"

我们的两位新朋友保证时间不会太久，说我们只是想喝几杯。罗德尼很客气地邀请我们进去，问我们想喝点什么。他说自己很擅长调制鸡尾酒，同时指着他的酒柜——看样子像20世纪70年代的风格，里面摆满了各种各样的酒。我要了一杯马提尼。

我觉得罗德尼这个人非常有趣，尤其是他那些孙子孙女的照片，它们散落在各个角落，有几十张之多。我端着马提尼四处参观，他仍穿着睡衣，向我逐一介绍所有人的名字、年龄以及性格特征。与此同时，希克斯正像往常一样，热心地和其中一个迪拜富翁谈论哲学。在滔滔不绝地谈论法国存在主义者时，她夸张地打了个手势，

---

①54俱乐部是20世纪70年代在美国纽约市的传奇俱乐部，也是美国俱乐部文化、夜生活文化等的经典代表。

眼睛鼓了出来，就像从人行道的裂缝里长出来的勿忘草一样。

我和罗德尼坐在沙发上，听他讲述他过去传奇般的经历：失败的创业经历、他曾经拥有的酒吧（现在成了一家维特罗斯连锁超市），以及那些令他心碎的模特。

"你知道吗？说起来真有趣，你让我想起了70年代见过几次的一个女人。她留着金色的长发，眼睛和你一样。那时她和我的一个朋友在约会。"

"噢，是吗？"我点燃一支香烟问道，"她叫什么名字？"

"芭比。我记得她好像叫芭比。"我咽了一口唾沫，想起妈妈曾经给我讲过的一个故事，关于她二十多岁时得到的一个好笑但令她讨厌的绰号。

"芭芭拉。"我回答，"芭芭拉·利维。"

"没错！"他叫道，"你认识她？"

"那是我妈妈。"我回答。我想到了她，此时她可能正躺在郊区的床上，我想象着她会如何看待这件事：自己的女儿正和一个她在20世纪70年代就认识的七十五岁塞浦路斯男人一起。我走入另一个房间，打断了希克斯的"女性文学沙龙"，把她从那两个听众（他们迷恋她，却又对她所讲的内容漠不关心）那儿拉走。我说我们得马上离开，她说我们可以去其中一个富豪在埃奇韦尔路开的咖喱屋里继续"余兴派对"。我告诉她眼下的这个派对已经是"余兴派对"了。我怀疑自己是不是在某个时间点，不小心掉进了某个阴暗浑浊的余兴派对黑洞，于是一直被困在里面，也许得找到梯子才能爬出来。

但我也不能说那些经历全是坏事，因为事实并非如此。我和我的朋友们依然相信，我们所做的是一项伟大的赋权和解放行动。妈妈经常告诉我，这是一种被误用的女权主义行为，模仿男人们最幼稚的行为根本称不上平等（她曾经评论佐伊·鲍尔"只是在开倒车，不会得到任何进步"）。但我仍然认为，那些年的浪荡岁月在某些时候是一种具有反叛精神和庆祝性质的有力行动；其实质是我拒绝按照别人对我的期望来对待自己的身体。对我们身处其中的人来说，那就是一段非常欢乐的时光——很多回忆都是围绕着我和其中一个女孩展开的，我们想要离开那种无聊或讨厌的场合，自得其乐。我和志同道合的朋友漫无边际地聊天、游荡，以此满足自己对各自生命经验的渴求，我们仿佛帮派，那段生活所塑造出的革命情感至今仍未散去。

我拥有的这些回忆，有的是快乐的，有的是悲伤的，这就是现实。有时我和一群最亲密的朋友跳舞，满脸笑容跳到天亮；有时我冒雨在街上追最后一班车而摔倒，就干脆躺在潮湿的人行道上；有时我不小心撞上了灯柱，下巴紫了好几天；但在某些回忆里，我会在一群宿醉未醒的可爱女孩中醒来，心中充满了欣慰和喜悦。现在，我偶尔会遇到那些懵懂岁月里的伙伴，当他们提起和我在某个家庭聚会的角落里喝了整晚的酒，我便顿时充满了恐慌，因为我已经完全记不起那件事了。大约一年前，我遇到了一位非洲裔出租车司机，他问我是否叫"多莉"，说他很确定自己在 2009 年的某日接过我，当时我状态很糟糕，一个人光着脚走在伦敦大街上。

但其中很多回忆都令人印象深刻，充满了无忧无虑的乐趣。很多的冒险，穿越了城市和郡县，里面有各种故事和人物，有一群穿着荧光紧身裤、画满黑眼线的"探险家"围在我身边。

我想，至少我终于向所有人证明了，我是个成年人，至少我终于能被认真对待了。

食谱：
宿醉芝士通心粉（四人份）

要想获得身临其境的体验，请穿上睡衣，一边观看《曼哈顿灰姑娘》或一部连环杀手纪录片，一边享用。

材料及做法：

- 350 克意大利面——通心粉或通心面条都可以
- 35 克黄油
- 35 克普通面粉
- 500 毫升全脂牛奶
- 200 克磨碎的切达奶酪
- 100 克磨碎的莱斯特红奶酪
- 100 克磨碎的帕尔玛干酪
- 1 汤匙英式芥末
- 几根葱（切成末）
- 少许伍斯特沙司
- 1 个马苏里拉奶酪球，撕成小块
- 适量盐和黑胡椒
- 少许橄榄油

在大平底锅中加水煮沸，然后加入通心粉，煮至半熟（约八分钟，稍后还会继续烹制），沥干备用，倒入橄榄油搅拌，以免粉条粘在一起。

在另一口大锅里加热融化黄油，接着加入面粉，继续煮几分钟，其间一直搅拌，直到形成面糊。然后慢慢加入牛奶，用小火煮十到十五分钟。其间一直搅拌，直至酱汁光滑，且逐渐变稠。

关火，并在酱汁中加入大约四分之三的切达奶酪、莱斯特红奶酪和帕尔玛干酪，同时加入芥末、适量的盐、胡椒、葱末以及少许伍斯特沙司，然后不断搅拌，直至全部融化。

将烤箱预热至最高温度。将通心粉倒入酱汁中，接着将所有材料混在一起倒入烤盘，再放入马苏里拉奶酪搅拌，然后将剩下的切达奶酪、莱斯特红奶酪和帕尔玛干酪撒在上面。将它们烤至表面金黄酥脆有气泡（或是以 200 摄氏度烤十五分钟）。

糟糕的约会日记：
伊灵干道上的一家旅馆

那是我上大学后的第一个圣诞假期，我回家过节，在邦德街的 L. K. 班尼特做全职售货员。黛比（一个时尚而迷人的女大学生，她总能得到最高的佣金）在更衣室里帮我涂上费雯·丽式的红唇，我准备去参加一个重要的约会。

我要约会的对象名叫格雷森，一个月前我去约克大学拜访一位中学同学时认识了他。当时我正在学生活动大楼酒吧等待两杯健怡可乐加伏特加，突然有人抓住了我的手。格雷森——他体型瘦高、肤色较浅、个性风趣，云雾般的眼线下掩映着一双猫王一样的眼睛——把我的手掌翻了过来。

"你会有三个孩子，会活到九十岁。"他看着我，"你以前来过这里。"他煞有介事地小声说道。

他是我见过的第一个刻意不使用脸谱网的同龄人。我想他应该是萨特一样的人①。

我们约在一棵巨大的圣诞树下见面，然后他带我去了一家马提尼酒吧，因为他记得我曾说过这是我最喜欢的饮料（其实此时我还处于"对马提尼的兴趣培养"阶段，非常担心他会看到我喝第一口时呛得眉头紧皱，但我还是忍住了）。然后我们去了伦敦最古老的酒吧，我在那里喝了草莓啤酒。他给我看了一串钥匙，说他的老板订了一间旅馆房间让他过夜，没解释原因。

①译者注。让 - 保罗·萨特（Jean-Paul Sartre，1905 年 6 月 21 日—1980 年 4 月 15 日），法国 20 世纪最重要的哲学家之一，法国无神论存在主义的主要代表人物，西方社会主义最积极的倡导者之一，一生中拒绝接受任何奖项，包括 1964 年的诺贝尔文学奖。

转了三趟公交车之后，他刚解释完为什么"伦敦对他来说比父母更像父母"，我们终于来到了一家阴暗破旧的旅馆，它位于伊灵的一条干道，由郊区的住宅房改建而成。

我想多了解他一点，不想就这样和他上床，于是我们整晚都躺在床上，盯着灰白色的天花板，谈论我们过去十八年的人生。他的父亲非常年迈、非常优雅、非常富有，号称是"最后一位殖民者"，因在旅行中发现了一种罕见的鱼，并为此写了一本书，从此不愁吃穿。这激起了我强烈的好奇心。直到五点我们才入睡。

第二天一大早，格雷森得去上班。他和我吻别，在床头柜上留下了一份桃酥糕点。自那以后我们就再也没见过面。

在接下来的五年里，我一直在想，格雷森是否只是个演员，他在寻找愿意轻信的听众和一个能让他逃离自己的夜晚；他所说的一切是否都是编造的：看手相、酒店、鱼、眼线。

多年以后，我爱上了一位生物学博士生，他成为我此生的挚爱。在某个周日的晚上，当我穿着他的套头毛衣，躺在他床上时，他拿出了一本睡前读物，书的内容是一个人发现了一条鱼。我抢走他手中的书，看着书封内页上那个有着同样面容男人的照片，并读到同样的姓氏：格雷森。我的男友问我为什么发笑。"因为那都是真的。"我这样回答，"却又荒唐至极。"

糟糕派对大事记：
科巴姆，跨年夜，2007年

"总感觉哪里不对劲。"我对法莉说。那是新年前夕的下午五点，我们坐在我妈妈家的沙发上看《老友记》。"我们已经十九岁了，无论如何得搞一个派对。"我给我电话簿上的每个人都发送了掏心掏肺的消息。我们的朋友丹提议在哈克尼举办一场仓库狂欢，但法莉害怕和一群乱七八糟的人混在一起，而且她从来没有去过利物浦街以东的地方。

正当我们要失去希望时，有人上钩了。菲利克斯，我的一个中学朋友，小我一年级，我一直很喜欢他。他提到"科巴姆的一场大型狂欢"，说我肯定不想错过，还让我带上女性朋友。法莉同意了，因为这是我们唯一的选择，而且她知道我很喜欢菲利克斯。她为团队做出了牺牲，为了我的"性福"毅然决定参加这场派对，做我的女伴。这是一种相互的、公平的且运作良好的轮班制度，我们执行很久了，反正我们一直都是单身——我也曾牺牲过我的夜晚来帮她追一个男孩，我把这样的善行暂存起来，可以在任何时候让她为我做同样的事情。这是一种民主式约会法，互有得失。

我们来到了萨里郡的一座很大的独立式住宅，住宅外观看起来就像有钱的球员会买给他老婆的地方。一进屋，结果却发现这里与其说是一场狂欢，还不如说是一场让人们干坐着的"烤箱比萨派对"——由十对如胶似漆的情侣和一个穿着橄榄球衫的魁梧男子组成，后者正在和这家人的拉布拉多犬玩耍。

"你好！"我试探性地说道，"菲利克斯在这儿吗？"

"他去商店买伏特加了。"那个无聊的橄榄球运动员头也不抬地回答，一直看着狗。

"你在中学时是不是比我们高一年级？"一个留着螺旋式鬈发的马脸女孩问道。

"是的。"我回答，同时小心翼翼地拿起了一块方形的意大利辣香肠比萨。

"你的朋友今晚都没空过来吗？"

菲利克斯提着一个叮当作响的手提袋出现了。

"嘿！"他喊道，同时伸出双臂拥抱我。

"嗨！"我回应着拥抱了他一下。"这是法莉。这里的人都是成双成对的吗？"我咬着牙喃喃道。

"是的。"菲利克斯说，"本来不是这样的，很多原本说要来的人都没来。"

"嗯。"

"不管怎样，开心一点吧。"他搂着我俩说，"今天晚上我们是三个火枪手！"

我们在微醺的惬意中度过了接下来的几个小时，足以让我觉得去科巴姆的漫漫长路也许是值得的。菲利克斯、法莉和我去暖房边喝酒边玩游戏，我们有说有笑；在某个时刻，他搂住了我，我和法莉瞬间相视，微微拉起半边嘴角，彼此交换一个眼神。那个眼神足以让她"识相地"假装上楼打电话，好让我们二人独处一室。我简直爱死她了。

"我们找个安静的地方谈谈好吗？"他问。

"好啊。"我微笑着回答。他拉着我的手，带我去了花园。

"这太尴尬了。"他说。我坐在一张塑料椅子上，看他两只脚来回踱着步。

"为什么啊？请直说吧。"

"我真的很喜欢你的同伴法莉。"他说，"她单身吗？"在一纳秒的瞬间，我权衡了自己的善良程度。

"不是。"我这样回答，认定我这辈子还有大把时间可追寻个人成长。"她不是单身。"

"所以她现在有男朋友？"

"是的，还挺认真的。"我点点头，语气严肃，"那男孩名叫戴夫。"

"那为什么聊天时她表现得就好像她还单身一样？"

"嗯，理论上来说，他们现在已经不再是'正式的'一对了。"我即兴补充道，"但他们还保持着男女关系——不折不扣的男女关系。事实上，她现在正在跟他打电话。你知道新年就是这个样子的，让你想到自己所有的遗憾和那些还没来得及说出口的话等等。但无论如何，她肯定还没准备好和另一个人开始一段新的感情。"

法莉手里拿着一瓶酒，蹦蹦跳跳地回到餐桌上。而泄气的菲利克斯则找了个借口去上厕所。

"你吻他了吗？"她兴奋地问，"我没打扰到你们吧？"

"没有，他喜欢的是你，还问你是不是单身，我说不是，因为我是个坏人。我不想让你和他上床，所以骗他说你和一个叫戴夫的男孩有一段分分合合的复杂恋情，这一切都令人苦恼，而你也没准备好和另一个人开始一段新的感情。"

"好吧。"她回答。

"我这么说没问题吗？"

"当然没问题。反正他不是我喜欢的类型。"这时我们听到了菲利克斯的脚步声。

"我说你刚刚在给戴夫打电话。"我压低声音咕哝着。

"了解。"菲利克斯坐了下来，法莉就故意提高了嗓门说道，"是啊，没错。总之刚才就是戴夫打来的电话。又来了！"她机械地应付着，那细致入微的表演跟《橡果古董》[1]中的那些角色相差无几。

---

[1]译者注。《橡果古董》，20 世纪 80 年代的英国情境喜剧，剧中的场景风格夸张，但表演方式刻意放轻，讲述台词时会让人有种扁平、没有感情的感觉。

"那他说了些什么？"

"唉，还是老一套，都重复无数遍了。无非是想让我回去，他觉得我们能和好如初。但我说：'戴夫，你又来了。'虽然已经分手了，但我还是有点感觉啦，这让我更确定自己真的还没准备好和另一个人开始一段新的感情。"她把刚才的话重复了一遍。

菲利克斯狠狠地咬着嘴唇，把剩下的酒一饮而尽。"马上就要跨年了。"他说着，然后离开桌子，进到屋里。

在响亮的倒数声中，身处在一个陌生男孩的家里，在郊区那间沉闷的、奶油色的客厅中，我发誓再也不会为了一个潜在的对象而策划派对了。我们都盯着平板电视，里面播放着英国广播公司对南岸地区的报道：那些戴着围巾的红脸醉鬼大声欢呼着，我真希望自己能成为其中的一员。大本钟在午夜敲响，《友谊地久天长》的音乐响起。然后，出于某种我永远无法理解的原因，房间里的每个人都开始慢慢跳舞，就像迪斯科舞厅的最后一首歌一样。但菲利克斯不在其列，他在房间的另一边闷闷不乐地玩手机游戏。我走向那座红木荔枝纹的酒柜，转动它的黄铜把手，取出了一瓶威士忌。我看了看法莉，她正两手拉着那条黑色拉布拉多犬的前爪，试图让它用后腿站起来，也跟着《友谊地久天长》那哀婉的旋律缓缓地跳着舞。

我们错过了最后一班回伦敦的火车，于是我站在房子外面，打电话给当地的几家出租车公司询问回家的费用，但他们给出的价格都太贵了。这代表我至少还要被困在萨里郡的那间屋子里八个小时，那里挤满了情侣和一个对我毫无兴趣的人，而且他们都是在学校时小我一年级的学弟学妹。我重新回到那间处于边远郊区的屋子，看到法莉和那个杂牌橄榄球运动员正紧靠着冰箱亲吻，接着便溜进晾衣柜。我只好回到花园，独自一人一根接一根地抽完身上剩下的烟。

"法莉呢？"同样来花园抽烟的菲利克斯问道。我不想继续这种无聊的把戏了。

"她和那个橄榄球运动员在晾衣柜里。"我面无表情地说，然后直接拿起酒瓶喝了一口威士忌。

"什么？那戴夫呢？"

"不知道。"我说，接着点燃了香烟，向寒冷的、沉寂的夜空呼出了一口烟，"她和戴夫的关系非常复杂，菲利克斯，你最好尽快意识到这一点。他们的关系起起落落，分分合合。"

"可她一个小时前还说他们没分呢。"他愤怒地回答。

"对，但我猜他后来又打电话过来了，他们也许又吵了一架，然后她可能觉得自己已经厌倦了这段感情。"

"太好了。"他说着，便坐在我旁边的庭院长椅上，抽了根烟，"这是我这辈子迄今为止最糟糕的跨年夜了。"

"对。"我说，我们沉默地望着萨里最后的烟火，"确实如此。"

11月10日

亲爱的老相识以及少数几个陌生人：

您好！

请原谅我的这封群发邮件，但我完全不后悔这么做。请原谅我无耻的自我推销，但我对此一点也不觉得羞耻。我给你们发邮件是因为我已经为一场自我炫耀的活动准备了整整两周了，我觉得你们所有人都应该为这个活动付出自己的时间、金钱和精力。

我将举办一场集音乐、朗诵和电影于一体的夜间派对，名为"拉娜文学沙龙"，举办地为莱顿斯通的一个废弃的停车场。在我的预想中，这个晚上的气氛将和《诺埃尔家庭派对》①一样轻松，并且能像牛津大学辩论社②那样，在彼此对话的传统中拓展每个人的心智。

这次活动将以英迪亚·陶勒·巴格斯的诗作朗诵表演开场，主题是她最近改变发型后所获得的人生感悟、选择默认浏览器设置时的艰难选择，以及她如何通过"死藤水仪式"③和尊巴舞课程找回了自我。尽管她就读于切尔滕纳姆女子学院，但她的牙买加口音还是改不掉，因此她将带着这种口音进行所有的表演。

想必你们多数人已经从脸谱网上的大量垃圾帖子中得知，奥利

①译者注。《诺埃尔家庭派对》是由盖伊·弗里曼导演，诺埃尔·埃德蒙兹、巴里·基勒比、霍纳尔·布莱克曼主演的一部电影。

②译者注。牛津大学辩论社，很多时候简称"牛津联盟（Oxford Union）"，是一家位于英格兰牛津的辩论社，社员主要来自牛津大学。

③译者注。"死藤水"在南美最为常见，被人称为"宗教致幻剂"，很多萨满部落都有"死藤水仪式"，甚至在当地发展出"死藤水体验之旅"，所以又被称为秘鲁亚马孙大冒险必选项。

成立了自己的政党——"青春无知自由党"。他将为我们朗读他的党派宣言，然后在现场与记者福克斯·詹姆斯（T4，MTV 新闻）讨论该政党的三个主要议题：首次购房者、学费和法布里克夜店重启计划。本次"政党大会"也接受入党。

接下来是派对的焦点，我的短片：《没人介意乌尔丽卡·琼森是个移民》。影片以未来反乌托邦为背景，探讨了文化认同、公民身份和国家主权等主题。片长三分钟，短片结束后，我将在现场接受福克斯的采访，为时两个小时，对短片和它的工作人员（主要是我的家人）侃侃而谈，就好像它是一部举世认可的作品一样。我也会提及部分幕后故事，这些故事都与娱乐圈有关，听了会遭白眼，而且只有制作团队才会懂，跟马丁·斯科塞斯给《好家伙》导演旁白解说差不多。

届时活动现场会有手工啤酒，由我的室友在我们彭格新建筑的阳台上酿造而成。这款名为"哈克尼之死"的啤酒，口感有点像起泡的马麦酱，并带有一种尿道感染的香气，每瓶只要十三英镑，敬请享受吧。

现场还会有一个用于捐款的传送木桶，你们可以放入任何钱数来支持我——这绝对是一项物超所值的投资。《没人介意乌尔丽卡·琼森是个移民》的续集目前正处于前期制作阶段，我希望能尽快完成，但又不想像其他人那样，为了筹资去做一份无聊的工作（我跟凯鲁亚克一样，都是不愿早起的人）。

非常非常感谢您对本活动的支持。我将为每一个到场的人奉献出我真心实意的爱——那些我不太熟的人就算了。对于那些不是很熟的人，我会简单地问候您，然后转头对我的朋友们说："哦，天哪，他为什么来这里？我真的自小学毕业之后就再也没有见过他了。我想他是被我迷住了吧。"

愿艺术与您同在

爱你的拉娜

有点胖，有点瘦

"你还爱我吗？"我问。

"不，我想我不再爱你了。"他说。

"但你至少还喜欢我吧？"我问道。接着是一阵沉默。

"不，我也不再喜欢你了。"

于是我挂了电话。

（从那以后，我就建议人们，除非想甩掉某人，否则面对这种问题还是说谎比较好。"不再相爱"之类的托词非常糟糕，而"我不喜欢你"这种话简直糟糕透顶。）

那时我才二十一岁，大学毕业刚一个月。我第一任正式的男友刚刚在电话里甩了我。

我和哈利在一起已经一年多了，尽管我们彼此完全无法适应对方。他性情保守，痴迷于运动，每晚睡前要做一百个俯卧撑，是埃克塞特大学曲棍球俱乐部的社交秘书，拥有一件正面印着"飞侠哥顿"的 T 恤——毫无讽刺性，只是单纯崇拜。他讨厌表达情感、穿高跟鞋的高个女人以及大声说话——基本上就是当年我之所以为我的所有元素。他觉得我糟透了，而我觉得他过于呆板。

整个交往期间，我们都在争吵，尤其是因为我们从来没有分开过。在我们大学的最后一年，他几乎一直住在我与莱西、AJ 和法莉合租的公寓里，而他在实习期间甚至搬到了我父母的房子里。

那个漫长、炎热、躁动、彼此又没有个人空间的 8 月末，是我们感情最低潮的时刻之一。我们坐火车去牛津参加莱西的二十一岁生日聚会。吃完主菜后，我便离开餐桌闲逛，碰巧看到一个游泳池，泳池看起来很吸引人。于是我脱光衣服跳下去游泳，几个朋友来找我时，我还鼓励她们也这样做。结果那次晚餐变成了一场大型泳池派对，而我则成了掌控这片水域的半裸司仪。哈利勃然大怒。第二天早上，法莉和 AJ 躲在一棵树后，看他对着我大吼："以后再也别让我看到你那副模样了！"见此情景，她俩忍不住嘎嘎地大笑。我羞愧地低着头，漂染过的头发因为泳池里的过氯酸钠而全部变成了鲜绿色，这让我更加抬不起头来了。

我们毫无共同之处。但他想成为我第一个正式的男友，这足以让十九岁的我愿意和他约会。

他打电话给我的那天晚上，我住在伦敦东部的一套公寓里，长期和一个朋友住在一起，因为当时我开始了新闻学课程，住在那里可以避免往返于斯坦莫尔和伦敦的长途通勤。挂掉电话后一个小时，凌晨一点，法莉从她妈妈家开车过来，说要送我回家。

在回家的路上，我伤心欲绝。我试图告诉法莉我和他之间的谈话，却几乎记不起任何细节。我的电话响了——是他打来的。我告诉法莉我无法跟他讲话。于是她把车停在路边，接起电话，手机紧贴着耳朵。

"哈利，你为什么要这样做？"她吼道。我听不清电话那头他在说些什么。"好吧，但为什么要在电话里跟她说这种事呢？你为什么不亲自来见她？"法莉又叫道。他那边的声音更加模糊了，只见法莉听着。"是吗？好吧，去你的！"她吼道，然后挂了电话，把手机扔到后座上。

"他都说了些什么？"

"没什么，真的。"她回答。

那天晚上法莉睡在我床上，隔天晚上也是。她最后竟在我家待了两个星期，而我再也没有搬回伦敦的公寓。我这辈子第一次体会到什么叫心碎，我从未想过那种压倒性的感觉竟会造成突发性意识模糊，就好像我再也没法相信任何人了。我想不出到底发生了什么事、为什么会这样，只知道自己还不够好。

　　同时我也吃不下饭。以前曾听说分手后会有这种后遗症，只是从未想过会发生在我身上。在当时，或者说在那之前的整段人生中，我都是个胃口很大的女孩，也许是最大的，每次节食顶多持续两天。我的家人都喜欢食物，法莉和我也一样。我妈妈从小被意大利裔的外祖父母带大，她是一位天生的厨师，从我五岁开始她便教我做饭。她会让我坐在她旁边的椅子上，这样我就可以在灶台上帮忙揉面团或打鸡蛋。十几岁时我就能为自己做饭了，大学时我做饭给同学们吃。我六岁时写的第一篇日记，便热情地记录了我那天所吃的东西。我通过盘子里的食物回忆起我生活的各个阶段：在德文郡海边度假时吃的酥脆烤土豆，十岁生日时吃的黏糊糊的果酱馅饼，每周日晚上吃的烤鸡，以肉汁洗除我上学一周来的恐惧记忆。无论生活有多糟糕，无论痛苦有多剧烈，我总确信自己的胃口不会完全消失。

　　我从未觉得自己超重，但我的体型却经常被模糊地描述为"大女孩"。我来自一个历史悠久的巨人家族。我的弟弟得到了上帝的眷顾，少年时期身高就达到了六英尺七英寸，因此他不得不在"巨人帮"和"高又大"之类的大码服装店里买衣服。我十四岁那一年，身高就已经达到了五英尺十英寸，十六岁时六英尺。但我不是那种又高又瘦又可爱的瘦高少女——我体型较宽，大胸大臀。我和《布利斯》照片上的女孩以及《保姆俱乐部》系列丛书中描述的女孩完全相反。我的心智从未为青春期做好准备，就连体型也离少女相距甚远。

　　当你有这样的身高，就很难成为少女。我从不知道自己要多重才算正常，因为每个女孩的身高都只有我的一半，而她们认为的"过重"体重，是我十岁以后就无法达成的数字，这让我产生了一种巨大的羞耻感。再加上好胃口和婴儿肥，这导致我还不到十六岁就开始买十六码的衣服了。我知道自己比朋友们都要高大，有时也被人称为胖子，但我始终相信，成年后我的身材会变得更为合理。令人丧气的时刻在十五岁时的一场烧烤餐会上降临。我父母的朋友蒂莉

（一个喝得醉醺醺，体重严重超重的女人）抓住我腰间的赘肉摆弄着，就好像她在转动船舵一样，然后向整个庭院的人宣布"我们这些胖女孩必须团结起来"，并直截了当地告诉我："男人喜欢肉肉的女孩。"接着她丈夫便心领神会地朝我眨了眨眼。顺便说一句，他体型的宽度都赶上沃克斯豪尔·扎菲拉七座商务车了。

上寄宿学校的时候，我的体重慢慢减轻了；到我上大学的时候，我的尺码已经是标准的十四号了——尽管还谈不上苗条，但我并不介意这一点。面对想亲的男生，我仍可以大方地亲下去。我穿得下拓扑肖普了，也喜欢食物和烹饪，那是必须付出的妥协，我明白。

然而，我竟到了这种地步——吃不下任何东西。我从头到脚都被一种病态的忧伤感所淹没，我的胃口——我最宝贵的财富——也消失了。我可以感觉肠道躁动不安，喉咙里总像卡着东西。每天晚上，妈妈给我一碗汤，说容易下咽，但我只能勉强喝几勺，其他的就趁她不在的时候倒入水槽。

两周后，我称了一下体重，发现自己瘦了一英石[1]。我一丝不挂地站在镜子前，平生第一次看到自己身上竟显露出了腰身、髋骨、锁骨和肩胛骨的轮廓——那些长久以来被说服相信"这才叫女人味"的特质。看着这种我从未拥有过的新曲线，我突然能够忘记过去一年多来和我同居、分享生活的那个男生。我似乎从中领悟到了什么：因为我吃不下东西，所以我的身体起了变化。节食的效果立竿见影。在这段混乱的生活中，我发现了一个自己能完全掌控的简单公式。这是我自己能够控制的东西，它会带我通往一个全新的世界，我将焕然一新。答案就在镜子里：别再胡吃海喝了。

我全身心投入新任务中：每天称体重，计算步数，计算摄取的热量，每天早晚在卧室里做仰卧起坐，每周都记录三围。我靠健怡可乐和胡萝卜棒过活。想吃东西就去睡觉或者洗个热水澡。这样一

———————
①译者注。一英石约等于六点三五公斤。

来，我的体重减轻得更快了。我的体重一天一天、一磅一磅地减少着，似乎从未停滞过。最初，这项任务带来的活力代替食物撑住了我，我感觉自己就像一列奇迹列车，没有燃料也能急速奔驰。

又过了一个月，我又瘦了一英石。我的月经没有来，这让我既害怕又深受鼓舞。至少这意味着我的内在和外在都发生了变化，至少我离一个全新的自己又更近了一步。

在这段时间里，只要不去上课，我就待在家里。分手后我仍觉得很脆弱，也不想社交。第一个注意到我不对劲的人是哈利的妹妹亚历克丝，在和哈利交往期间，我和她也成了好朋友。谢天谢地，她在我们分手时一直陪在我身边。那时她刚搬去纽约，我们每天都在网上聊天。有一天，在我们聊天的过程中，我站了起来，那是她几个月以来第一次看到了我的全身。

"你的胸部怎么不见了？"她睁大眼睛，逼近摄像头，把我上下扫了一遍。

"不就在这儿吗？"

"不，不见了。你的腹部看起来就像熨衣板。小莉，你怎么了？"

"没事，只是瘦了一些。"

"哦，亲爱的。"她皱着眉头说，"你吃不下东西，对吧？"

其他人则没有这么细心。我开始出门见见大学时的朋友。他们告诉我，他们听说了哈利的事后很难过，还说他交了新女友。他们一遍又一遍地说我看起来有多棒，每一句赞美都像一顿午餐一样，让我不再饥饿。

我开始出去玩，不停地喝酒，试图转移饥饿带来的痛苦。我的妈妈越来越担心我，她会在厨房的桌子上为我留下一盘盘的食物，等我晚上回来后吃。她理所当然地认为那时的我已经恢复了胃口。而我学会回家倒头就睡。

到12月的时候，我已经瘦了三英石。三个月，共瘦了三英石。为了远离食物，我需要做好心理建设，并严格遵守某些规矩，但这时的我发现自己很难做到这点。我身心俱疲，头发稀疏，而且时常感到刺骨的寒冷。我坐在淋浴间里，试着让自己暖和起来，但水调得太热了，烫到了我的背部，留下了疤痕。我时常欺骗父母，因为他们不停担心我每天吃了多少，忧虑我什么时候吃下一顿。我会梦见自己吃了堆成山的食物，然后哭着醒来，因为觉得愚蠢的我竟然打破了美好的变身魔咒。

我们其他人都毕业后，希克斯又在埃克塞特大学多待了一年。某天，苏菲、法莉和我决定开车南下和她一起过周末，去我们以前常去的地方转转。这也意味着我将有机会见到哈利，那是他大学的最后一年，我觉得那或许能替整件事画上句号，带给我一种解脱的感觉。我告诉他，我们需要把彼此的东西还给对方，他同意见我。

周六入夜没多久，女孩们就开车送我去他家，然后把车停在门外。

"我们就在这儿等你吧，多莉。"希克斯在车窗边大喊，她的脚和一根烟悬在车外。我走到哈利家的前门，按响了门铃。

"噢，天哪，你看上去……"他开门后说道。

"嗨，哈利。"我说着从他身边走过，上了楼。他跟在我身后。我们站在他卧室的两端，凝视着对方。

"你看起来状态不错。"

"谢谢。"我说，"我能拿回我的东西吗？"

"可以，当然可以。"他茫然地说道。他递给我一个塑料袋，里面装着衣服和书。我又从手提包里拿出他的套头衫，扔在他床上。

"这是我在家里找到的，都是你的东西。"

"好的，谢谢。"他说，"你要在这儿待多久？"

"就周末。我、法莉和苏菲会住在希克斯那里。"

"哦，那还不错。"他的声音一反常态地弱小，"好吧，请代我向她们问好。不过，她们可能不想听到我的消息。"我们继续凝视着对方，其间是一阵短暂的沉默。"很抱歉，我……"

"不必。"我打断他。

"但我,"他说,"我为我的处理方式感到抱歉。"

"别这样,真的。你帮了我大忙。"我喋喋不休,"瞧,我再也不咬指甲了,现在我的指甲都长出来了。我还第一次去做了指甲美容,而且只花了五英镑,你可能不信吧?"我边说边激动地把手戳到他脸前。这时,我听到外面的汽车鸣响了喇叭。苏菲和希克斯一边喝着啤酒,一边按着喇叭,而法莉则挥动着手臂试图阻止她们。

"我得走了。"我说。

"好。"他回答。我们安静下楼,他为我开门。

"你还好吗?"他问,"你看上去真的……"

"瘦了?"我问。

"对。"

"我现在很好,哈利。"我说着,敷衍地拥抱了他一下,"再见。"

女孩们带我出去吃咖喱,以庆祝整个大乱局的终结;我只吃了一点点米饭,然后不停地喝啤酒。我感觉自己比以往任何时候都更加激动、羞耻、愤怒且失控。本来我想通过见他达成某些目的,可一项都没能成功。

在愤怒的助长下,我更努力、更迅速地投入减肥中。体重下降的速度开始趋于平缓——这意味着我新陈代谢的齿轮开始变得紊乱,已经逐渐缓慢下来——于是我吃得更少了。朋友们开始质疑我。法莉告诉我,她认为我被一种执念缠住了。她试图让我敞开心扉,但我以幽默回敬她的问题。总的来说,我意识到让别人不再烦我的一个好办法就是,时不时拿自己吃得少来开玩笑。我会在其他人开口之前就先主动提出这个话题,让他们明白这不是什么问题,只是节食而已。此外,正如我一直强调的那样,我仍穿十码的衣服,这不能说明我体重过轻,只能说明我不像以前那么胖了。

我坚持减肥,因为这是我唯一能控制的事情。我坚持减肥,只是为了获得快乐,每个人都知道,当你越瘦,你就越快乐。我坚持减肥，因为社会在不断地奖励我对自己所施加的折磨。我收到了赞美，受人追求，更容易被陌生人接受，而且几乎所有的衣服穿在我身上都好看。我觉得自己终于赢得了作为一个女人被认真对待的权利，仿佛之前的一切都毫无意义，而以前的我曾愚蠢地认为自己值得被爱。我把"爱"与"瘦"画上等号，而且令人惊讶的是，这种信念的强化充斥着我们的生活，几乎无处不在。我的健康状况每况愈下，我的"行情却在看涨"。

但一个女人永远都不可能足够瘦，这才是问题所在。大家似乎认为，一直饿着肚子，或者永远不吃某一类食物，并非太过高昂的代价，就算每周花四个晚上在菲力斯第一健身俱乐部健身也没关系。要成为一个有魅力的年轻男人，你只需要露出一个漂亮的微笑，拥有一个不胖不瘦的体型（浮动在一英石左右）以及中等发量，然后穿一件合适的套头衫就够了。但要想成为一个性感的女人则没有尽头。你身体的每一个部位都要脱毛，要每周做指甲，每天穿高跟鞋。即使在办公室工作，你也得看起来像维密天使。仅仅做到不胖不瘦，有中等发量，穿一件合适的套头衫是不够的，根本无法达到目的。我们被告知必须拥有完美女人的外表，但明明那些女人维持完美的形象本来就是她们的职业，她们是要靠这个来赚钱的。

我越想努力做到完美，就越是注意到自己的不完美。比起体重轻了三英石，更让我对身体充满自信的是我的体型穿得了十四码。当我脱下衣服，裸身站在新对象面前时，心里只想着要为自己端出来的"菜色"道歉，赶快列一份改进清单，就像中产阶级女主人在客人来访时说："哦，别看地毯，太丑了，我之后会全部换掉。"

某些朋友对我的担忧开始夹杂着恼怒了。我会衣冠不整地去参加派对，而且已经好几天没吃东西了，只能在恍惚中走来走去，几乎说不出话来。塞布丽娜和 AJ 要一起去旅行，我在送行宴上迟到，头晕乎乎的，不想和任何人说话，半小时后便找了个借口离开了。我能感觉到自己正在远离正常的生活轨道，卡在对自我掌控错误的认知里，越陷越深。

随后，我这辈子第一次坠入了爱河。

第一次见到里奥的时候，我正在象堡的一个脏乱的家庭派对上闲逛。我从未见过比他更完美的男人。他又高又瘦，留着蓬松的深色头发，有着结实的下巴、闪闪发亮的眼睛、上翘的鼻梁，以及 20世纪 70 年代风格的八字须；他的脸像乔什·布洛林与詹姆斯·泰勒的结合体，最棒的是，他对自己的美一无所知。他是个有着嬉皮士做派的博士生，还是个有着一字眉的偏执狂。

那晚之后不久，我们就开始交往了。我知道这次我是认真的，因为我整整两个月没有和他上床，拼命想要把每件事情做好，享受和他在一起的每一刻——而不是匆匆地走完所有旅程。他住在卡姆登，每次我们约会结束时通常已经是凌晨四点左右了。他会陪我走到乔克农场站外的公交车站，让我坐 N5 路公交车回到十英里以北的埃奇韦尔，然后我再从那里向西走四十五分钟到达斯坦莫尔。蜿蜒穿过两旁停着大众汽车的空荡街道，看着太阳从半独立式的红砖房子上升起，我心中充满了连自己都无法想象的幸福。

一天晚上，我们像往常一样在卡姆登散步，他突然停下来吻我，双手穿过我的发间，触摸到隆起的接发片。他拨开我脸上浓密的头发，把它拢到我脑后。

"你留短发一定很好看。"他说。

"怎么可能。"我说，"我十几岁的时候留了波波头，结果看起来像个修道士。"

"不，我说的是很短的那种。你应该尝试一下。"

"算了吧。"我说，"我的脸并不适合这种发型。"

"你挺适合的！"他说，"你可以大胆一些，毕竟只是头发而已。"

他不知道的是，他所谓的"只是头发而已"是我认为自己唯一的优点。"只是头发而已""只是锁骨而已""只是仰卧起坐而已"，这些"只是"花费了我一年中的大部分时间和精力，也是我认为自己的全部价值所在。

一个月后，我带着崔姬的照片去理发店，喝了一杯伏特加，把头发剪短了十五英寸。我对自己外表的一些痴迷也随之消失了——那些头发被剪断，掉落地上。

里奥不知道我的秘密，因为我不想让他认为我是个疯子，但约会几个月后，他靠着蛛丝马迹自己猜到了一些。我会设法避开任何有关食物的场合；每天早上分别时又总是告诉他我想要晚一点再去吃早餐。最后，有个朋友告诉他，我似乎病了。

"这是需要处理的问题吗？"他问我。

"没事。"我回答，同时感到既羞愧又害怕，觉得我即将失去我所见过的最好的人。

"我会陪着你，也会帮你。但如果你不和我讲实话，那我将很难爱上你。"

"好吧，对，这一直是个问题。"我告诉他，"但我会改的，我保证。"

为了能让这个男人留在我身边，我愿意做任何事情。我感受到他的爱是如此强烈，甚至充满忧虑——而我对他的爱既带着激情，又伴随着恐慌。不是我主动坠入爱河，而是爱情自己降临在我身上，而且如此强烈，让我如承千钧之重。我别无选择，只能放下那种即将毁灭一切的执念。

于是我便这么做了。我开始读相关的书籍，去看了医生。我的体重在不知不觉中增加了一英石，而我也慢慢习惯了正常饮食。我开始恢复健康。我甚至参加了社区中心举行的互助会，说起来你可能不信，每次集会他们做的第一件事，就是在房间中间放一碟饼干，然后在"下一周该轮到谁带零食"的问题上争论不休。在我看来，这就像在戒酒集会的场地中间放一瓶杰克·丹尼威士忌一样有用。

我重新爱上了烹饪，恢复了吃货本色，每个周末，我都和里奥一起做菜，一起吃。我会和妈妈一起看范妮·克拉多克和奈杰拉的美食节目。每次与人见面，所有人都不停地说我看起来很"健康"，而我试着不将其理解为我又胖了。战争结束了，一切开始复苏了。我又找回了自己的生活。

我的嬉皮士作风把我从"被完美奴役"中解放了出来。我和里奥某次喝了酒，便顺手把我的头发剪得更短。我坐在餐桌旁把酸橙挤进啤酒里，他用厨房剪刀剪掉了我几大绺头发。最后我把两边的头发都剃光了，只留下中间一道蓬乱的鸡冠头。我靠着帆布鞋和里奥的套头衫就能生活，和他在一起时，我可以一连好几天都不碰化妆包或剃刀——这对我来说还是第一次。我们会去海边度周末，在海里洗脸、洗澡、洗碗。星期天晚上无聊的时候，我们就在他的卧室里搭帐篷露营。那是一种纯粹、自由、完美的感觉。

但在内心深处，我明白自己仍为了男人的目光而改变着自己；我只是走到了另一个极端。里奥讨厌浓妆，所以在参加完派对回家时，我会在公交车上把妆卸掉，把高跟鞋换成高帮鞋。

体重的反弹并不是当时的我想要的。如果没有遇到里奥，我想我会继续瘦身，但幸运的是，在他的帮助下我完全康复了。随着年龄的增长，我幸运地意识到拥有一个健康的身体是多么珍贵的礼物；一想到我曾如此恶劣地对待自己的身体，这让我感到羞愧和困惑。不过，如果说自此我便逃离那段时间里发生的事，那肯定是谎言，没人会这么说。你可以抱持着一种理性、平衡、关注的态度，去找回健康的身体、训练自己面对体重，并培养其他良好的日常习惯。但你绝对无法忘记一个水煮蛋有多少热量，或者走多少步能够燃烧多少热量。你也无法忘记那段时间里每个月、每个星期自己的确切体重。你可以尽你所能地把这些念头屏蔽掉，但在某些时刻，在生活变得难过的那几天，你会感觉自己再也无法像十岁时那样，兴奋愉悦地从指尖舔下血红的果酱，再也不会了。

二十一岁时
我所知道的爱

男人喜欢充满野性的女人。第一次约会就上床，整夜销魂，早上躺在他床上，永远不回电话，说你讨厌他，却又穿着安·萨默斯的情趣护士装主动出现在他家门口，千万不能老套——这样才能让他们对你长久保持性趣。

忽视闺密的男友。只要忽视得够久，他们最终会自动离开。对待他们就应该像对待普通感冒或轻微的鹅口疮一样。

第一次分手永远最难，后来就不会了。在接下来的几个月里，你会漫无目的地四处游荡，感觉像个迷路、困惑的孩子，质疑所有你曾确信无疑的事情，思考所有你必须重新学习的事情。

永远选在男方家里过夜，这样隔天早上你可以随时离开。

完美的男人有着橄榄肤色，棕色或绿色的眼睛，大而挺拔的鼻子，浓密的胡须和卷曲的黑发。他有不令人尴尬的刺青，还有五条复古款的李维斯牛仔裤。

不做爱的时候，不用脱毛，让它像一片四处蔓延的野生灌木丛一样吧。除非你会向人展示脱毛后的样子，否则在脱毛膏上浪费那么多时间、金钱或为它生气都是毫无意义的。

你足够瘦的时候，就会对自己感到满意，然后就值得被爱了。

如果有人不让你在喝醉后和别人调情，别跟他出去。如果那是你生活的一部分，他们就应该接受你本来的样子。

如果可以让双方都感觉良好，假装高潮其实只是举手之劳，你可以尝试。

爱上对的人，会让你感到安定、自信、平和。

被甩是世界上最糟糕的感觉。

总体而言，男人是不值得信任的。

一段感情最好的阶段是最初三个月。

真正的好朋友总会把你看得比男人更重要。

无法入眠的时候，你可以幻想自己将来和橄榄肤色的鬈发男人之间的风流韵事。

醋栗慕斯：我的电灯泡人生

　　故事还要从一次火车旅行说起。我总觉得自己有一天会在火车上发生一些奇妙的事情。在我看来，火车出行一直是长途旅行中最浪漫且魔幻的部分，非常吸引人；包裹在自己舒适的情绪中，停留在前后交接的途中，穿越上一章与下一章之间大片沉默、空白的书页。在这个掏出手机就会"失去意识"的空间里，你不得不面对自己的思绪，整理哪些事需要改变做法，重新排列事物的优先顺序。我曾在火车上想象过许多庞大的梦。快速穿过如出一辙的英国乡村，凝望着窗外一片片金色的油菜花田，想着自己即将舍弃或拥抱的事物，最清晰的顿悟或感激便会在此时降临。

　　2008 年，我在帕丁顿登上了一列注定会改变我一生的火车。那天的情节完全出乎我的预料，它一点也不像《爱在黎明破晓前》《热情似火》或《东方快车谋杀案》里的桥段。我没有坠入爱河，没有用尤克里里表演一场醉酒放荡版的《狂奔不止》，也没有卷入某个谋杀案的谜团；相反，一连串的事件接踵而至，这些事件将在接下来的五年里慢慢展开，直到最后，这个故事还是如此令人沮丧地远去了，让我无法触及，更不用说撤销了。事实上，真要说起来，在这趟改变我一生的火车之旅中发生的事，其实几乎与我无关。

　　那是我记忆中最寒冷的冬天（可能是我当时爱穿贴身连衣裙的缘故），当我坐上周日晚上最后一班从伦敦回埃克塞特大学的火车时，天开始下雪了。火车在布里斯托尔外抛锚了，当其他乘客开始抱怨、叹气，沮丧得直跺脚的时候，我却觉得这一切都太浪漫了。我在英国大西部铁路线①的餐车车厢里买了一瓶便宜的红酒，回到座位上，凝视着漆黑、寂静的乡村景色。厚雪覆盖一切景色，仿佛圣诞蛋糕上的糖霜。

我对面坐着一个和我年龄相仿的男孩，他的脸蛋是我见过最漂亮的。我盯着窗外，幻想着在这列抛锚的火车上有一名男子正试图吸引我的目光，而那个男孩也正有此意。最后他成功了，他介绍自己叫赫克托，并问我是否可以和他喝一杯。

他有一种独特的、不可撼动的自信，这种自信显然是在公立学校培养出来的。这种自信源自他十三岁时被授予的一件古老校服外套，代表着一整套的身份认同——所在学校的配色、愚蠢的绰号，以及即使喝了五杯酒也能够回忆起来的校训之歌。这是一种充满傲慢的自信，这种自信源自十三岁参加辩论社，最终挤进政府高层；拥有这种自信会让你觉得自己本该在此，有权对任何事情评头论足。幸运的是，赫克托天使般的外貌，足以平衡这种傲慢：闪闪发光的蓝眼睛有着矢车菊一样的虹膜，鼻子微微上翘，就像20世纪50年代肥皂广告里的男孩。他蓬松的鬈发像年轻时的休·格兰特那样，嗓音浑厚、圆润、俏皮。我们在静止的火车上聊了两个小时，边喝边笑，吃着妈妈给我准备的肉馅饼。

我知道你这时在想什么：如果这次相遇能更戏剧化一些就好了。嗯，我十九岁时也这么想过。所以，受周日晚上无线电视频道播放的无数浪漫喜剧的启发，我决定不和他交换电话号码，如果我们真的有缘，必然能再次重逢。他就这样离开了，消失在了布里斯托尔车站寒冷的夜晚，留下的回忆至少够我写三篇帖子（我的博客叫"单身女孩的冒险"，内容漫无目的，且匿名发表）。

两年后的同一个月，也就是我和哈利分手几个月后，我正站在

---

①译者注。英国大西部铁路线（Great Western Railway）是英国著名的客运铁路运营商，也是伦敦西部，英国西部、西南的主要客运铁路运营商。

波多贝罗路一家酒吧的吧台边，他走了进来。他穿着成人的西装和外套，再配上略微不那么松软的发型，虽然只老了两岁，但这身造型配上他那张可爱的天使脸蛋儿，就变得既讽刺又性感了。

"世界上有那么多酒吧，没想到在这儿不期而遇了。"他说着走近我，亲吻我的双颊。依循惯例，那边晚上我们喝着廉价的红酒度过，而外面大雪纷飞，以至于等到打烊前最后的点单时间，我们又被困住了。雪太大了，我没法搭上回家的公交车，而且我也喝得根本没力气玩欲擒故纵的游戏。我的廉价高跟鞋摇摇晃晃，完全无法在雪地上行走，于是他像扛波斯地毯一样把我甩在肩上，回到他的公寓。

凌晨四点，我们都还没睡，躺在地板上一根接一根地抽着美国精神牌香烟，把烟灰弹进我肚子上的杯子里。他从我的手提包里拿出眼线笔，在墙上写了一句特德·休斯的诗：

她的双眼不愿放过任何东西 / 她的目光钉死在他的手上，他的手腕上，他的胳膊肘上。

这些字用眼线笔潦草地写在墙上，看起来模糊不清，旁边则是好几幅裸体女人的炭笔画。（"我画的，她们是我的前任。"他自豪地说。我赤裸着躺在那里，而他则在墙上从事着"创作"，我抬头望着那面见证他过往性事的墙。"是个可爱的姑娘，可惜已经结婚了。"）他的床边还放着一本黑色封皮的通信录，正面是三个烫金的词：金发女郎、黑发女郎、红发女郎。你不得不承认，他也许是个花花公子，但也是个极富想象力的花花公子。

赫克托滑稽、顽皮、孩子气、下流、潇洒、痞气，所有你用来描述诺埃尔·科沃德剧中人物的词汇都可以用在他身上。我以前从未见过他这样的人。有关他的一切都非常老派：他的家族有贵族头衔，他穿着祖父留给他的俄罗斯拖地狼皮大衣，他的衬衫上带有寄宿学校的姓名标签。他房间里的东西要么是用得不能再用了，要么就是借来的。甚至连他的工作也是"借来的"：他的老板是他母亲以前当社交名媛时的"小白脸"，出于对他母亲的爱慕，给了这位糟糕的毕业生一份伦敦金融城的工作。早上我离开赫克托时，很想知道他的工作内容到底是什么，毕竟他整天做的就是把我的内裤穿在他从未熨过的裤子里，然后用他的工作邮箱给我发色色的邮件。

我们的关系完全是"夜间性质"的，因为他完全是夜行动物。他是夜里出没的神秘野兽，是以自身毛皮成就了那件大衣的徘徊游荡的狼。我们会跑到酒吧里喝得酩酊大醉，相约午夜约会。我曾经裸身单穿风衣跑到他家。那年我二十一岁，仿佛活在杰姬·科林斯的小说里，而男主角的他则是上了年纪却不长脑袋的好色版贾斯特·威廉。

他从未见过我的朋友，我也从未见过他的朋友——这正好适合我们。我甚至不知道他有室友，直到某天早上六点，全裸的我醉醺醺地晃进厨房，撞见一个叫斯科特的男人。当时我用力拍开厨房的门，打开灯，发现他正穿着西装坐在餐桌前吃麦片、看报纸，马上就要出门上班。赫克托认为这很有趣——不仅是有趣，他还觉得这一幕——室友看到我全裸的形象——很火辣性感。于是，我们第一次吵了架。

几天后，我在厨房炒蛋，再次遇上穿着睡袍的斯科特。他抱歉地对我笑了笑。

"嗨。"他尴尬地挥了挥手。

"嗨。"我回应，"那天早上很抱歉。之前赫克托告诉我没人在家，我后来骂了他。"

"没关系。真的，没关系。"

"不，这糟透了，我很抱歉。"我含糊地说道，"应该没有人想在上班前看到那个画面。"

"那个……呃……也算个惊喜啦。"他说。我给了他一些鸡蛋和吐司，作为抛出的橄榄枝。

我们在桌边坐了下来，客气地聊着，自然而然地谈到了约会的话题。他有没有约会对象？没有。我有没有哪个单身闺密可以介绍给他？有，而且非常完美，就是我最好的朋友，法莉。

"但她现在肯定不打算谈恋爱，她很享受单身，所以这只能随缘了。"我提醒道。

"不错啊。"

"太好了！那我给你她的电话号码。起码这是我能做到的。"我说。于是我把法莉的号码输入了他的手机。为什么不呢？他看起来还不错——有魅力，有礼貌。搞不好她也期盼着一段风流韵事呢。我顺口向法莉提起了这件事，然后就把这件事抛诸脑后。

我想我有必要在这里稍作解释，这样你们就知道为什么我会在接下来的故事中变得"痴迷、恶毒、控制欲强"①了。

我和法莉的友谊不是朝夕之间形成的——她进入学校的第一年和一群"力量公主"②混在一起。她们是北伦敦郊区一带学校女王的统称，个个染着金发、佩戴蒂芙尼首饰，说得出布雷迪发生的各种趣闻逸事（布雷迪是埃奇韦尔一家面向犹太青少年的社交和体育俱乐部，地位等同郊区的中国白③）。而我呢，则常在周末穿着黑色衣服，在学校的戏剧社团策划着公演活动，试图只用一块木头来描绘飞机失事的创伤。不过，自从我和法莉上了同一堂法语和数学课之后，我们很快就发现彼此有着相同的幽默感，也都非常喜欢《音乐之声》和西瓜润唇膏。

在几个月的课堂"同桌"之后，我们的"课外友谊"开始了试探性的发展。我先邀请她来我家，我妈妈做了烤鸡。我爸爸则一如

---

①译者注。"痴迷、恶毒、控制欲强"代表某一类女性，经常作为"Single White Female"的缩写来使用，表示那种痴迷、恶毒、控制欲强的女性。

②译者注。力量公主是美国漫威漫画旗下的超级英雄，是漫画作品《至高中队》中的角色，也是队伍至高中队的成员。

③译者注。中国白，伦敦知名夜店。

往常，像他对待我其他的朋友那样：慌乱地抓住我朋友的某个事实，恨不得每隔一句话就提到它，想要帮我俩找到某种共同语言。对法莉来说，这种共同语言就是与犹太人或犹太教相关的任何事情。我爸在接下来的十年间不停地重复着同样的话："你知道艾伦·休格爵士不得不缩减阿姆斯特拉德公司的人员规模吗？真的太可惜了。"或者"我最近看到了一则特拉维夫的旅游广告。现在飞往那里的航班减少了，但那里的天气一定很好，很暖和，很适合旅游"。在缓慢的起步之后，我们便形影不离了。在学校里，我们尽可能在一起度过每一分每一秒；放学回到家后，我们狼吞虎咽地吃完晚餐，然后就打电话给对方，继续聊白天见面时忘记说的其他事情。这种习惯如此根深蒂固，以至于直到现在，我还能记得法莉的妈妈在 2000 年至 2006 年间的座机号码，比我的信用卡密码记得还牢。

我讨厌学校，而且经常惹麻烦。十二岁时，在被勒令休学、与副校长闹翻、被关禁闭之后，我回到了地理课堂上，而地理老师又特别讨厌我。某次，老师要求我们拿出作业本，我忘记带了。我小时候丢三落四，根本一团糟。每年的圣诞晚会上都会设立一个"多莉·奥尔德顿乱扔垃圾奖"，并"奖励"获奖者一个垃圾袋。"获奖"的学生必须在学校里转一圈，收拾她扔在地上的所有东西。我讨厌这个所谓的奖项。

"你的作业本呢？"老师低头盯着我的桌子问道，她那酸腐的口气似乎是由雀巢咖啡和香烟凝结而成的。

"我忘带了。"我喃喃道。

"嗬，这可真是一个惊喜啊。"她提高嗓门说道，那声音达到了广播公告的音量，接着在教室里来回踱步。"忘带了。你这辈子有没有哪天是不丢三落四的？这只是一个作业本，一个作业本而已，有那么难吗？"她把黑板擦"砰"的一声摔在讲台上。

我的脸涨红，卡在喉咙后面的滚烫泪水让我感到一阵恶心。法莉在桌子底下捏我的手两次，又快又有力。我知道那是什么意思。

那是个无声的通用莫尔斯电码：我在这里，爱你喔。那一刻，我意识到我们的关系发生了根本的变化，我们选择了彼此，成为家人。

法莉和我一直是彼此生命中永远的伴侣。每次家庭聚餐、每个节日、每场派对，我们都是彼此的好伙伴。除了出去玩喝得烂醉，我们从未真正地争吵过。我们也从来没有对彼此撒过谎。这十五年来，我每隔几个小时就会想到她一次。只有在她的衬托之下，我存在的意义才能真正体现出来，反之亦然。没有法莉的爱，我只是一堆破烂或半成品的思想，我只是一堆血、肉、皮肤和骨头的混合物，一个无法实现的梦想，或者床底下一堆稚嫩的烂诗。只有身边站着我生命中最熟悉、最喜欢的那部分时，混乱的我才能终于成形。

我们知道彼此祖父母以及童年玩具的名字，我们确切地知道什么样的词语按照特定的顺序排列时会让彼此大笑、哭泣或尖叫。在我人生的沙滩上，没有哪一颗卵石是她没有翻看过的。她知道在哪里可以找到我的一切，我也知道她的东西在哪儿。简而言之，她是我最好的朋友。

斯科特和法莉第一次约会的日子选在 2010 年情人节。我想说的是，如今谁还会这么做？我甚至不知道他们为什么要费心地安排一场约会。我认为，喝酒只是一种形式，他们见面的真正目的其实是一夜情。

"我知道听起来很奇怪。"她解释，"但我们已经互发了多次短信，那是唯一两个人都有空的日子。"

"你们打算干吗？"

"不知道。他会来接我下班，他说诺丁山有个享用晚餐的好去处。"

"晚餐？"我吼道，"你们为什么要出去吃这顿多余的晚餐？不就是约炮而已吗？"

"嗯，小莉，我怎么可能直接跑去他家，至少得先聊聊吧。"

"对，但为什么吃晚餐，我们又不是……四十岁的人。那只是浪费钱。还有，为什么要约在情人节？"

"我告诉过你的，我们俩都很忙，情人节不约的话我们就要等很久。"

"我们俩都很忙，"我模仿道，"搞得就好像你们已经结婚了似的。"

"闭嘴。"

"一个你素未谋面的男人，情人节这天在你工作的地方约你见面，然后带你共进晚餐，周围是一对对情侣，你不觉得这很奇怪吗？你不觉得这会影响你判断自己是否真的喜欢他吗？"

"不会啊。这只是一顿随意的晚餐而已。"

晚餐很顺利，不过一点也不"随意"。斯科特去哈洛德百货公司接法莉，当时她正在那里的一个珠宝柜台工作，天下着雨（还下着雨！连老天也要帮忙）；他们坐上一辆出租车到达诺丁山，去了餐馆，完成了法莉一生中最美好的约会。我知道那是法莉一生中最美好的一次约会，因为她没有像往常一样，喋喋不休地讲着那是自己经历过最棒的约会，而是在我问起斯科特时变得扭捏起来，态度谨慎，语气甚至有点像大人。

法莉和斯科特交往期间那种令人恼怒的成熟感，让我意识到我和赫克托之间的交往像一个笑话。用在赫克托身上的那些形容词像牛奶一样变质了——自私、愚蠢、噩梦般。他太糟糕了，他的妙语连珠也不再那么有趣了；我不想在早餐时喝整瓶白葡萄酒，不想在打闹时用懒人鞋敲他的头，也不想在他过于复杂的怪诞性幻想情节中扮成一个情色小精灵。有个星期，他喝醉了两次、完全昏死，把我锁在房子外面，让我在雨中度过了大半个晚上。他那种令人羡慕的男生头领般的自信还附带着另一些需求——需要被女宿管管教。而我对这个角色毫无兴趣。

"求求你，多莉。"周五晚上碰面时，法莉恳求道，"求你再去见他一面，求你了。"

"不要，我没这个兴趣。"我坚决地说。

"哦，可是以我和斯科特现在的关系，我还不能随随便便出入他的公寓，那会让人觉得我是个跟踪狂。"

"你以前可从来没有为此烦恼过。"法莉曾给一个男人二十英镑的话费，并让他承诺会跟自己保持联系——但那人却从此杳无音讯。

"没有，但我想和他好好相处。"她诚恳地说，"现在我跟他相处都按照正常的规矩来，这样真的很好。拜托，请给赫克托发短信，我们可以一起去他家，这样就不会尴尬了。"我想了想。她又接着说："求你了，我以前不是也这样帮过你吗？"

见鬼，她真的这样帮过我。

我给赫克托发短信，说我会带法莉过去，然后我们上了一辆开往诺丁山的夜间巴士。

一切按预想进行着，我们四个人在客厅里喝了一杯后，赫克托就开始用他那令人生厌的醉汉奈杰尔·哈弗斯式的声音喋喋不休地谈论乳头夹的来历，而法莉则对着斯科特一个劲儿地捻弄着自己的头发，害羞地微笑着，然后他俩就离开了。赫克托则把我带到他的卧室，说他想"给我看些东西"。他一反常态地亲热、黏人，像他这样的男人，当他们感觉到你变得有些疏远时，就会是这种态度（我已经有两个多星期没有回复他的色情打油诗邮件了）。我坐在他的床上，直接拿起一瓶温热的白葡萄酒就喝。

"所以要看什么？"我直截了当地问。他拿起一把吉他。哦，不。千万别来这招，其他都可以。几个月来，我一直梦想着自己住在那间卧室里，但它很快就变成了我个人的梦魇之穴。我突然看清了这波西米亚式的乱象：地板上到处都是脏袜子，空气里像雨天里的旧板球馆那般有着一股淡淡的发霉、发潮的气味，羽绒被上有不少抽烟睡着时烧出的洞。美丽的裸体女人木炭画变成了丑陋的石像鬼，直勾勾地盯着我，好像正以一种过来人的口吻嘘声说道："我们都经历过这一切，现在轮到你了。"

"我想弹首歌给你听听。"他含糊不清地说，同时试着给吉他调音，接着猛地弹了两个和弦，然后继续调音。

"天哪——不用，没关系，真的不用这样。"

"多莉·奥尔德顿。"他大声宣布，就好像在某个开放麦克风之夜上表演似的，"我为你神魂颠倒，为你写了这首歌。"他开始弹三个和弦的组合，这个组合他之前已经弹过大概两百遍了。

"我在火车上遇见她。"他用美式沙哑的嗓音唱道，"人生从此不同。第一天晚上我们——"

"赫克托。"我板着脸说，同时感到一股酒劲儿突然上来了，"我想我们还是别再见面了。"

我和法莉第二天一大早就离开了，事情就这样结束了，那以后我便再也没见过他。法莉和斯科特都说我确实伤了他的心，因为那晚过后，至少有三周的时间，他家厨房的桌子上再没出现过任何女人的名牌手提包了。

（补充说明：有一天，身着睡衣的我正吃着一整块圣诞巧克力，惊讶地读到了《每日邮报》的一篇报道，这才得知赫克托现在是一位非常成功的企业家，娶了一位好莱坞女演员。至于这期间发生了什么，你们可以自行脑补。）

我害怕的事情

- 死亡
- 我爱的人快要死了
- 我讨厌的人快要死了，而我对过往说过他们的坏话感到内疚
- 在街上被醉汉说长得高
- 在街上被醉汉说长得胖
- 在街上被醉汉说性感
- 在街上被醉汉说长得丑
- 在街上被醉汉说我应该开心一点
- 在街上被醉汉说想和我上床
- 在街上被醉汉告知他绝不会和我上床
- 被聚会上的醉汉"试戴"我的帽子（其实是偷）
- 弄丢首饰
- 从窗户上跌落
- （意外）堕胎
- 派对上的各种游戏
- 谈论美国政治史
- 到处煽风点火
- 不会用洗碗机
- 癌症
- 各种性病
- 咬断棒棒糖的木棍
- 飞机失事

- 飞机餐

- 在办公室工作

- 被问及是否相信神（信一点点）

- 被问及是否相信星座运势（信一点点）

- 被问及为什么相信上述两件事

- 陷入胡乱的透支

- 从未养过狗

比约恩

自从与赫克托分手后，我就觉得法莉和斯科特分手也只是时间问题。我一直是将他们联系在一起的黏合剂，现在既然我不再去诺丁山那间肮脏的公寓，他们之间的共同点也应该随之消失。但没过几周，法莉突然谈起他们要去剑桥度个小假。嫉妒顿时充满了我的血管，令我全身发痛，仿佛体内全是醋意。在以前，我才是一直有男友的那一方，而现在她有了一个正式的、般配的、长她几岁的男友——而且他还不是那种人：穿着女友的内裤去上班，让女友穿连体渔网丝袜，不知道女友的全名，每周只给女友发一次短信。法莉有了这样一个男友：与她在一起时，他清醒的时间比醉酒的时间多，会陪她共度小长假，会给她打电话而不是发短信，还会想要认真和她对话聊天。

"剑桥到底有什么好玩的？"我怒气冲冲地向 AJ 抱怨，"那里有什么，有贝拉意大利餐厅吗？我只能祝他们好运，祝他们玩得开心了。"

"他是怎样的人？"AJ 问。事实上，我也知之甚少。

"坏消息。"我严肃地说，"对她来说太老，太严肃了。"

接着，三个月过去，就在三个月整的那一天，他对她说了"我爱你"。她在某次与朋友共进晚餐时宣布了这一消息。我们全都开心得尖叫、举杯恭喜，那晚在回家的夜间巴士上，我在苹果手机笔记上写下了一段悲伤的独白。

尽管多年来，我讨厌看着法莉被愚蠢的青少年们如此恶劣地对待——被引诱、被忽视、被抛弃——但我意识到那种情况会让我有一种安全感。只要男孩子们没发现真正的她，她就仍然完全属于我。一旦某个有头脑的成年男人停下脚步，并对她产生兴趣，那我就彻底完蛋了。他怎么可能不爱她呢？她很漂亮，又很幽默。她是我认识的最善良的人——多年来她一直借钱给我，帮我摆脱各种困境，还在凌晨三点我没公交车回家时，开着自己的车来接我。她具有成为完美伴侣的特质：她总是先为别人着想，善于倾听，记得各种小事。在我上班前，她会在我的盒饭里留下字条，还会寄送卡片，只为表达她多么为我感到骄傲。

我吸引男孩无非是靠着烟雾和镜子，夸大其词和虚张声势，辅以浓妆艳抹和酗酒。法莉则没有刻意的表演或谎言。所有爱上她的男生，都是从第一次约会就爱上她的每一个细胞，无论他们是否真的了解她。她是我藏得最认真的宝物，现在却已公之于世。

次年，在朋友戴安娜家的圣诞晚会上，我和法莉自青春期以来第一次吵了架。当时我和里奥在一起。她和斯科特来晚了，这是我一个月以来第一次见到她。我没有主动跟她打招呼，只是用眼角的余光观察着他们。我刻意在非常无趣的事情上放声大笑，好让她注意到我不只在场，而且即使没她的陪伴也能玩得很开心。

最后，当她主动开口时，我们的对话显得生硬而简短。

"你为什么一整晚都不理我？"她终于发问。

"那你为什么一整年都不理我？"我反问。

"你什么意思，我昨天还给你发短信了。"

"噢，没错，发短信。你很擅长发短信。短信成了你的'免罪金牌'，这样你就可以连续几个月不见我，然后每晚都去斯科特的公寓了。有人问起你就可以说，'噢，但我给她发短信了，我每天都会给她发短信'。"

"我们能上楼谈吗？"她压低了声音说。

我拿着塑料杯，重新倒满格伦伏特加和少量可乐，气冲冲地上楼到戴安娜的房间。我们对着彼此大喊大叫了两个小时，一开始很吵，后来静了下来，直到最后我们都醉了，没力气继续吵了，于是我们便和好了。我告诉她，她抛弃了我，并用了一个复杂的比喻来形容自己的感觉。我说，原来她自始至终都只是把我当成比约恩。

"这话是什么意思！"她大喊。

"比约恩。我们一起去听过的辣妹组合演唱会的暖场乐队，他们糟透了，我们都巴不得他们的表演马上结束。我意识到，这十一年来我一直都是你的暖场演员，直到你真正的主角出现。但在我眼里，你从来都不是我的暖场演员，你一直都是我的'辣妹'。要是我早点看破就好了，那样我就可以重新安排，把你安排在暖场团就好。"

她说我夸大其词了，她有权和自己的第一个男友好好相处。我说她当然可以，我只是没想到她会把男朋友放在第一位。我们重新回到派对，脸上满是污渍，仿佛是被杰克逊·波洛克用一桶睫毛膏泼洒的画布。斯科特和里奥尴尬地站在楼梯下面，沉默不语，显然他们已经聊完了足球和那些平淡无奇的时事了，已经无话可说。我和法莉抓了各自的男友和外套离开了。多年以后，戴安娜告诉我，其实那天他们刻意把楼下的音乐关小了，好让整个派对的人都能听到我们的吵架内容。

"他是她的男友。"我那理性得令人切齿的书呆子男友说。当时我们边走边喝着啤酒，要一路走回他位于斯托克韦尔的公寓。"他们在谈恋爱，所以她变了。这很正常，是成长的一部分。"

"你是我男友。"我反驳，"我也在谈恋爱，可我就没变。她仍然是我生命中最重要、最想见的人。我就没有把恋情放在首位。"

他喝了一大口啤酒。

"嗯，也许这不太正常。"他回答。

交往两年之后，里奥和我分手了。我曾竭尽全力维护这段感情，但很多事都不同了，我们已不再是当初在象堡那场家庭派对上闲逛的两个学生了。我们长大，成了完全不同的两个人。

在完成记者培训九个月后，我辗转于杂志社与报社之间，谋了一份没有报酬的差事，权当是积累工作经验了。我曾应聘过《闲谈者》杂志的实习生，《慧俪轻体》杂志的编辑助理，甚至当地一家比萨快递①的服务员，但都被无情地拒绝了。为了养活自己，我重新开始了促销女郎的工作，和一群失业的伦敦西区舞女和空姐一起穿梭在老布朗普顿路上，给一家牛排餐厅发传单。有一天，我被他们装扮成一头猪，结果在哈洛德百货公司外面遭到了反皮草示威者的攻击，于是我辞职了。

那时我还住在小时候的房间里，一天到晚都在想着一件事：我需要一份工作。二十出头的我渴望一份工作，就像我十几岁时渴望交男友一样，我会缠着已经有工作（男友）的朋友，逼迫她们说出成功的秘诀。每天夜里，我躺在床上，想着这种情况还要持续多久。

终于，一天傍晚，我在火车站台上接到了一个陌生电话。打电话的人是蒂姆，E4频道新的结构化真人秀节目《切尔西制造》的剧情制作人。针对该节目的第一季，我曾在网上写了一系列的相关评论。同样地，稿费只有用来敷衍毕业生的"曝光度"——没想到这次真的成功了。《切尔西制造》的制作团队刚好看到我的评论，对我的想法很感兴趣，他们又刚好在招揽创作人员，于是邀请我到他们位于东伦敦的办公室参加面试。

面试我的是蒂姆和迪莉，迪莉三十多岁、身材娇小，是一位刚获得英国电影学院奖的执行制作人。他们向我解释整件事的来龙去脉：当时制作公司的老板仔细阅读了网上关于《切尔西制造》的每一条评论，看到我对最后一集的评论，里面对该节目制作人员提出了一些带有挖苦意味的建议，告诉他们如何把下一集拍得更好。这家公司的老板叫作丹，成名作是20世纪90年代家喻户晓的深夜脱口秀节目，他同时兼任制作人与共同主持人。丹看到我的评论后，便把这些评论打印出来，发给所有制作人，好让他们在去和电视台开

———————————
①译者注。比萨快递是总部位于英国的餐饮品牌。

会的路上阅读——令人意外的是，他们都认同了我的评论。

那场面试只谈了半小时，结束时我自觉应该不会有下文了，甚至对此感到安心。我完全没弄清他们究竟想要什么，整场面试的大部分时间都花在了剖析上流社会人士的生活习惯和对角色的心理分析上，几乎没提到我的资历或这份工作的要求。不过，当时我不知道的是，要制作出成功的真人秀节目，九成靠的是准确的心理分析。而我也不晓得，原来自己多年来打不进上流社会的经验，其实在无意间积累了我对上流人士的深厚观察——我可能站在寄宿学校的小卖部，或是逗留在英皇路各大夜总会的吸烟区——而就是这些观察，让我难得地有被认为是大材小用的一天。

三天后，我和里奥正参加一个音乐节，这时我接到了制作人的第二个电话。当时我们正泰然自若地为参加露营派对的人涂抹亮粉，一个男孩听我帐篷里一直传出重复的铃声，还以为是发电站乐队想给我们来一个快闪表演。事实上，那是迪莉的电话，通知我成了节目的剧情制作人，并让我第二天去参加制作会议。

我直接从音乐节赶往办公室——我已经四天没洗澡了，鼻子被晒成了褐色，精灵般的淡金色头发纠结成鸡冠头。里奥带着我们的背包和帐篷在接待处等我，而我则去参加第一场剧情会议。我那时已经没有干净的衣服，只好把里奥的大号 T 恤当成裙子，搭上他的牛仔夹克，外加一双破丝袜和芭蕾平底鞋。这身行头是一个合适的送行礼：标志着我孩童时代最后的一天与成人时代的第一天。

我几乎像我当初疯狂地爱上里奥一样，爱上了我的新工作、新同事和新老板，爱上他们带给我的创造力、乐趣和真实性。在这份正式工作之余，我开始从事自由撰稿人的工作，在晚上和周末从事写作，这让我几乎没有时间做其他事情，也让里奥很沮丧，以至于让他有了一种被背叛的感觉。他当初爱上的是一个无根浮萍一样的女孩，她什么也不想要，只想带上一袋帆布鞋和牛仔裤，随他去任何地方冒险；那个女孩会把他名字的首字母绣在毛衣上，会在派对上整晚和他锁在浴室里，坐在空荡荡的浴缸里，瞪大眼睛盯着他的脸。可现在这个女孩却成了一个一门心思扑在工作上的成年女人。

对我来说，和他交往是我人生中最丰富多彩的经历之一，也知道他一直都会成为我之所以为我的一部分，但我们都长大了，他有想要的爱和承诺，我知道我必须放手，这样他才能和一个真正值得他爱的人在一起。

不久，法莉、AJ 和我终于搬出了各自父母在郊区的家，搬进了我们在伦敦的第一个家。那时 AJ 也刚刚恢复了单身，而法莉仍和斯科特在一起。

我的内心有着这样一丝希望：通过和两个单身女人一起生活，法莉会意识到她错过了多少欢乐的年轻岁月，进而和斯科特分手。但如果要说与 AJ 和我住在一起给她带来的影响，那反而是让她更加珍惜斯科特。有一次，我正忙着为第一次约会做准备，正手忙脚乱地修剪、粘上刚拆封的假睫毛，然后我就痛苦地尖叫起来，因为我意识到我使用的是前一天晚上剪过辣椒（准备撒在比萨上）的厨房剪刀。这一幕被法莉看到了，于是，就在我给约会对象发短信要求取消约会时，她从冷柜里找出了一袋笑脸薯饼，帮我敷在眼睛上。"天哪，我可不会怀念这种日子。"她叹了口气说道。

某天晚上，斯科特出差去了，法莉、AJ 和我在卡姆登我们最喜欢的一家廉价酒吧里跳舞。回到家后，我们打开了一瓶过期的添万利咖啡酒，然后大家便"酒后吐真言"了——就像我们每次出去玩完后那样。

"我好想斯科特哦。"法莉喝完最后一杯酒后说道。

"为什么？"我叫道。AJ 瞪了我一眼。"我的意思是……他才离开了几天而已。"

"我知道，但他不在我就很想他，然后每次他回来我都很兴奋。就算他只是去街角商店买东西回来一样，我也期待听到大门被打开的声音。"她看见我皱着眉头，"我知道听起来很假，但是真的。"

"我觉得她是真的爱他。"第二天，我对 AJ 这么说。

"当然爱。"AJ 躺在沙发上正啃着培根三明治，"否则你觉得他们怎么会在一起三年？"

"不知道。我以为她只是想体会一下有男友是一种什么样的感觉。"

AJ 不可置信地摇了摇头。"得了吧，多莉。"

在意识到这一点之后，我终于开始注意到一些无处不在的端倪：斯科特的父母见了法莉的父母；法莉越来越多地和他的成年朋友们共度周末，做一些成年人该做的事情，比如"在科茨沃尔德度过三十岁生日的周末"，或者在工作日的晚上品酒。斯科特经常和我们在一起，我讨厌这样。他不在场我也讨厌。这场游戏中他不该赢，我不同意。

那些最让人心烦的话

- "我不想点前菜了，你呢？"
- "我更像那种离不开男人的女孩。"
- "我天生就很会推销东西。"
- "我订婚了！"
- "你总是迟到。"
- "你昨晚醉得一塌糊涂。"
- "这件事你之前已经讲过。"
- "他只是实话实说。"
- "她很漂亮。"
- "我觉得你最好喝杯水。"
- "我有强迫症。"
- "我们的关系非常复杂。"
- "你要不要在艾莉森的生日卡片上写点什么？"
- "我们一起去吧。"
- "我们叙叙旧吧。"
- "你没注意到这件事吗？"
- "玛丽莲·梦露穿十六码的衣服。"
- "你该去看牙医了。"
- "你上次备份是什么时候？"
- "你怎么有时间发那么多推特？"
- "对不起，我有点冲动了。"
- "我要去旅游喽。"

平凡卡姆登的平凡女孩

和法莉、AJ 搬到伦敦同住的第一年，我二十四岁。某个周二晚上，我和朋友相约下班后去喝一杯。尽管我极力留她到打烊再走，但她还是不得不在八点半就离开了，因为第二天一大早她还有个会。我给电话簿上每一个我知道可能在附近并且想和我继续喝的人发了短信，但所有人要么很忙，要么已经上床休息了，要么累得不想出来。于是我只好郁闷地坐上24路公交车回家——只有它永远不会背叛我，只要二十分钟就能从伦敦市中心把我送到家门外——没办法再多玩一个小时，多喝一杯酒，这让我感到不安和失望。这种感觉我已经习惯了——失魂落魄，说不出话来，仿佛除了我，伦敦的每个人都玩得很开心；仿佛每个街角都藏着装满人生经验的宝盒，而我却找不到它们；仿佛总有一天我会死去，时间还这么早，为什么现在就要解散回家了呢？我们明明可以把这一天过得完美而欢快。

当24路公交车停在我家门前道路尽头的一家酒吧时，我顿时从郁闷中解脱出来。那是北区常见的简陋小屋，曾是个著名的音乐演出场所，现在变成了卡姆登的酒鬼们早上九点就来光顾的劣等酒吧。我下车，走了进去，那是我刚搬到卡姆登后第一次踏进这间酒馆。搬家入住那天，我们就听说法莉开创了这间店的历史纪录，成为四十年来第一个点咖啡的顾客。酒吧老板还特地出门到马路对面的街角小店买了些雀巢咖啡和牛奶，收了她二十六便士。

我点了啤酒，和酒保寒暄了几句。像我这样一个人跑进来独饮，他似乎早就习以为常了。坐在我旁边的是一个六十多岁的男人，留着灰白色的大胡子。他问我今天过得怎么样，我失望地抱怨自己缺少一个陪我共度夜晚的酒伴，于是他说他挺适合的。老人在这一带长大，我边喝着酒，边听他交代过往的人生故事：从哪个学校逃学、这一带的变迁、哪些酒吧开了又倒；在我出生前，他就在卡姆登剧院看过克里斯·马汀的演出，而我曾痴迷于那场演出的现场录音。我在午夜时离开，并在啤酒垫的背面潦草地记下了老人的电话号码，彼此承诺会找个下午时间一起听唱片，但我其实知道自己再也不会和他联系了。他只是我想拥有的众多事物中的"其中一个而已"，只是一场经历、一段逸事、一副新面孔、一段回忆。他像忠告、像八卦、像趣事，暂时存放在我那醉醺醺的、无意识的脑袋里，仅供自己在某一天重新挖出、反复咀嚼。你从哪儿听来的？要是有人问起，我会说，我完全不记得了。

第二天晚上下班，当我拖着几乎无法动弹的宿醉身体回家时，发现法莉和 AJ 蜷缩在沙发上，便把前一天晚上走进路边那家肮脏酒吧的经过告诉她们。

"你究竟为什么要进去？"AJ 困惑地问。

"因为昨天是周二。"我回答，"我就想那么做。"

我很感激自己在十几岁的时候对此如此着迷——成年生活中那些用咖啡杯数来衡量的细枝末节，因为在最终进入成年期后，我丝毫没觉得它们是一种负担，反而有了一种放松的感觉。我喜欢自己付房租，喜欢每天为自己做饭。我甚至曾因为坐在全科医生的候诊室里而兴奋不已，因为我意识到，自己终于可以在无人帮助的情况下进行医疗注册，并自行赴诊了。在我自付账单的第一年，当收到一封来自泰晤士水务公司的信件时，我激动得几乎要跪下来。那是一种自由，我知道不管今天周几，只要自己愿意，随时都能走进酒吧和里面的某个老头做朋友，即使作为交换，必须承担身为成年人的责任，我也非常乐意。

其实直到今天，我都无法接受这些事实：我再也不需要偷偷摸摸地用洗发水瓶装杜松子酒；不需要再遵守熄灯规则了，而且只要我愿意，我可以在工作日的晚上熬夜看电影或写作，直到凌晨四点。我可以把晚餐当成早餐，可以大声放唱片，可以在窗外抽烟，能够做到这些让我感到安心而振奋，因为我还是不敢相信自己是如此幸运。作为一个二十多岁的年轻人，我就像《小鬼当家2：迷失纽约》中的麦考利·卡尔金，当他发现自己住进了广场酒店的房间，便从客房服务处订购了一大堆冰激凌，边吃边看黑帮电影。我把这种心态完全归咎于自己所受的严格教育。我发现，几乎所有寄宿学校出身的人，都不敢相信自己现在竟然可以在周二晚上去肯特镇的老人酒吧，而不用担心被留校观察、休学、开除或遭受类似的惩罚。如果说大学是满足我对成人生活幻想的游乐场，那么拥有自己的房子并在伦敦工作，就是名副其实的极乐世界。

当初，我们找了三个月才在伦敦找到了我们成年后的第一套住宅。一来是因为我们的预算很少，二来很难找到带有三间双人房的公寓。我们曾在芬斯伯里公园看过一间独栋房，照片拍摄得很巧妙，就像诺丁山用旧马厩改建成的精致小别墅，但它实际上更像是本顿维尔监狱的一个侧厅（AJ说，要是我们搬到这里，"那就是整天待在家里看《X音素》，然后吃超市卖的便宜通心粉"）。另一间公寓在布里克斯顿，看房过程仿佛灾难，法莉、AJ和一大群千禧一代的看房者在外面排队，仿佛是要参观杜莎夫人蜡像馆。房产经纪人忘了带钥匙，让大家等了半个小时。接着好不容易把每个人赶进去看三分钟，附近却发生了警匪持枪追逐，以至于大家都趴在地上避险。最后，就在我们快要失去希望时，法莉通过桉树网^①的一个私人房东找到了一套三居室，而且租金在我们的预算内。

房子在卡姆登镇的乔克农场和肯特镇的交界处，坐落于一个臭名昭著的新月形街道上。这里有一个像样的传统集市，每周开市两

---

① 译者注。桉树网是英国第一个提供免费分类广告的网站，内容包括：买卖物品、汽车、房产，在你所在的地区寻找或提供工作。

次，出售一些便宜的拖鞋和卡通图案的床单；街上也有每天营业的水果和蔬菜摊位，还有一个只收现金的独立超市，是个粗野、花哨又光彩夺目的地方。

房子本身则透着一种混乱的美感，属于 20 世纪 70 年代的前地方政府廉租公寓，由乐高积木一样的黄色砖块砌成，其布局和门窗比例看起来有些奇怪，就像一个玩《模拟人生》游戏的青少年在匆忙之间建造的。前院有两片枝叶异常茂盛的灌木丛，这意味着在夏天如果你不使劲用手臂拨开树丛，就无法穿过腐烂的木制前门。厨房里的瓷砖上描绘了英国乡村的风景，后院则杂草丛生。走廊的墙上有一些奇怪的液体留下的痕迹，经过仔细查看，我们也只能假设那是尿液留下的。所有东西闻起来都很潮湿。我们楼上的公寓已经被人擅自占用了。

房东戈登是一个四十多岁的英俊男子，穿着一件象征"中年危机"的笨重皮夹克，头发出奇地乌黑蓬松。他想让所有人都知道他在英国广播公司当新闻主持人，声音洪亮、口音优雅，但举止却异常直率、随意。

"这里就是走廊。"戈登大声说道，"正如你们看到的，里面的存储空间很大。"我们打开其中一扇满是灰尘的白色门，里头的架子空荡荡的，中间躺着一个黑盒子，上面有醒目的黄色字体纹饰："灭鼠特工！""噢，不用管它。"他说着，把盒子捧在手里。"现在都解决了。"我们短暂地交换了一下眼神。"这样吧，"他微微皱了皱鼻子说，"我就先不说了，让你们自己四处看看，看完再叫我就好。"

那是栋破旧简陋、样子古怪的房子，但我们知道，作为我们的第一个家它再完美不过了。不仅适合我们，也适合每周末我们打算邀请过来的一大帮朋友。我们三人回到楼下，准备告诉戈登我们想租下这套公寓，而他正在打电话。

"嗯……嗯……好的。这是最坏的情况。"他不屑一顾地朝我们挥了挥手说。"嗯。不，那我们现在尽量别让它靠近院子，又跑回去的话很麻烦。"他看着我们，转了转眼珠。"好，那就这样，我明天十点左右去看看屋顶。好。可以。好。是的，是的。好，再见。"他把手机放回牛仔裤口袋。"这些该死的房客。"他说，"所以你们要租吗？"

入住的第一个月，我们过着极度兴奋、疯狂、节俭的生活。之前为了付押金而省吃俭用，拼命存钱，因此几乎没钱买任何家具。法莉买了一包便利贴，在房间四处贴着"电视要来了"或"吐司机要来了"等等。我们每顿晚餐都吃马麦酱和黄瓜三明治。搬进新家的第二天晚上，我回到家就看到另外两个人穿着雨鞋在客厅里跑来跑去。她们发现了这里的第一只老鼠，因为不想让这家伙从她们光溜溜的脚上跑过，所以穿着雨鞋去抓。法莉从尼萨便利超市买了一块朝圣者精选牌的切达乳酪，把它放进空的梳妆盒里，在地毯上拖着晃来晃去，试图把那只老鼠引诱出来，以确保全家安宁。

我们也很快就跟附近街角商店的老板混熟了，他是个叫伊万的中年男子，身材魁梧得像海军陆战队员。第一次走进店里时，他就提醒我们，要是"陷入任何与帮派相关的麻烦"，可以立刻去找他，他会帮我们妥善"处理"。法莉当时戴着一串珍珠项链，但在得知伊万离我们家只有十秒钟的路程后，我便有了一种异常的安全感。当老鼠的问题反复出现时，他总会赶来帮我们解决麻烦。我经常光着脚，穿着睡衣，直接跑出家门，冲进伊万的店里大喊"它又来了，伊万！它又回来了！"叫喊中带着一种布兰奇·杜波依斯式的歇斯底里。

"没事的，亲爱的，没事的，我现在就过去。"他说，"需要我带枪吗？"我往往会婉拒，只让他带着手电筒。他会趴在每张床和每套沙发下面，或挤进冰箱后方的空隙，试图揪出老鼠。

最终，戈登安排了一个灭鼠专家过来处理鼠患，他是一个来自伦敦东区的老家伙，有意思的是，他姓毛瑟（意思就是"捕鼠者"），真是人如其名啊。他在我们家放了几个捕鼠陷阱，我问他有没有其他比较人道的办法。

"没有。"他交叉着双臂，表情傻眼。

"好吧。"我回答，"我这么问只因为我是素食主义者。"

"咳，你又不用吃它。"他回答。

卡姆登确实像是我们的归宿：它在市中心，附近都是漂亮的公园，最重要的是，它已经土得无可救药了，可以说到了令人绝望的地步。我们没有一个朋友住在这儿，事实上，这附近根本没住过任何与我们同龄的人。走在卡姆登的中心大街，你会遇到校外旅行中的成群结队的西班牙青少年，他们正参加学校组织的旅游活动；或是留着保罗·韦勒式发型、穿着尖头鞋的四十多岁男人，他们仍在等待卡姆登重回当年英伦流行音乐的辉煌岁月。AJ 以前叫它"呆子观测站"，周六晚上走在大街上时，她会指着路人对我低声耳语"呆子，呆子，呆子"。刚搬过去的头几个月，我和一个迷人但极度自恋的音乐家交往，他住在东伦敦，拒绝到卡姆登找我，理由是卡姆登"还活在 2007 年"。

住在卡姆登的几年里，我们偶尔会去东伦敦参加某个派对或晚上去那儿玩，周围都是些炫酷、帅气的年轻人，这时我们不禁会想，风华正茂的我们应该住在这个地方才对。但在离开后，我们总会对东伦敦的生活感到精疲力竭，并感激自己住在卡姆登，不必口是心非地装出一副我很酷的样子，因为我们真的不是。在卡姆登，我们可以穿着紧身裤和连帽衫，不穿胸罩就去逛商店，也不用担心碰到熟人。我们可以在舞池里排成一排，醉醺醺地跳着康康舞，也还是整个酒吧里最酷的人。我们可以整晚出游都只注意自己人，不必刻意给别人留下深刻印象，因为卡姆登没有谁值得我们这么做。

我为新家买的第一件物品，是一个适合救济厨房[1]的大尺寸烹饪锅。原因是，我们的朋友们通通都是大胃王，加上我很兴奋现在终于有了自己的炉灶和餐桌。在一起生活的头几年里，我们每周都会请人来吃三次饭。我"开发"出了一些做起来不贵的菜单——一锅又一锅的扁豆汤，一盘又一盘的意式焗烤千层茄。夏天，我们会在

---

[1]译者注。救济厨房，一个为有需要的人提供最基本的饮食必需品（如汤和面包）的机构。

杂草丛生的花园里吃烛光晚餐；有一次，一棵树突然像《圣经》里描述的那样自燃起火，已经喝醉的我们还得用汤锅盛水去灭，或是干脆把杯子里难喝的廉价苏维翁葡萄酒洒在火上。顺带一提，酒是在伊万店里买的。

因为房子基本上已经破得无法修复了，我们倒也乐得自由。戈登对这件事也很看得开，放任我们把所有的墙都刷成鲜艳的颜色，即使最后因为油漆不够，所以只涂到楼梯墙面的一半，留下一条歪歪斜斜的线条，他也从来没说什么。这意味我们可以在这栋房子里活出自己，不必处处小心，过分爱护房子。

我们可以在周六晚上把家里弄得乱七八糟，然后第二天早上只需花十分钟清理一下，让它看起来还过得去就行。我们即使把唱片机的音量开到最大，一直折腾到早上六点，邻居也不会抱怨——我发誓：那些 20 世纪 70 年代的房子本来就是用作迪斯科舞厅的。住在那里的几年里，我们从来没有收到过一起噪声问题的投诉。事实上，邻居告诉我，她从来没有听到过我们发出的任何声音。

那时的我认为，要成为一名作家就得首先成为各种经历的收集者。而且我觉得世界上没有不值得的经历、没有不该认识的人，真正的生活从日落后才真正开始。我始终记得那天晚上希克斯对我说的话，当时我们躺在她宿舍的床上，窗户周围闪烁着梦幻般的灯光。

她说："多莉，总有一天我们会坐在养老院里，无聊得要死，目光呆滞地盯着我们大腿上的被褥。到那时，我们唯一能让自己露出笑容的东西，就是这些回忆了。"

但是当这样的夜晚变得越来越频繁，我便觉得仿佛是这些故事在定义我，而不是我在收集它们。彻夜不归不再是个别现象了；我开始预设任何晚上的外出都等同于通宵狂欢。而且更可怕的是，所有人都预料到我会这么做。和我出去玩一个晚上，意味着你第二天的行程被毁了。即使只是在周四晚上相约吃顿泰式炒河粉，朋友们也认为我会毫无节制地彻夜狂欢。事实上，我的体力、银行卡余额和精神状态完全跟不上这种节奏。我不想自我神化，把自己夸大成一个可悲的"村头酒蒙子"，搞到大家都不敢和我一起喝咖啡，生怕一旦被约出去，就会发现自己第二天早上在莱斯特广场的某个通宵赌场里。

某次我和海伦彻夜狂欢，我抓着一群人，逼他们听我讲自己经历过的夜生活传奇。第二天早上，海伦对我说："我真的很喜欢那些故事，多莉，可它们太多了。"

还有一件事，其他人不会说，但你会随着年龄的增长而领悟到：喝酒对你造成最大的伤害不是宿醉，而是第二天清醒时的严重偏执和恐惧。在我二十五岁左右时，那几乎成为我人格特质的一部分。周六晚上，我会霸占整个酒吧花园，疯狂地大喊自己至少能够写出三部情景喜剧剧本，而且一定都会在黄金时段播出；而在周日下午，我又会思考死亡，担心邮递员是否讨厌我——这两种情景下的我像是两个人，而且两者之间的差距变得越来越大。成长会让你有自知之明，彻底杀死那个自以为是的"派对动物"。

后来的我有了两份完全不相干的工作，一份是在电视台的工作，一份是做自由撰稿人。它们占用了我越来越多的时间和精力，而经常性的酗酒和宿醉不利于我的工作效率和创造力。"你这是在过两种人生。"一位朋友曾在我快要精疲力竭的时候这样说，"你必须做出选择：是做一个'派对女'，还是'工作女'。"

我决定以后者为奋斗目标。这样白天的生活变得充实后，晚上也就不需要再逃进夜色了。但我还是花了一些时间才意识到，寻求冒险的方式不只有深夜酣热酒吧的冰镇红酒，或陌生人的公寓，或亮着灯晃动的车。以前我一直认为酒精是获得生活阅历的工具，但在经历过二十多岁那些日子后，我才发现，酒精不仅能丰富你的生活阅历，它造成破坏的能力也同样惊人。当然你会说，如果不去酒吧，那你就无法获得这些体验：在厕所隔间里，从瞳孔放大的醉鬼那里听到一些生动有趣的忏悔；遇到那些会讲很多精彩故事的老人；去某些地方，亲吻某些人。但同样地，顶着宿醉的你也会有许多无法完成的工作。你会因为醉得口齿不清，而给可能结交的朋友留下糟糕的印象，那些对话都会因为不再记得而变得毫无意义，即使某人亲口告诉你某件非常重要的事情也一样，反正第二天早上你也想不起来。那些早上五点的恐慌时光，你汗流浃背地在床上躺了很久，盯着天花板听自己的心怦怦直跳，迫切地希望自己赶快入睡；或是用你曾说过的蠢话和做过的蠢事来折磨自己，让你在接下来的几天里厌恶自己，在钻牛角尖中浪费着生命。

若干年后，我才发现，不断以一种让你感到羞愧的方式行事，意味着你根本无法认真对待自己，你会越来越没有自尊。讽刺的是，当时的我认为通过喝酒，可以让自己成为青春期时希望成为的独立女性，但也是这一点成就了我这一生中最幼稚的阶段。二十多岁的时候，我四处晃荡，总觉得自己随时可能被指控做了什么可怕的事情，仿佛有人会随时走过来对我说："就是你，之前在我家聚会上玩大冒险，把祖玛珑英国梨与小苍兰沐浴油倒在啤酒杯里喝掉。你这浑蛋欠我四十二英镑！"或者说："嘿！酒鬼！我真不敢相信，你竟然和我男友在莫宁顿新月地铁站的森斯伯瑞超市外面野合！"而我会毕恭毕敬地点点头，说："对，我记不太清楚了，但你说的都对，我道歉。"想象一下，如果你生活在这样一个世界里，总觉得有人会跑过来告诉你有多浑蛋，而你还打从心底里同意他们的指控。这样的生活还有什么乐趣呢？

我可以保证，从现在起直到我死之前的所有周二，无论那天晚上我在哪里，我其实更愿意待在卡姆登一家低档酒吧里，一边喝啤酒，一边和陌生人聊天。当初那些终而复始喝到断片的时刻会像海啸一样，连第二天都冲刷得一干二净，不过，我最终还是从那些断片的轮回中毕业了，就像我最终也长大，离开那座杂草丛生的伊甸园，和心爱的女孩们一起喝着发酸的苏维翁葡萄酒，唱片机的声音开得震耳欲聋，水槽边堆满了空盘子，我会觉得自己住在世界上最好的房子里。而我现在还是这么认为。

食谱：
诱人的法式干煎比目鱼（两人份）

这是我为前面提到的一位音乐家做的，当时我二十四岁。在我们恋爱的早期，我试图让他爱上我，所以做了这道菜。这段恋情持续了一周左右。从那以后，我只为那些配得上我的时间与褐色黄油的男孩做这道菜。这样的效果很不错，而且恋情更持久。

材料及做法：
- 4 汤匙普通面粉
- 2 片柠檬比目鱼肉
- 1 汤匙菜籽油（或葵花籽油）
- 50 克黄油
- 2 汤匙预先煮熟的褐虾
- 半个柠檬榨成的汁
- 1 汤匙酸豆
- 一大把平叶欧芹，切碎
- 盐和黑胡椒，用来调味

将面粉和调味料倒入一个盘子里并搅拌均匀，然后放入鱼片，将面粉和调味料的混合物均匀涂裹在鱼肉上。抖掉鱼肉上多余的调味粉。

用大火将油烧至滚烫。将鱼片放入里面煎炸（鱼的两面各煎两分钟）至金黄酥脆。

把煎好的鱼放在一边，用锡纸裹住保温。

将油锅的温度调低，放入黄油融化，并加热直至浅褐色。关火，把虾放入黄油中，并加入柠檬汁。

把鱼装盘，淋上柠檬黄油酱汁，最后撒上一些酸豆和欧芹调味。

搭配蔬菜沙拉或四季豆，以及烤土豆一起食用（可不包括你的真心哟）。

2月3日

那些通常只会和我一起买醉的朋友：

您好！

希望您能参加这个派对，来见证我的成人时刻。有些人把这种活动称作晚宴派对，但我觉得这听起来有些古板，所以我想把它的名称尽量模糊化，使它看起来更随意，而完全看不出来这会是场社交狂欢。比如我们可以称之为"聚会"或"吃吃喝喝"或"一顿让人心情放松的家常晚餐"。

重点是，这绝对不是场狂欢派对。

请在七点到达我家。这个意思是，请您计划七点要到，以防您在六点时突然收到我的紧急消息，问您能不能八点再过来，因为我可能买不到用来做杰米·奥利弗的亚洲凉拌卷心菜沙拉的甘蓝，所以我不得不花二十五英镑打车到维特罗斯超市，这样一去一回会让我的计划晚一个小时。如我所说，一切很随意、放松。

嘉宾名单如下：

一位妖气十足的朋友（爱德），他乐于分享各种丰富多彩的故事，从他与众不同的性生活开始讲起。他将成为当晚讲真话的宫廷小丑——您可以想象《哈姆雷特》中的掘墓人与朱利安·克拉里的合体。

一位乐善好施者——爱德的新男友（姓名待定），每个人一开始都会竭力和他攀谈，直到主菜吃完，就把他丢在一边，然后他便会提前打车回家，直到两个小时后才有人发现他已经走了。

一位北方女权主义者朋友（安娜），拥有自由主义观点和左倾的政治主张，她与爱德会因为彼此的存在而感觉更自在。

一位不太熟的单身男同事（马修），他会和每个人调情。马修相貌平平，但个子高，声音洪亮。我的想法是，每个人在喝醉后都会喜欢他，并意识到他在一群歪瓜裂枣当中还算是最好的那个。感觉他有点像 2010 年大选时的尼克·克莱格 ①。

一对有品位又世故的订婚新人（马克斯和科迪莉亚），为当晚的晚会增添了一抹成人的温馨感。他们会愉快地谈论即将到来的婚礼的每一个细节，以便在冷场时保持活跃的气氛。不过请注意，如果话题转向福利国家或气候变化，请把马克斯和安娜隔开，免得他俩起冲突。

一位废柴朋友（酒蒙子莱斯利），她会让我们误认为自己仍风华正茂，并觉得自己的生活其实还算不错（谢谢你，莱斯利）。她也会负责在照片墙（Instagram）上记录当晚盛况，主题标签可能会是"# 我要吃更多亚洲凉拌卷心菜沙拉"或"# 罪人晚餐"，或其他可以达到同样效果的句子。

请带一瓶酒来。我猜您会带牡蛎湾葡萄酒，因为大家都知道那是唯一一款喝起来还可以，又花不了大钱的酒。您要带杰卡斯也行。当然了，逸凯飞也很受欢迎，只不过大家都会记得那瓶价格比较低就是了。

各位将外套统一放在一张床上，我会给您一杯温热的白葡萄酒——在您到来之前，我已经喝了半瓶了（因为之前在《挑战安妮卡》② 中追猎甘蓝的事情引起了我的焦虑，因此我得压压惊）——以及四袋薯片，这将是您的开胃菜。

我给自己设定了一个挑战，要做八道不同的菜，以迎合现在流

---

①译者注。尼克·克莱格（Nick Clegg），英国政治人物，自由民主党前党魁。2010 年英国大选时，没有任何政党取得过半国会席次，当年表现优异的克莱格因此成为各党的拉拢对象，最后和保守党的卡梅伦组成联合政府，担任副首相。

②译者注。《挑战安妮卡》是一档公益惊喜类节目，是 1989 年于 BBC One 首播的同名纪实节目的重启版，在此之前，节目分别于 2006 和 2007 两年在 ITV 推出过两期特别节目。

行的"超级放松的奥托兰吉式①晚宴"风潮，因此我将缺席晚会的前两个小时。对于半清醒的人来说，建议的安全话题如下：

- 维多利亚地铁线的效率问题

- 比较各自的房租

- 最近逝世的名人

- 推荐理发师

- 下一任出演邦德的候选人

- 最近去纽约旅行时美元对英镑的汇率

- 我们到底应该喝多少水

- 目前正在制作的戏剧，必须包括我们叫得出名字的主演

- 预算记账应用程序

- 床上用品

晚餐将在晚上十点开始。到这个时候，想必每个人都已经喝得酩酊大醉，说出一些与晚餐相关的黄段子——比如"你的豆腐可以吃吗？""我的香肠你要不要？"等等，但还没有醉到拿出手机在优兔网（YouTube）上看有趣视频的程度——这将发生在吃完主菜之后，上布丁之前。

建议观看的视频如下：

- 新闻主播的口误

- 猫被东西卡住了

- 孩子因为没吃到巧克力而生气

- 狗在奇怪的地方睡着了

- 路易斯·C. K 的搞笑视频

- 与席琳·迪翁相关的任何视频

午夜过后，是时候进入我称之为"毫无意义的陈腐辩论"的环

---

①译者注。约塔姆·奥托兰吉（Yotam Ottolenghi）是一位以色列裔英国厨师、烹饪作家和餐厅老板，以其创新的中东风味菜肴和蔬菜为主的烹饪风格而闻名。

节了。辩论的主题分别是"人们相信一些我在《卫报》专栏上读到的合情合理的事情"和"人们相信我在博客上读到的略微有悖情理的事情"。所有的话题和观点都将是宽泛的、含糊的、俗套的，人们用编造的统计数据和夸大的个人逸事来支撑那些站不住脚的论点。建议的辩题包括：

- 现在还有左翼和右翼之分吗？

- 如果女性想要男女平等，那为什么她们要用"女权主义"这个词而不是"平等主义"？

- 我能做到的也算是艺术吗？

- 为什么我们吃猪而不吃狗？

- 托尼·布莱尔留给世人的遗产是什么？请以我们父母的意见为意见（反正我们所有人最终都会继承并同意他们的话）。

- 女人多大就不能生孩子了？

- 玛格丽特·撒切尔是女权主义者吗？

- 飙升的伦敦房价是否意味着人们真的会搬到遥远的马盖特？

- 马修说不出雷蒙斯乐队任何一首歌的名字，那他还有资格穿该乐队的 T 恤吗？

在"同性恋是先天还是后天"这个话题上，一旦马克斯和爱德争论得相当激烈，我们便会进入莱斯利的"酒后吐真言"单元，这期间她会对着一群沉默的观众，通过一个漫长而曲折的独白揭示自己心中的秘密。

建议莱斯利坦白以下几件事：

- 你讨厌所有的威尔士人

- 近期的衣原体感染

- 和已婚男人有染

- 你以为自己能和死人交流

- 你认为投票毫无意义且无聊

- 害怕不孕

预定离场时间：

爱德——凌晨四点，在他证明自己记得抓耙子（Hear' Say）合唱团《纯粹》（*Pure and simple*）这首歌的原版舞步，以及莉儿·金（Lil' Kim）在歌曲《果酱女郎》中的整段说唱歌词之后。

科迪莉亚——凌晨两点，她会拿第二天早上其实没有约的早午餐当借口。

马克斯——凌晨两点半，在收到科迪莉亚发出的一条短信（言语中充满火气，意思是让他赶紧回家）之后。

马修和安娜——凌晨四点十五分，乘坐同一辆优步。

莱斯利——第二天下午四点。

真的很期待这次聚会，朋友们！请大家不要拘束，尽情放松！！爱你们哟！

食谱：
苹果比萨搭配不可能搞砸的冰激凌（四人份）

这是我妈妈传授给我的食谱，让我在破房子举办垃圾派对时有东西可以拿出来招呼人，无须任何技巧或努力也能完成。

冰激凌的材料及做法：
- 4 个蛋黄（必须非常新鲜）
- 100 克糖粉
- 340 克马斯卡彭奶酪
- 适量的香草精

将蛋黄和糖搅至发白，呈奶油状。
加入马斯卡彭奶酪和香草精，放入保鲜盒。
冷冻一夜或至少三至四小时。

苹果比萨的材料及做法：
- 一包酥皮
- 一包杏仁膏
- 500 克苹果，去皮切片
- 一罐杏梅酱

摊开酥皮。
涂上一层杏仁膏。
摆上苹果片。

放入烤箱，在 200 摄氏度的温度下将其烤至金黄，同时将杏梅酱放在炉子上加热。

苹果比萨出炉后倒上温热的杏梅酱，静置。

搭配冰激凌一起吃。

"什么都不会变"

自从法莉和斯科特相识，我最讨厌的一件事就是我再也见不到她的家人了。我想念她的爸妈、继母以及兄弟姐妹。曾经有很多年，我每年有一半的周末或假期都是和她的家人一起度过的，他们就像我的家人。但自从斯科特出现后，我就再也没有收到法莉的邀请了，所以我一年只能见到她的家人一两次。我在法莉生日宴会和周日烤肉宴上的位置，现在被斯科特占据了；能和她家人一起去康沃尔共度凉爽舒适的秋季期中假①的人，也是他。我只能在照片墙上看照片。

某个周六的下午（此时离我们搬进伦敦的新家已经有几个月了），法莉邀请我和她的家人出去散步。我们在一家酒吧吃午饭，我沉浸在他们熟悉而温馨的仪式中：那些绰号、只有自己人懂的笑话、我和法莉少女时代的故事。我有些沾沾自喜：原来什么都没变，无论过去几年里，斯科特占据了什么样的位置，他和我的姿态都不一样。

在这次散步的尾声，我俩落在了她所有家人和狗的后面，就像我们十几岁时那样（那时走得慢是因为午餐时吃得太多）。

"斯科特要我搬过去和他同居。"

"那你是怎么说的？"我问。

"我打算听他的。"她回答，语气中几乎带着歉意，话中的试探性飘荡在冰冷的空气中，"他问的时候，我就觉得是时候了。"

"那你打算什么时候搬过去？"

---

①译者注。英国的私立学校一年一般有三个学期，分别为：秋季学期、春季学期和夏季学期。期中假，也叫学中假期（Half-Term Holidays）：在每个学期（Term）进行到中期的时候，学校经常会有一至两周的假期。

"等我和你们在卡姆登待满一年后。"她回答。我讨厌"待满一年"这个说法，因为好像我是她人生阶段"学术间隔年"①的滑雪课程，或是去日本上的 TEFL（将英语作为第二语言教学的）课程，总之就是为了取乐而去做的某件事。

"好。"我说。

"对不起，我知道这很麻烦。"

"不，不，我为你高兴。"我说。接着我们安静走完了剩下的路程。

"想不想做巧克力饼干吃？"回到家后，法莉问。

"好啊。"

"那好。那你列一下需要的东西，我去买。然后，要不要看那部被我们封存多年的琼尼·米歇尔纪录片？"

"好啊。"我回答。这让我想起八岁那年，我的金鱼死了，于是妈妈为了安慰我带我去吃了麦当劳。

我们坐在沙发上吃饼干，腿缠在一起，肚子从睡衣里凸了出来。电视里，格拉汉姆·纳什正在谈论《蓝色》那袒露心路历程的歌词。

"那张专辑的每一个字我都记得。"我说。这是我们在为期三周的夏季公路旅行中带的唯一一张专辑，当时十七岁的法莉刚刚拿到了驾照。

"我也记得。《凯里》是我的最爱。"

"我的最爱是《我想要的一切》。"我停下，吃掉手中最后一块饼干，然后擦去嘴边的饼干屑，"我们大概不会像那样出去玩了。"

"为什么？"

"因为你要和男友同居了，今后你所有的公路旅行都会和他一起啦。"

"别犯傻了。"她说，"什么都不会变。"

---

①译者注。学术间隔年，起源于 20 世纪 70 年代的英国。通常指的是青少年在求学期间空出一年去旅行、实践、工作、探索自我。学术间隔年可能是一整年，也可能是半年或者几个月。

故事讲到这儿，我想先暂停一下来谈谈"什么都不会变"。在我二十多岁的时候，我不断听到我爱的女人们对我说出这句话，搬去和男友同居时说，订婚时说，出国、结婚、怀孕时说。"什么都不会变"这句话让我抓狂。明明什么都变了，都会变的。我们对彼此的爱是不变的，但我们友谊的形式、基调、频率和亲密程度都将永远改变。

你还记得吗？小时候看到妈妈和她最好的朋友在一起时，她们看起来很亲密，但不如你和你的朋友在一起时那样亲密。她们之间会有一种奇怪的拘谨，刚见面时甚至还有点尴尬。你妈妈会在朋友到来之前打扫房子，她们会谈论孩子的咳嗽或发型方面的话题。当我们还是孩子的时候，法莉曾经对我说："答应我，我们以后不要变成她们那样。就算五十岁了，我们相处起来也要和现在完全一样。我想和你坐在沙发上，一边吃薯片，一边讨论鹅口疮。我们不要变成两个月才在国家展览中心的工艺博览会上见上一面的那种女人。"我答应她了。但当时的我不知道的是，随着年龄的增长，维持与朋友之间的那种亲密关系需要付出多少努力——这种亲密关系并不是偶然存在的。

我不止一次地看到——女人总是把男人融入自己的生活中，比男人做得更多。她会成为最常待在他公寓里的人，她会和他的朋友以及他们的女朋友变成朋友。她会在他母亲生日那天送她一束花。女人和男人一样不喜欢这种烦人的琐事，但她们更擅长应对它们——她们只不过更能容忍罢了。

这意味着，当我这个年纪的女人爱上一个男人时，她生活中各种事情的优先顺序会从这样：

1. 家人

2. 朋友

变成：

1. 家人

2. 男友

3. 男友的家人

4. 男友的朋友

5. 男友朋友的女友

6. 朋友

也就是说，你和闺密见面的频率会从平均每周末一次变成平均每六个周末一次。她会变成一根接力棒，而你是排在最后一棒的选手。总会轮到你的，比如说你的生日或某天的早午餐，之后你必须把她传给她男友，然后再重新开始漫长而无聊的循环。

生活的差距会以缓慢但确实的速度变成你们友谊之间的缝隙。爱还在，但亲切感不在了。等意识到这一点的时候，你们就已经不在彼此的生活里了。你们和各自的男友过着各自的生活，然后每六个周末才聚在一起吃顿晚饭，跟对方聊聊自己的生活。我现在才明白，为什么我们的妈妈会在好朋友过来之前打扫房屋，然后以一种愉快但拘谨的方式问她们："最近过得怎么样？"我已经知道那种情况是怎么形成的了。

所以在你搬去和男友同居的时候，别跟我说"什么都不会变"。短期之内我们不会再有公路旅行了，这种"接力棒循环"也同样适用于假期——我每过六个夏天才会同我的闺密见上一面，除非她生了孩子——在这种情况下，我十八年后才会再次和她一起公路旅行。这种事情永远不会停止。什么都会变。

法莉在我二十五岁生日那天搬出去了。她和斯科特在基尔本租了一套带屋顶露台的房子。房子对面是座体育馆，他们说这样很好，显然是因为他们喜欢打羽毛球。她还特意告诉我，卡姆登有巴士可以直达基尔本高路站。参加他们乔迁派对的那天，我郁闷地搭上了那趟车。

整场派对我都在天台上抽烟，而法莉还是青少年的妹妹弗洛伦斯躺在我的腿上，给我看她的毕业纪念册。后来，我喝醉了，于是告诉她，其实我偷偷希望法莉或斯科特其中一个人有外遇，或者斯科特其实是同性恋，这样法莉就会搬回我们家。她笑了，给了我一个拥抱。

法莉觉得我需要某个出口来宣泄我的满腹牢骚，于是指着挂在大厅里的一件镶框的曼联队服（上面写满了球队的签名）对我说："我讨厌这个。"

"对，确实很糟糕。"我回答。

"和一个男孩住在一起糟糕透了。呸！"她说。

"和女孩们住比较好。"

"那样是最好的。"她笑了，"你喜欢这间公寓吗？"

"我觉得不错。我想你在这里会很开心的。"令人气恼的是，我最终还真的觉得它不错。

我们的大学朋友贝尔，带着一把吉他和她想整个周末都出去跳舞的热情，搬进了法莉的房间。生活照旧。冰箱还是会漏水，楼下的厕所仍然有故障，戈登还是经常在周六的早晨不请自来，试图把某些丑到逆天的家具"送给"我们，仿佛那是某种"奖励"，但其实他只是懒得把它们扔到垃圾堆。当我们三个当中的某个人去商店的时候，还是会买一些"女士精选"牌的巧克力棒回来——意思是无论女王大人买回什么牌子的，你都得"笑纳"。起初，我与法莉见面的频率比我们住在一起时还要高，单纯是因为她非常想让我觉得"一切都没变"。但最终我与她见面的次数还是逐渐变少了。一切都变了。

他们同居三个月后的一天，我正坐在办公桌前工作，看到手机上弹出通知。斯科特邀请我加入一个名为"激动时刻"的群组。

我知道那是什么意思，所以就没打开。从法莉告诉我同居消息的那天起，我就一直等待着这一刻。对于这个消息，我还没有做好思想准备，所以就没理它，而是继续工作，好像那只是一场还未成真的梦，或一封储存在邮件发件箱中的待发邮件。我把手机放在办公桌上，一个小时都没去动它，而消息提醒则似乎一直在盯着我。

最后，我接到了 AJ 的电话——她也被邀请加入了这个群，她让我打开它。斯科特在群里说他正计划求婚——就在情人节这天，也就是他们第一次约会的四年后。他问我们能不能叫上法莉的那帮朋友，在他求婚之后到酒吧给她一个惊喜。我说我很乐意，说我等不及了，说我欣喜若狂。

我哭了，因为我明白：无论这一仗因何而打，敌人是谁，我都已经落败。

此时迪莉刚好从我身边走过。

"多莉姑娘，发生了什么事？"她问。

"没什么。"我嘟囔道。

"说说吧。"她抓住我的手，把我拉到会议室，"告诉我发生了什么事。"我把求婚的事告诉了她，很快她就了解了整件事的来龙去脉。她以前就和法莉见过几次面，而且多年来一直被斯科特—法莉—多莉之间的"三角恋"所吸引，称其为"完美的结构化真人秀情节"。

"我知道这听起来像是在夸大其词。"我一边抽泣一边说，"我知道大家长大后，事情多少会改变，但天哪，我从没想到会这么早，我们才二十五岁呀。"她看着我，叹了口气，严肃地摇了摇头。

"怎么啦？"我问。

"我一直都觉得，在你们搬进那套房子的时候，我们就应该在那里装上摄像头。"她翻了翻白眼，"我当时就有这个想法，而且还对戴夫说过。我知道你不想上电视，但整件事就是一条很好的剧情线。"

我把朋友们召集过来，告诉了她们斯科特的计划。我们安排好了时间和地点，到时候我们会带着礼物在那里等着新人。我在购物网站上给他们买了一张裱框海报，上面印着《有一盏永不熄灭的灯》的歌词，那是他们最喜欢的史密斯乐团的歌曲。AJ 说，如果对象是我的话，她会买一个印着《天知道我现在有多苦》①歌词的。

　　这一切从来都不是我想要的。我从来都不想要她每个周末都跟斯科特的已婚朋友们在该死的巴勒姆开烧烤派对，也不想和她共进那种互诉近况的晚餐。我不想让她在这里才住满一年就搬出去。我不想让她结婚。最糟糕的是，这都是我的错。要是时间能回到过去，我绝对不会撮合他俩，绝对不会和赫克托约会，也绝对不会在那个雪夜跟赫克托一起回到他位于诺丁山的家。我希望我能回到过去，回到那列火车，把跟我搭讪的赫克托当成空气。我真希望自己一开始就没踏上那趟该死的列车。

　　如果你生命中有法莉这样一个朋友，她的生活感觉就像你的生活，而这就是问题所在。现在，她离开了我为我们规划好的生活，选择去过别的生活，属于我们两人的那种未来已经永远不可能实现，我为此悲伤不已。在斯科特出现之前，我们的生活一直按部就班地进行着：上同一所大学，选择住在同一个宿舍，然后在同一间房子里住了两年；当初毕业时，我以为我们会共同生活在伦敦"很多年"，而不是"一年"；我以为我们会一起搬好几次家，而不是一次；我以为我们会在千百个夜晚彻夜狂欢直到日出；我以为我们会一起看演出，会带着各自的伴侣一起约会，去欧洲旅行，在海滩上肩并肩地躺上几周；我以为我们可以拥有彼此的青春岁月，直到有一天我们不得不放弃。我觉得斯科特从我那里夺走了本应属于我们的故事，他夺走了本应属于我的十年。

　　在斯科特求婚前一个月，我们一群人在一个周六的晚上和法莉出去喝酒了。

　　"这个星期斯科特跟我说了一些奇怪的话。"法莉告诉大家。我们其他人彼此互看，眨着大眼睛，故作疑惑——其实大家心里都

---

①译者注。史密斯乐团（The Smiths）是20世纪80年代的英国摇滚乐团，这里提到的两首歌《有一盏永不熄灭的灯》《天知道我现在有多苦》都是他们的作品。前者描述一对少男少女想要离家追求独立生活的告白，后者则是讲进入社会工作的人对自己生活的抱怨。

很清楚，史密斯乐团的海报已经买好了，情人节的日程也已经虚位以待。

"他说了什么？"我忧郁地问。

"他说情人节要给我一个惊喜，然后说那个惊喜很小，但又很大。然后我觉得——我知道这听起来很疯狂——我有点觉得他指的是一枚订婚戒指。"

"我不这么认为。"莱西突然说道，她无疑是想掩饰我们彼此间的密切注视——纳秒级的眼神接触便足以泄露秘密。

"对，我知道。你说得对，应该不是。"法莉很快接话，话中带着些许自嘲。

"对。"AJ说，"我觉得是你想多了，姐们儿。"

"可是什么东西既小又大呢？我想不出那会是什么。"法莉说。

"噢，不知道耶。"莱西说，"也许是去度假的机票什么的。"

"也许是牧师的领圈。"我平淡地说。

"什么意思？"她问。

"那也是意义重大的小东西啊。也许他已经决定当牧师了，想在你们的纪念日告诉你。"

"噢，别说了，多莉。"法莉叹了口气。

"或许……或许……"刚才喝完的一升白葡萄酒开始对我的嘴巴发挥作用了，"也许他决定在脸上刺一个曼联的图案。看起来很小，但实际上超级重大，不是吗？搞不好刺完你就对他没感觉了。"AJ做了个割喉的手势，示意我闭嘴。"啊，也有可能是船的钥匙，搞不好他买了一艘快艇，想带你去泰晤士河游玩。如果他想在周末开游艇出去玩的话，对你们的生活方式来说是很大的变化啊，我想维护这样一艘游艇的费用应该挺贵的。对啦，就是这个。他想当水手，但以前从来没机会告诉你。"

"我不想再猜了。"法莉生气了。

他俩订婚的前一晚，我无法入睡，一直想着法莉的生活即将发生怎样的变化，而她却一无所知。第二天早上，我给斯科特发了一条短信："祝你今晚好运。我知道你会表现得很好。我希望她能够答应。如果她不答应，我也很高兴能认识你。"

"谢谢你的信任，小莉。"他回答。

我们一群人坐在酒吧里，等着斯科特的短信。

"如果她拒绝了怎么办？"AJ问，"我们就这样直接回家吗？"

"她不会拒绝的。"我说，"但万一她拒绝的话，我已经查找了其他活动，KOKO有个迪斯科之夜，我们可以去那里跳舞——门票只要十英镑。"

十点，我收到了斯科特的短信，说他们订婚了。他告诉法莉，他们要在回家前再喝一杯庆祝一番。我们点了一瓶香槟，倒出两杯，然后便盯着窗外，等着他们的出租车过来。终于，我们看到他们走进酒吧。我手心冒汗，AJ握了我手掌两下，沉默中通用的莫尔斯电码。

"订婚快乐！"法莉进门时，我们所有人一起大喊。她一脸震惊地看着我们，然后看向斯科特。他露出微笑，她跑过来，抱住了我。

"恭喜。"我说着，递给斯科特一杯香槟，"你让我最好的朋友非常开心。"

"很高兴你当初和那个白痴赫克托约会了。"他笑着说，"我爱你，多莉。"

他眼里噙满泪水，也给了我一个拥抱。

我不清楚他是否知道我真正的感受。或许他一直都知道。或许这就是为什么在他们订婚的当晚，他想把我也拉进来，让我在他们的计划中拥有自己的位置，让我有一种参与感。

两小时后，法莉邀请我做她的首席伴娘，那时我已经喝下了他们庆祝派对上的大部分香槟，感觉有些话不吐不快。

"我想讲几句。"我口齿不清地对AJ说，然后拿起叉子敲了敲杯子。

"不，亲爱的，今天先别讲。"AJ说着，从我手里拿过叉子，向其他女孩做了个手势，示意她们迅速撤掉餐桌上的所有餐具，交给服务员。

"可我是她的首席伴娘。"

"我知道，宝贝儿，但以后机会有的是。"我趁 AJ 去洗手间时，爬到桌子底下，从她的手提包里找出车钥匙。我拿着那串钥匙，一边敲杯子，一边喊着"当当当"。

"我一开始发现斯科特和法莉要订婚的时候，嗯，当然，我很生气。"我大声宣布。

"哦，天哪。"贝尔发出抱怨。

"因为我认识这个小怪物已经超过二十五年了。"

"真的超过二十五年了吗？"莱西问希克斯。

"闭嘴！"我指着莱西喊道，杯里的酒也跟着洒到了桌子上。

"你胡说些什么？！你不是首席伴娘了！"醉醺醺的法莉在桌子对面打断我。

"但当我静下心来回头看，我看到了——"我刻意停顿制造悬疑气氛，"本……本该如此。因为我最好的朋友找到了最棒的男人，敬他们。"

"哦！"所有人都松了一口气。

"敬斯科特和法莉。"我流着泪大声高呼，然后坐了下来。这时大家报以微弱的掌声。

"讲得太好了。"贝尔低声对我说，"但我知道你这套说辞是偷了《我最好朋友的婚礼》中茱莉娅·罗伯茨的台词。"

"噢，她不会发现的。"我压低了声音，不屑地摆摆手。

说实话，那晚剩下的事我现在有些记不起来了。那天迪莉和她的丈夫也在附近庆祝情人节，我邀请他们一起参加了庆祝活动。我一边在酒吧的用餐区跳康康舞，一边唱着《歌舞线上》里的《一体》（*One*），还一个飞脚将一摞盘子从一个服务员手中踢落，在地板上摔得粉碎。我向斯科特和法莉告别，然后回到卡姆登的公寓，逼所有人继续喝到早上六点。我醒来时，旁边是衣衫不整的希克斯，她的胸前被人用眼线液写着"情人节快乐"。

第二天，我看到法莉的社交平台上一整天都在不断更新着周末的"订婚庆祝活动"（并不是我要故意贬低，只是觉得庆祝一个晚上就足够了吧），除了家庭烧烤派对、在沃尔斯利餐厅吃午饭，斯科特的朋友和他们的妻子还帮她办了订婚派对，送了一大堆礼物，比如斯迈森（Smythson）婚礼策划簿和大瓶香槟，这让我的裱框海报看起来有些寒酸。我开始觉得自己像第四位被遗忘的贤者①（只不过礼物从珠宝变成购物网站上的一件破玩意儿）。

"我想周五晚上的事你还是有点接受不了吧？"法莉在电话中说，"你还好吗？"

"很好啊！我不知道你说的'接受不了'是什么意思。订婚的又不是我。你才是那个'接受不了'的人吧。我在脸谱网上看到米歇尔给你买了斯迈森婚礼策划簿——很高级欸。"

"下周可以一起吃个饭吗？就我们两个人。"

"好啊。"

我给赫克托发了封邮件——四年来的第一次。

"还记得我吗？斯科特和法莉要结婚了。感谢你那天让我全裸走到厨房。"

他回复了我，说他在脸谱网上看到了消息。他说他要离开伦敦了，现在在做外派公关人员，手握巨额的开支账户，想请我共进午餐，顺便喝一杯，以庆祝我们的媒人身份。在我看来，我们实在很难算得上是"媒人"，但我还是答应了，因为此时我感觉很低落。一股强烈的念旧情绪涌起，我不自主在邮箱的收件箱里搜索他以前写的那些情诗。我在约定日期的前一天取消了约会。

---

① 译者注。第四位被遗忘的贤者，出自电影《第四贤者》，改编自19世纪美国作家亨利·范·戴克的小说 The Other Wise Man。讲述一名祭司预见弥赛亚已经出生，于是变卖自己所有财产换成珠宝，要前去献给弥赛亚。

"你觉得自己给他发邮件的原因是什么？"几天后的晚餐上，法莉吃着汉堡问道。

"不知道。可能我只是想要一个男朋友。"

"真的吗？"她用餐巾擦了擦嘴，问道，"可你总是说你不想要。"

"是的，但最近我的想法有些不一样了。"

"什么东西刺激到你？"

什么东西刺激到我？想到这儿，我心中便燃起了一团嫉妒之火。不过这次嫉妒的不是斯科特，而是法莉。

"因为你订婚了。"

"怎么会？"她问。

"因为我讨厌你现在的生活跟我完全不一样了。以前我们干什么都能一起，但现在不行了。我讨厌这样。"我叹了口气，"那样的话，将来我们孩子的年龄会相差很大；你很快就要和一个男人一起买一套公寓了，而我还在求我的房东允许这个月的房租晚交三周，我讨厌这样。我讨厌你可以开着斯科特的奥迪公务车到处转悠，而我却连车都还不会开。我讨厌他的朋友都是跟我差很多的人，很怕他们会把你抢走，因为那些人的生活会是你今后的新生活，而我的生活却会与之相去甚远。我知道自己有些反应过度了，我不该只想到自己，应该为你高兴才对。这一刻是属于你的，而我却在破坏它。但我真的觉得落在你后面太远了，我担心你会跑到我完全看不到的地方。"

"如果你在二十二岁时就遇到了你的丈夫，我同样会感到非常非常难过。"她说。

"真的吗？"

"当然啊！我一定会觉得很讨厌。"

"我有时候觉得自己快要疯了。"

"你不会疯的，因为换作是我，我也会有同感。但我并没有选择要在二十二岁的时候遇见斯科特，我那时根本没想到要结婚。"

"嗯。"我敷衍地回应。

"我将会陪你庆祝和经历你生命中的所有里程碑，无论是下个月还是二十年后。"

"更像是四十年后吧。"我喃喃道，"我现在住的公寓连窗帘都没有。"

"我们已经不是学生了。我们人生的进度不一样是很正常的，比如你做某些事情就会比我早一些。"

就这样，我和斯科特和解了，认清他不可能从我的生活中消失。我会花些时间和他们两人共处，我再次扮演了我所熟悉的、广受欢迎的"官方电灯泡"的角色。一再扮演同样角色令人气恼，但至少我在这个位置上得心应手。我这一生所流过的泪中，只有一小部分跟感情相关。我精通"电灯泡"艺术，而且时常演练；我是"灯泡之王"多莉·奥尔德顿。

我的整个青春期都是和我的朋友以及她们的男友一起度过的。他们在沙发上打情骂俏时，我会在一旁跟着嬉笑；他们躲在房间角落里接吻时，我会假装玩手机上的贪吃蛇游戏。我非常熟悉如何在情侣们旁边傻笑或是装很忙，这就是二十多岁时的我在大多数工作日晚上的任务。我会任由他们在我面前假装争吵，争论该轮到谁把盘子放进或拿出洗碗机了，也会在他们没完没了说着彼此的睡眠习惯时，跟着识相地笑。如果他们以一种异常激烈的方式讨论我从未听说过的某些生活细节（比如："不会吧？！普里亚最后真的买了那些瓷砖？我才不信！之前发生了那么多事！哦哦哦，天哪，抱歉，你快点向多莉解释一下普里亚是谁，把他装修公寓的事情从头到尾再讲一遍。"），我也懂得保持沉默，以证明他们过着极为生动有趣且与我无关的生活。而且从头到尾我还要假装不知道自己是电灯泡。为什么我是那个负责笑和听的人呢？当然了，我知道自己不过是他们打情骂俏游戏中的催情药。我知道，当我离开时，他们会扯掉彼此的衣服，毕竟他们刚刚讲菲律宾旅行的事情讲到两个人都"性致勃勃"，尤其是当我问那次旅行他们最喜欢的地方，两个人都说了同一座岛。对他们而言，我只是个不识趣的观众而已。

但我还是选择坐下来观看所有这些表演，因为我无法选择另一个选项——失去朋友。

不过，我惊讶地发现，当法莉和斯科特不再秀恩爱时，我和斯科特其实相处得相当好。事实上，我很后悔自己没早点意识到这一点，这样当我和法莉还住在一起时，我会很享受有他在的场合，而不会一直对他充满戒心。他风趣又聪明，习惯看报纸，对事情有自己的看法。事实证明，斯科特是个非常不错的人。后来想起来，法莉之所以选择嫁给这么棒的男人，其实是很合情合理的，反倒是我错得离谱。

后来在帮法莉筹划婚礼时，我还是非常努力地和斯科特的朋友们相处。过去无论什么时候遇到他们，我几乎都是以浮夸而令人尴尬的行为去证明自己与他们有多不一样。我曾经在周日的家中午餐聚会上喝得酩酊大醉，对着吃烤羊肉的他们大讲"吃肉即是谋杀"的信条；也曾经在酒吧里指责他们其中一人厌恶女性，只因为那个人提到我的身高。但在法莉和斯科特订婚后，我尽力使自己放松、保持礼貌，试着去了解他们。毕竟，他们是法莉现在花最多时间相处的人，我对他们多少有一种爱屋及乌的心理。

接着，在那年 8 月的某个周五晚上，所有人的脑袋突然被另一件事占满，无法再去想婚礼的事了。法莉十八岁的妹妹弗洛伦斯被诊断出白血病。在接下来的几个月里，法莉的父亲一直重复这句话："一切暂停。"生活中一切都暂停了，婚礼被推迟了一年，因为弗洛伦斯是伴娘之一，他们想确保婚礼举行时她已经康复。在这之前，我有好几个月的时间都只想着这场婚礼，但现在已经丝毫不在乎了。

确诊后的一个月是法莉的二十七岁生日。我们想帮她庆祝一下，让她暂时忘记弗洛伦斯的病情，但她完全提不起劲儿，只是一直待在医院里。她不想喝酒，不想去人多的地方，不想向一大群人解释她妹妹现在的情况。她的家人也不能来，因为他们几乎在医院里扎营了。最后斯科特决定：把 AJ 和我叫去他们的新家，他会为我们四个人准备晚餐。

我和法莉一起庆祝的第一个生日是她的十二岁生日。有我在她身边的生日，早已比没有我在身边的还要多。我仍能清楚地记得第一次和她过生日的情景：那时的她还只是我数学课上的同桌，穿着粉红色的塞尔弗里奇小姐连衣裙，我们在布希教堂的礼堂里一起跳玛卡雷娜舞。

不过这年生日不同于我们一起庆祝的其他任何一个生日。法莉比我见过的任何时候都要娇小，像一只幼鸟一样娇弱。没有吵吵闹闹的抱来抱去，没有狂饮。我们都很安静，很温柔，尤其是斯科特。

因为 AJ 和我都不吃肉了①，他便早起去鱼市买鱼。他用烤土豆做了非常美味的海鲈鱼，里面塞满了茴香和橙子，然后像《厨艺大师》的选手一样将其摆上餐桌，沉默而专注。每次经过法莉身边，他都会吻她的头；他还会在餐桌下握住她的手。这让我对她爱上的这个男人有了更清晰的认识。

我在厨房里给斯科特发短信，告诉他沙发后面藏了一盘纸杯生日蛋糕。等到法莉终于去洗手间，我便赶忙把蛋糕分装在盘子里，斯科特则慌忙地去找火柴。AJ 用一把椅子挡住了厕所的门。

"发生什么事了？"法莉叫道。

"稍等一下！"我喊道，说话间斯科特和我点燃了所有的蜡烛。

我唱了《生日快乐歌》，呈上礼物和卡片。她吹灭了蜡烛，然后在我们三个人紧紧抱住她时大笑。

"为什么花了这么长时间？"她问，"你们在我上厕所的时候才开始烤吗？我在里面待了那么久，无聊得都开始锻炼大腿了。"

"怎么锻炼？"AJ 问。

"哦，也就是一些新的弓步动作，我之前看到过的。"说完她开

---

①译者注。作者为鱼素主义者，戒食红肉、禽类肉食，但仍可以吃海鲜（以鱼为主）。

始上下扭动身子，脸上泛起了一抹许久不见、充满活力的红晕。"我每天早上都做这种运动，不过看起来也没什么用，我的腿看起来还是条肥壮的大火腿。"AJ开始模仿她的动作，僵硬地上下扭动，法莉则在一旁指导，仿佛在看罗斯玛丽·康利的健身视频一样。

斯科特从房间另一头看过来，正好与我的四目相对，于是微笑着对我说："谢谢。"我也对他笑了笑，然后突然明白了我们所共有的这个世界。因为同一个人，我们的过去种种，与爱，与未来种种都被连接起来，形成一条无形的纽带。而就在那时，我才知道，一切都变了：我们已经改变。虽然并未选择彼此，但我们仍然成了家人。

糟糕的约会日记：
三百英镑的餐厅账单

2013 年 12 月，我和一位在火种①上认识的英俊企业家进行了第三次约会。他是我约会过的第一个有钱人，我对他在我身上花钱这件事感到十分矛盾。有时，当他礼貌地拿起账单时，我感到受宠若惊——好像这就是成年人应有的求爱方式；但其他时候，当一个年龄稍大、拥有跑车但爱酗酒的男人给我买香槟时，可想而知，我会表现出吃人嘴短的一面，对此我又感到十分沮丧。这表现在我对他所发泄的无法控制的怒气上。

"你不能买下我！"在他预订的梅菲尔餐厅里，喝完三瓶葡萄酒的我突然无缘无故地大喊，"我不是你可以拥有的财产——我才不是因为你请我吃龙虾，才把自己打扮得漂漂亮亮的。我可以自己付钱！"

"好吧，亲爱的，你付你付。"他口齿不清地说道。

"我这就付！"我尖声大叫，"而且不是各付各的——这顿我请。"

于是女服务员拿着账单走了过来，三百英镑。

我跑到洗手间给我的室友 AJ 发短信，让她借给我两百英镑，并立即转到我的账户上。

---

①译者注。火种，一款手机交友 App。

糟糕派对大事记：
卡姆登的公寓，2014年，圣诞节

自从我们两年半前搬进卡姆登的公寓以来，我就一直怂恿大家举办一个罗德·斯图尔特主题的派对。我的想法是，以罗德·斯图尔特为概念，融合极度夸张的圣诞风格和二十多岁年轻人在家庭聚会上无忧无虑的生活乐趣。

我的室友贝尔和 AJ，勉强同意了这年的圣诞酒会就以罗德·斯图尔特为主题，但强调她们不想负责此事。

在派对的准备过程中，为了寻找罗德·斯图尔特主题的纪念品，我忙乎得快要早衰，而且几乎花光了所有的钱。我们的派对上有印有罗德·斯图尔特头像的塑料杯、烟灰缸，还有带有罗德·斯图尔特头像的糖纸包裹的肉馅饼。除此之外，我还找到一个真人大小的罗德·斯图尔特人形立牌、用来标明厕所位置的罗德·斯图尔特指示牌，以及写着"圣诞快乐，宝贝！！①"的罗德·斯图尔特横幅。塞布丽娜、英迪亚、法莉、劳伦和莱西提早来帮忙。她们用带有罗德·斯图尔特元素的各种饰品装饰房子，不过她们都同意贝尔和 AJ 的观点，认为这完全是在浪费钱。

"哦，天哪，"塞布丽娜正帮我扶着椅子，让我站在上面把横幅钉在墙上，"我才发现我订购的大头海报还没收到。你觉得这样大家会不会觉得少了一点什么？"

"不会。"她叹了口气，说道，"除了你，没人会在意这些的。"

---

① 译者注。这句话与罗德·斯图尔特（Rod Stewart）2012 年发行的圣诞专辑 *Merry Christmas, Baby* 相同，同时也是同名歌曲的歌名。

第一批客人准时在七点到达，是我刚认识的美国朋友（她长相迷人，嗓门很大，其实我之前只见过她一次）以及她的大胡子男友。很明显他们已经喝了一整天了。他们还带来了他们的骑士查理王猎犬，它穿着一件迷你圣诞套头衫。

其他客人直到九点才陆续赶来，于是我们只好跟先来的两位客人聊着。但是，唉，这位美国客人的男友整个晚上一直晕乎乎地躺在沙发上，被狗压在身下，所以每个前来参加这场派对的人不管转到哪儿都看得到他，非常刺眼。朋友们一个个慢慢走进来，整个派对的气氛仍显得僵硬。这名男子就这样醉倒在狗身下，在人们进入派对时形成了大煞风景的一幕。我们的客人——一位朋友的朋友，他是一位 MV 导演，也是佩卡姆地区的潮人代表——走了进来，看到了这一幕，于是找了个借口，说他忘了还有一个活动要参加，便离开了。

晚会进行到一半时，我去洗手间，想借此远离人群休息一下。参加派对的人来自各自独立的社交圈，彼此之间没什么共同话题。背景音乐反复播放着《你穿得好极了》这首歌，而人们则在抱怨播放列表里只有罗德·斯图尔特的歌曲。我进洗手间的时候，AJ 和贝尔已经在里面了，AJ 坐在马桶上，贝尔则坐在浴缸边上。我们谈论着这个派对是多么糟糕，想了几个办法看能不能让大家离开，早点结束这一切。AJ 说她整个人又累又难受，需要躺十分钟。这时有人敲浴室的门，我弟弟走了进来。

"楼下那群人的组合真的很奇妙。"他说。

我重新回到楼下，发现客人的数量更少了。这时，我发现有一个穿着皮夹克的高个光头男正在翻冰箱。

"嗨，你是谁？"我问。

"有人叫我来这里的。"这名男子操着很重的罗马尼亚口音回答道，随后抓过一罐啤酒打开喝，"来送货。"

"送货？"

"对。"他说，同时狡黠地看着我。"送货。"

"好吧，你可不可以——"我把他领到前门，"——在这儿等一下。"我回头走向大伙儿。我经过那个美国人旁边，此刻的背景音乐是《航海》，她正在观众困惑的注目之下和她那只穿了衣服的狗慢舞，而她的男友已经在沙发上不省人事三个多小时了。

"有个事说一下，你们有人约好的人来了。"我烦躁地对人群喊道，"我很抱歉扫了大家的兴——你们想在这个糟糕的派对上嗨一嗨，这无可厚非——但能不能让人在外面等，或至少在走廊里。"

派对在午夜过后就草草结束了。

第二天早上喝咖啡的时候，我和贝尔两人进行了一场战败原因调查，想知道是哪里出了问题。我认为，自己为这个主题所做的准备工作，可能使得大家的期望值过高了。

"你这么做完全是自作自受。"她说着，睿智地点了点头。

我们将罗德·斯图尔特的人形立牌在客厅里放了一阵子，让它提醒自己这辈子再也不要做出比这更破格的事。我们会根据不同的主题给它更换各种装饰——在塞维尔勋爵妓女丑闻事件[1]期间给他穿上粉色胸罩，在圣帕特里克节期间给他戴上爱尔兰妖精的绿色帽子。八个月后搬家时，我们把罗德·斯图尔特人形立牌放在客厅的正中间，把糟糕派对的魔咒传给未来的房客。

---

①译者注。塞维尔勋爵，英国前工党党鞭，曾任上议院议员。他在 2015 年发生召妓丑闻，被拍到穿着妓女的皮夹克和粉红胸罩，并且吸食可卡因。

食谱：
被赶出酒吧时吃的三明治（两人份）

这是我定期会和 AJ 一起吃的食物。我们会坐在厨房台面上，一边前后甩着脚，一边大骂那个白痴保安竟然说我们喝得烂醉如泥，"会扫其他人的兴"，不让我们回到店里。

材料及做法：
- 2 个鸡蛋
- 4 片面包（最好是酸面包，软的白面包也可以）
- 蛋黄酱
- 第戎芥末酱
- 芝麻叶（随个人喜好）
- 橄榄油和黄油，用来煎蛋
- 盐和黑胡椒，用来调味

在烧热的平底锅中加入橄榄油和少量黄油，放入鸡蛋进行煎炸。用勺子将黄油淋在鸡蛋上一到两次，以此将蛋黄煎熟。

烤面包。两片面包涂蛋黄酱，两片面包涂芥末酱，每份三明治各取一片。

每份三明治里放一个煎蛋和一把芝麻叶，并用盐和胡椒粉调味。

大口咬、随便咬，五口以内吃完。让芥末酱沾到脸上。

把家里剩下的酒倒入两个干净的容器里（对我们来说，这通常会是一罐塞在冰箱最深处的旧的太妃伏特加，那是法莉 2009 年收到的圣诞节礼物）。

播放马文·盖伊的唱片。

糟糕的约会日记：
十点左右，完全清醒的吻

2014年，春天。一个周六，我睡了五个小时，早上九点被闹钟吵醒了。我的聊天软件上收到了一条来自美国帅哥马丁的消息："莉莉——我们还要不要一起喝咖啡呀？"我的脑袋感觉就像一只脏袜子被翻了个底朝天一样，猛然清醒，但我还是告诉他我会赴约。三天前我们在火种上匹配成功了，这几天我们一直互发消息，比如"不会吧，这是我最喜欢的斯普林斯汀专辑！""我也相信轮回转世""是的，也许我们都是流浪者"等等。此刻，当我在房间里寻找昨晚的假睫毛并把它们粘回去时，我确信他在本周末就会成为我的男朋友，下个月我将和他一起搬到西雅图同居。这是一个宿醉的单身女人身处窘境时（前一天晚上还因为醉酒从公交车上摔了下来），头脑中唯一合乎逻辑的解决方案——结婚并移民。

行头：一件阿兰套头衫，尺码过大，以至于挂起来像条裙子；一条牛仔热裤（因为我的牛仔裤都太脏了），一条紧身连裤袜和白色厚底帆布鞋。

"不穿外套吗？"当我在楼梯上从宿醉的室友AJ身边跑过时，她声音嘶哑地说。

"不需要。"我愉悦地说。

"你身上有一股很浓的百利甜酒味。"我关上门时还听到她对我大喊。

马丁坐在国王十字火车站的大篷车酒吧里等我。谢天谢地，他和照片里一模一样。我抵达酒吧时，他正在笔记本上写东西。我悄悄追踪过他的照片墙账号，里面的风格很古怪——试图营造出一种流浪的迷失灵魂的氛围，而他记笔记的举动则为这种氛围增添了一抹戏剧色彩。

"你在写什么？"我从他肩后问道。他转过身看到是我，便露出微笑。

"不关你的事。"他回答，接着吻了我的双颊。我觉得这过于暧昧了，毕竟我们都还没有一起喝过咖啡，更别说啤酒了。我想美国人或许都这么热情吧。

马丁给我讲了他的过往人生：他是一名来自西雅图的插画师，年近四十，之前从一个大项目中赚了一大笔钱，他决定用这笔钱环游世界一年，并写一本书。他正在通过"火种旅游"来结识一些新朋友。他来英国已经一个月了，想在伦敦多待几周，之后就踏上新的旅程。

（题外话：当时我注意到，当我问及他书的内容时，他特别含糊其辞，只说这本书是非虚构的。另外，我还注意到，他会在我说话的时候写一些东西，去洗手间的时候也带着笔记本，而且在里面待很久。我判断可能的原因有：一、他的肠胃对咖啡因有不良反应，他想在洗手间里待一段时间，顺便放松一下自己的思绪；二、他只是一个特别注重隐私的人，感觉我是一个爱管闲事、宿醉不醒、没有分寸的人，怕我在他上厕所的时候偷看笔记本；三、他正在写一些令人尴尬的东西，比如他超长的购物清单，或者他睡过多少女人，因此不想让我看到；四、他正在写的这本书，内容是他在英国约会过的女人，而我就是他的下一个目标。我一直认为最可能的是第四条，以至于直到今天，我还期待着在水石书店的书架上看到一本名为《绿色宜人的温柔乡[①]：我和英国女人共度的时光》的书，而我会出现在某则丢脸的故事里。）

[①]译者注。绿色宜人的温柔乡，原文为"Green and Pleasant Slags"，改自英国著名圣歌《耶路撒冷》（*Jerusalem*）中的歌词：在英格兰青绿可爱的田园（In England's green and pleasant land）。这首歌的歌词取自英国诗人威廉·布莱克（William Blake）在1808年出版的长篇史诗《弥尔顿》。

喝完咖啡，我们坐在咖啡馆外面的长凳上，凝视着喷泉有节奏地喷涌而出，看着让人有一种春宫画的联想。他引用了海明威的话，我觉得这有点夸张，但因为我很享受这场约会的奇幻氛围，也就随他去了。他拿出另一个笔记本，里面有他目前为止去过的每个国家的手绘地图，他还将自己的旅行轨迹描画成了脚印的图形。我问他是不是每一站都有个女友。他笑着用他那恼人的美妙口音说了句"和你说的差不多"。

他牵着我的手走下中央圣马丁艺术与设计学院门前的台阶，走到运河边。我们走了一小段路，直到站在了最近的桥下方，然后他解开外套的扣子，把我拉入怀里，用外套将我包裹。他亲吻我的额头、脸颊、脖子和嘴唇。我们接吻了近半个小时。

那时才上午十一点。

马丁和我在十一点半分手，互相感谢对方给了自己一个美好的早晨。我十二点半躺回床上，继续睡觉，睡了一下午。然后我在下午四点醒来，感觉整件事就像做梦一样。

一如预期，那天早上喝完咖啡后，马丁就消失了，就算联系上，也对我们下次约会的时间闪烁其词。一周后的周五晚上，我在满肚子普罗塞克气泡酒和朋友们的怂恿下，给马丁发了一条错字连篇的消息。我说"就让我直接把话说开"，并提议在他待在伦敦期间，我们可以开始一段"柏拉图式的性爱"。我暗示自己可以成为他的"伦敦站女郎"，还说"海明威也会这么做"。

但马丁再也没给我发过任何消息。

二十五岁时
我所知道的爱

男人们喜欢矜持一些的女人。最好等约会五次（再不行也要等三次）之后再和他们上床。这样才能让他们对你持续保持兴趣。

闺密的男朋友老是缠着你，很烦。他们大部分都不是你觉得你闺密会交往的类型。

丝袜和吊袜带可以在易贝上批量买，比较便宜。

失意者往往会选择网上交友，我自己也是其中之一。如果他们会花钱在交友网站上留下令人尴尬的个人资料，你永远都不要相信这种人。

请忘记我之前说约会时要使用脱毛膏这件事。如果你全部弄得干干净净，等于是在为难其他女性同胞。我们需要积极反对男权思想对于女性身体形态的控制。

千万不要尝试与男朋友一起做一张像《血色轨迹》(Blood on the Tracks)①那样好的"专属专辑"，因为这样即使分手多年后，你都没办法去听里面的歌。不要在二十一岁时犯这种错误。

如果有个男人因为你纤细的身材而爱上你，那他根本就不算个男人。

如果你想和某人分手，却因一些实际问题而犹豫不决，那么这个测试可以帮你做出决定：想象一下，你走进一个房间，只要按下一个红色大按钮，就能轻松地结束你们之间的感情——不必讨论分手，

---

①译者注。《血色轨迹》是美国男歌手鲍勃·迪伦（Bob Dylan）的第15张录音室专辑，由鲍勃·迪伦、唐·德维托担任制作人，歌词、曲谱由鲍勃·迪伦独自编写，标准版唱片内部共收录十首歌曲，于1975年1月17日通过索尼音乐娱乐公司发行。

不必流泪，也不必从他家里拿走你的东西。你会这么做吗？如果答案是肯定的，那么你必须和他分手。

一个男人到了四十五岁还一直单身，必有其原因。不要为了探究其原因而接近他们。

世界上最痛苦的感觉莫过于被抛弃 —— 原因是他们不再喜欢你。

永远都要把一个男人带回家，然后你就能设法留他吃早餐，然后设法让他爱上你。

随便跟人上床，很少会舒服。

假装高潮会让你心生内疚，感觉很糟，而且这对男方来说也不公平，所以要尽量少用。

有些女人运气比较好，有些则比较差；世界上有好男人和坏男人。和谁在一起，会被怎样对待，纯靠运气。

你的闺密会为了男人而抛弃你。那会是一场漫长的道别，但你要接受这件事，并且去交一些新朋友。

漫漫长夜，在你孤独无眠之时，恐惧会像蟑螂一样爬过你的大脑，你会怀念自己被爱的那些美好时光 ——"那是另一种人生，它充满了劳累和血汗。"[1]记住在别人怀中找到归属的感觉，希望你能再次遇到。

---

[1]译者注。"那是另一种人生，它充满了劳累和血汗"是歌曲《遮风挡雨》(*Shelter From The Storm*)里的一句歌词。《遮风挡雨》是鲍勃·迪伦演唱的歌曲，由鲍勃·迪伦作词，收录于专辑《血色轨迹》。

要不要交男朋友的理由

交男朋友的理由：

- 生日时更有可能得到一个像样的蛋糕

- 可以看到天空电视台？

- 可以作为聊天话题

- 可以作为倾诉对象

- 可以作为周日下午的陪伴

- 当你在工作中犯了大错时会得到更多的安慰

- 排队买爆米花时你的屁股有人摸

- 分担假期里的各种费用

- 帮你在背上涂防晒霜

- 有时候帮你分担整块比萨（当你一个人吃不完的时候）

- 可能有车

- 很高兴亲手做的三明治除了自己还有其他品尝者

- 很高兴心里除了自己又多了一个牵挂的人

- 有了常规的性伴侣

- 暖床

- 其他人都有男友

- 如果你有男友，大家会觉得你很讨人喜欢

- 如果你没有，大家会认为你肤浅、不正常

- 可以松一口气，不用再和其他人调情

- 害怕孤独终老、空虚等等

不交男朋友的理由：

- 多了一个让你烦恼的人

- 多了一个"辩友"

- 他们可能不喜欢莫里西

- 他们肯定不喜欢琼尼·米歇尔

- 你夸大其词时，他们会不识趣地指出来

- 去芬斯伯里公园参加他们朋友无聊的生日酒会

- 他们会数落你前一天晚上醉酒时的所作所为

- 跟你分布丁

- 不得不观看任何现场直播或电视转播的体育比赛

- 不得不花时间和他们朋友的女朋友一起谈论《英国好声音》

- 经常在各公寓之间来回穿梭，包里还得带上内裤

- 不得不坦诚面对自己的感情

- 必须保持房间干净整洁

- 没空像以前一样读那么多书

- 必须保持手机电量充足，让他知道你还活着

- 你可能会怀念与其他人调情的时光

- 浴室里到处都是毛发

托特纳姆法院路和在亚马逊上订购垃圾

二十一岁那年，我不得不回家找工作，开始过大人的生活。在此之前的夏末，我将所有时间都花在了爱丁堡艺术节的表演上，其间我参加了好友汉娜的三十岁生日派对。当时我参与了一个喜剧小品的表演，并为此做了大量的宣传，而汉娜就是这个小品的导演。为了纪念这个特殊的日子，我和另外两个演员请她去了一家豪华餐厅吃饭。在这之前，她曾经含糊地表达了自己对于步入而立之年的恐惧，不过我们都认为这是她为了搞笑而夸大其词的说法。

晚餐吃到一半，她突然放下餐具哭了起来。

"噢，天哪，汉娜，你真的有那么难过吗？"我问，很快便后悔送了她一张"老婆婆生日快乐"的卡片。

"我正在变老。"她说，"我能感觉到，我全身都能感觉到。我的身体机能已经在减速了，而且只会越来越慢。"

"你还这么年轻！"玛格丽特说，她比汉娜还要大几岁，但汉娜仍在抽泣，几乎都喘不过气来，泪水落在盘子里。"你想出去走走吗？"她抚摸着汉娜的背问道。汉娜点了点头。

我们沿着王子街走着，闲聊着，尽量保持轻松的气氛，好分散汉娜的注意力。但她突然停在路中间，双手抱着头，眼泪变成了哀号。

"就剩下这样了吗？"她对着黑夜咆哮，"所有人的人生都是这样吗？"

"都是怎样？"玛格丽特搂着她安慰道。

"就剩下……该死的托特纳姆法院路，还有在亚马逊上订购的垃圾。"她回答。

多年来，这句话就像一张我永远无法摆脱的便利贴一样贴在我的大脑深处。它就像你无意中听到的父母之间的低语——尽管听不懂，但你知道非常重要。我一直在想，为什么托特纳姆法院路和亚马逊这两个具体的事物会引起如此多的悲伤。

"等你不再是二十一岁的时候就会懂了。"我问汉娜时，她如是回答。

在我二十五岁那年，我终于领会了这句话的寓意和潜台词。简单来说，一旦你开始质疑，生活是否真的只是在托特纳姆法院路上等公交车，以及在亚马逊上订购你永远都不会阅读的书籍，就代表你正对生存感到恐惧。你意识到自己生活的平淡，终于明白一切都毫无意义。你正走出"等我长大了"的幻想世界，开始对你所处的现实表现出随遇而安的无奈；你已经长大了，但不是按照你预期的那样，你并没有成长为你期望中的自己。

一旦陷入这些问题，你就很难认真对待生活中那些每天重复的功能性的事。二十五岁那一年，我仿佛全年都在为自己的思绪和无法回答的问题挖掘一条壕沟，然后从那道黑暗中窥视，看着人们在乎我曾在乎的那些事：发型、报纸、聚会、晚餐、托特纳姆法院路的1月促销、亚马逊上的特卖——但我就是无法看到自己爬出那道壕沟，重新投入那种生活的模样。

有段时间我放弃喝酒，试图调节一下自己的情绪，但这只会让我胡思乱想得更多。我尝试过火种约会，但结果也主要是柏拉图式的恋情，这让我感到更加沮丧和空虚。我对工作的热情和专注也开始减弱。我的室友 AJ 和贝尔到我房间时，经常会发现我在哭泣，身上还裹着三小时前刚洗完澡时用的浴巾。我发现我无法向任何人倾诉我的感受，于是大多数时间都独自度过。我身体里充斥着一种麻木、无聊和焦虑的混音，它低沉而杂乱，就像一台不停转动的洗衣机一样。这一切在初夏时达到了高潮。当时迪莉告诉我，她认为我应该辞去电视节目的工作，成为一名全职作家，而我对如何赚钱以及接下来该去往何处都毫无规划。同时，就在法莉搬走还不到一年时，AJ也宣布她要搬出去和男友同居。我异常沮丧，不仅失去了工作，也失去了一个室友。

当然，对于一个很容易"沾染"上戏剧化情节的二十多岁单身女性来说，这种困境有个统一的解法：搬到另一个城市。我一直很向往纽约，经常去那里看望亚历克丝，即使在与她哥哥哈利分手多年以后，她仍是我的好友。在那个诸事不顺的夏天，刚订婚的她问我能不能当她的伴娘，我觉得时机来得实在非常巧合。她和她的未婚夫说，我和法莉可以在他们度蜜月期间免费住在他们位于下东区的公寓里。这趟纽约之旅为期大约两周，我和法莉订了机票以及婚礼那几天的酒店，还在卡茨基尔山订了一间民宿。令人难以置信的是，这将是我和法莉第一次一起出国度假。同时，我也可以趁这次机会好好探查自己未来可能的新落脚处：看看那里的日常生活、那里的人，以及我能不能融入那座城市。

但就在我们起飞前一周，弗洛伦斯被诊断出白血病。法莉觉得自己必须待在家里帮助妹妹和家人，我完全理解。我问她要不要我也留下来，但她觉得我非常需要这段假期，希望我独自去纽约。

到达纽约的头两天，我沉浸在伴娘的职责所带给我的欢乐气氛中。亚历克丝所有在英国的亲朋好友都飞过来参加婚礼，整个前置期我都在制作花环，安排座位，去干洗店取衣服，和并不常见的老朋友们叙叙旧。我非常想念法莉，但仍非常渴望投入眼前这忙碌的、新鲜的、美妙的活动中，分散自己的注意力。

婚礼那天，我穿了一条开高衩的黑色吊带裙。衣服选择出自亚历克丝的鼓励，她知道我非常希望来场假日恋情；当然，也是因为我知道这将是我多年来第一次见到哈利。另外，我还在举办婚礼的布鲁克林仓库餐厅里朗诵了《多情的牧羊人》这首诗。"我不后悔自己的过往，因为我依然如旧，我只后悔未曾爱过你"，念到这句诗时我不禁泪流满面，不只是因为看到了亚历克丝和她丈夫之间的爱，也因为意识到自己在过去几年里感受到的深深孤独。

我是婚礼上仅有的两名单身女性之一，不过幸运的是，我旁边坐着的是唯一的单身男客人：一个身材魁梧的威尔士人，他以修桥为生。

"好诗。"他用他那性感的、抑扬顿挫的、如歌唱般的口音对我说，"眼泪'安排'得恰到好处。"

"又不是事先安排好的！"我说。

"那这条裙子肯定是了。"他笑着说。

我们一杯接一杯地喝着内格罗尼鸡尾酒，吃着炸鸡和芝士通心粉，以某种方式调着情——这种方式只适用于婚礼上的两位单身者。我们严肃地按照顺序列出英国境内最爱的桥梁名单，我用我的叉子喂他布丁。换我致辞时他大声欢呼，并在中途四目相对时对我眨眼睛。他的举止就好像他是我交往多年的男友。我们的关系随着一脚油门不断升温（这种方式只适用于婚礼上的两位单身者）。

就在第一支舞开始之前，我的威尔士准男友出去接电话，而亚历克丝领着她老公走向舞池中央。头戴玫瑰花冠，身穿白色和服袖长裙，她看上去就像拉斐尔前派画作里裹着丝绸的人物。音乐响起，我这辈子听过的最浪漫的歌曲如涟漪般低沉地扩散开来——是菲尔·菲利普斯的《爱之海》——一首恰到好处、感伤、完美的慢舞曲。

到副歌时，所有客人都加入了新人的行列；包括哈利及其新女友在内的几十对情侣随着这首情感饱满的动人歌曲摇摆着，微笑着。我坐在场外，望着场内。我试着想象在同床共枕的对象身上找到安全感，到底是一种什么样的感觉——这个念头对我来说太陌生了。我望着他们身体之间的细小缝隙，想象着他们所处的地方；他们一起写下的故事，一起在深夜的沙发上喝酒时谈到的那些回忆、话语、习惯、信任和未来的梦想。我不知道自己是否也会和某个人拥有那样的爱，或者我是否具备沐浴爱河的资格——无论我是否渴望这样。这时，突然有人拍了拍我的肩膀，我抬头一看，发现是奥克塔维娅，她也是伴娘。她微笑着伸出手来，把我带向舞池，抱着我跳舞，直到歌曲结束。

一曲跳完，我喝内格罗尼酒喝得更凶了。后来我出去抽支烟，看到了我的威尔士准男友，便在满肚子金巴利酒赋予的酒胆中把他推到砖墙上，主动吻他。

"不行。"他抽身离开。

"为什么？"我问。

"不为什么。"他喃喃道，"但就是不行。"

"我不要。"我口齿不清地说，"这种情况……不应该发生在我身上的。我在纽约，我在度假，是个穿着暴露又心情不好的伴娘，我在这条裙子上花的钱可不是只有干洗费。你就是我的假日情人，这是天注定的。懂吗？"

"我不能。"他说，"我也很想，但我不能那么做。"

"既然如此，那你刚才为什么那样——"我假装把布丁塞进他嘴里，"还这样——"我夸张而戏剧化地眨了眨眼。

"我只是……在调情而已。"他声音微弱地说。

"好吧，也就是说，我们刚才所做的一切完全是在浪费时间啰？你知道我另一边坐着一位非常有趣、非常聪明的女演员吗？我很想和她聊天。她看起来很迷人，但我整晚只跟她讲了三个字，只是因为我一直忙着和你玩假扮情侣的游戏。"

"哦，好吧，对不起，我浪费了你这么多时间！"他气呼呼地说，掉头回到了派对现场。

第二天，我去了亚历克丝和她新婚丈夫位于唐人街的公寓，我们在屋顶上喝酒庆祝他们两人新婚，顺便为他们的蜜月旅行践行。我们聊起了婚礼那天的八卦，他们解释了威尔士人前后态度出现反差的原因（他有女朋友——这是肯定的）。

亚历克丝就公寓的注意事项嘱咐了我几句，并把钥匙交给了我。

"你没事吧？"她问。

"会没事的。"我回答。

"你有奥克塔维娅的电话号码吧？她会在纽约待到月底，你可以找她玩。"

"没事的。有一些自己的时间也挺好。我可以更好地了解纽约。这将是一次非常棒的'探险'。"

"如果你有什么需要的话，就给我们打电话。"说着她拥抱了一下我。

"放心，我绝对不会打。你就安心去墨西哥度蜜月吧，赶快去海里裸泳，喝龙舌兰酒，尽情享受'性福'时光吧。"我说。

第二天早上，我在公寓里醒来，按照他们的嘱咐喂了两只黑猫，又给他们的植物浇了水，然后拿着我的笔记本电脑坐下来，打算规划一下日程——这段时间如何度过，以及我要看的景点和该做的事。

但还有一个大问题：有家杂志社拖欠了我两篇稿费，总共不到一千英镑，而根据我的预算，这笔钱用来支付我在纽约的花销是绰绰有余的。当时我的账户里只剩下三十四英镑，而我在纽约还要待十一天。作为一名自由记者，这种情况司空见惯——我经常在一篇文章发表并提交发票三个月后追着会计部门索要稿费，但从来没有像现在这样紧迫过。我给编辑打了电话，编辑又让我去找会计部，而会计部又把我像皮球一样从一个人传给另一个人，试图搞清楚这两笔逾期未付稿费的具体去向。我开着手机扩音器，在亚历克丝的床上躺了一个小时，不断听着细微的等候音乐，而国际长途的话费正随着时间的流逝堆积在我的账单上。最后，电话那头的人终于给出了明确的答复：我"很快"就会收到稿费。

没有钱，也没有朋友，我很快就意识到，这十一天的纽约和我以前来看望亚历克丝时的那个纽约是完全不同的城市。这不是个适合破产的地方。不像伦敦，纽约的博物馆和画廊都要门票，大多数门票的价格都要二十五美元，这将耗尽我剩下的资金。而且那是 8 月中旬，天气热得让人难以忍受，这意味着我能在公园里闲逛或坐着的时间非常有限。这个我一直深爱的城市——我总感觉自己在这里很受欢迎——此刻却感觉它想把我踢出去。我走在第五大道，抬头看着摩天大楼，感觉它们就像巨大的、可怖的、高耸的怪物，试图把我一路踢向肯尼迪机场。

我开始注意到那些以前从不在意，现在却让我讨厌纽约的各种琐事。我发现，原来纽约地铁的效率这么差，路线那么难懂，不像伦敦地铁有着配色鲜明且依照街道排列命名的路线（朱比利线、维多利亚线、皮卡迪利线），纽约的地铁路线全都有着你所想象得到最难以辨认的乏味名称（如A、B、C，或1、2、3）。B线听起来很像D线，而某个数字听起来又像别的数字，如果不把它们写下来，你就搞不清自己要搭乘的线路名称是哪个字母或数字。另外，很多车站的发车频率是每十分钟一班，如果你要换三次车而你又不太走运的话，这可能意味着你要在闷热的站台上多站半个小时。更令人沮丧的是，大部分站台上都没有任何看板能告诉你下一班列车什么时候会来。

然后是那些"比较粗鲁的纽约客"，这种人可能会出现在超市、咖啡馆或任何排队的地方，大吵大闹、横冲直撞，粗鲁到不可思议的境界，打定了主意让你"完整体验最地道的纽约生活"。在我感到心安和心情愉悦的时候，可能还会觉得这很有趣；但对当下孤立无援的我而言，只觉得莫名其妙被人大吼非常讨厌。我连站在卡茨餐厅柜台前点百吉饼，都会被从旁路过的服务员怒吼："嘿，女士——别挡道！"

我也注意到自己在纽约时经常被推来推去，这座城市所有人呈现出的集体冲劲简直要将我压倒。每个人都在执行自己的任务，没人注意到对方。人们快步走着，像行军一样挥舞着手臂，对着免提设备大呼小叫。连他们的爱情也干劲十足；我花了一整个下午的时间偷听一对女性朋友在咖啡馆里的谈话，她们叽叽喳喳地谈论自己是如何结识男人的，就好像在讨论军事行动一样——言语中充满了日期、数字、代码和规则。

天哪，规则！我从来没有发现纽约人这么痴迷于规则。我在超市买橙子时，因为拿起它并闻了闻而被责骂了一顿。去参观阿普索普公寓（诺拉·艾芙隆笔下自己最心爱的那栋建筑）时，因为站得离庭院里的装饰喷泉太近而被训斥。我从来不觉得自己是个特别不守秩序的人，但纪律严明的纽约人硬是将我的这一面"搜刮"了出来。

再来就是那些毫无幽默感又装模作样的文艺青年。他们是精品咖啡馆的服务生或潮牌店的店员，听到某人说了笑话时，他们会语气平板地来一句"这是我这辈子听到的最搞笑的事情了"。但僵硬的脸上没有任何表情，也没有笑容。他们会对你上下打量，时间久到让你感觉很不舒服。换作在伦敦，就是"哈克尼 ① 讨厌鬼"会有的所有态度：没有自知之明，也不具备幽默感或妙语解颐的素养。纽约这群不到三十岁、拼命想挤进流行文化圈的假文青，是我见过的最冷漠、最不招人待见的一群人。

在纽约的探险开始一周之后，我逐渐体会到，原来地方都是由记忆和关系编织而成的国度，风景只是你内心感受的反映。我在纽约感到的空虚、疲惫和忧伤比在英国时还深，想要搬来此地的幻想也随着日子一天一天消失。我隐约顿悟到，无论我走到哪里，"托特纳姆法院路和亚马逊"都会跟着我——无论在度假或在家里，我都还是那个毫无成就的人。当初订机票的时候，我以为这次旅行会让我挣脱自己的思绪，但事实并非如此。外在的风景的确变了，但我内在还是老样子：我还是紧张、焦虑、自我厌恶。

一天晚上，我躺在亚历克丝家的沙发上，喝着一瓶婚礼剩下的普罗塞克气泡酒——她让我随便喝，整晚我都在试着来一场"火种式观光"，以此来结识新朋友。我几乎关注了所有人，然后给每个配对成功的对象发了一条语意模糊、气氛欢快的广播式消息，把自己描述为"伦敦来的观光客"，想找一些纽约人"一起度过愉快的时光"。午夜时分，当我打开第二瓶普罗塞克的时候，正好接到 AJ 和英迪亚打来的视频电话。

---

① 译者注。哈克尼，英国英格兰大伦敦内伦敦的自治市。

"嗨——"她们围在我的餐桌旁齐声喊道。

"嗨，姐妹们！"我说，"你们喝醉了？"

"是啊。"英迪亚叫道，"我们刚去尼萨便利超市买了三瓶酒。"

"好。我也醉了。"

"你和谁在一起？"AJ盯着镜头问。我本来想告诉她们我过得多么糟糕，但又不想让她们担心。更重要的是，我的自尊心不允许我这么做。在所有的社交平台上，我都假装这是一段终生难忘的旅行，而且装得非常有说服力。

"就我自己。"我回答，"今晚我想休息一下。"

我们聊了十五分钟，能够看到她们熟悉的面孔，听到她们这段时间的生活细节，令我非常高兴。

"你还好吗？"在最后道别时AJ问，"你看起来有点沮丧。"

"我很好。"我说，"我想念你们两个。"

"我们也想你！"她说。接着她们都向我抛来飞吻，然后我又独自一人了。

第二瓶普罗塞克喝到一半时，我收到了其中一位配对对象的回复，他叫吉恩，是一位三十二岁的法国股票经纪人，很有魅力，他问我深夜是否想出来喝一杯。我决定让这个男人成为我的假日情人。我就是需要来场有趣的探险，让自己更主动，把这次旅行变成一场猎艳之旅，重新找回以前的自己。但他住在苏豪区，虽然离我只有一英里，但因为外面已经雷雨交加，所以没办法走路过去，而我也没钱叫出租车。

"我有钱。"他在短信上说，"我来付你的出租车钱。"我决定无视这个提议里影射的《风月俏佳人》①中的潜台词，涂上睫毛膏，穿上高跟鞋，走进雨中招呼路过的出租车。我高声招呼，拦下其中一辆，

---

①译者注。《风月俏佳人》是1990年上映的美国爱情片，该片讲述了外表潇洒迷人的富商爱德华与妓女薇薇安之间的爱情故事。

此时，在暴雨和醉酒的合力作用下，我的手机从手里滑了出去，屏幕摔得粉碎，雨水渗进裂缝，很快就黑屏了。

当我抵达他给我的地址时，谢天谢地，他正站在外面。他付了车费，打开车门扶我下车。

"欢迎欢迎。"他说着，抱着我的脸吻了一下。有那么一瞬间，这个完全陌生的男人对我的关注让我感到一阵兴奋，而我那根深蒂固的沮丧感似乎已经消退。但我也同时意识到自己是多么可悲，于是又立刻更加难过了。我需要更多的酒精。

吉恩人很好。尽管我们没有什么共同之处，但我们的谈话还算顺畅，多亏了他给的啤酒和那包好彩牌香烟（两个人躺在沙发上分着抽）。我感觉得到他常做这种事。我们边聊边吻。一个小时后，他把我带到了他的卧室，一个方方正正的纯白色小居室，上面挂着奇特的霓虹灯，地板上放着一张床（准确来说是一张床垫）。我们互相脱衣服的时候，我尽量不去理会周围的摆设。

"不，不行。"我说。我突然意识到这根本不是什么大冒险，和我同处一室的男人很可能是帕特里克·贝特曼①。"我不想那样。"我有点慌了，可以听到我的耳膜里传来的心跳，又快又大声，并立刻开始寻找离我最近的窗户。

"来嘛，很好玩的。"他试图吻我，"你看起来就像那种玩得很开的女生。"

"不，我不是，我不想那样做。"

"好吧，那算了。"他耸了耸肩，翻了个身。

这时我才意识到整个情况是多么愚蠢：就为了找事情让自己转移注意力，我竟然全然不顾后果。我独自一人在一个陌生的城市，而且还烂醉如泥；没人知道我在哪里，身上没钱，也没有手机。

---

①译者注。帕特里克·贝特曼（Patrick Bateman）是布雷特·伊斯顿·埃利斯1991年富有争议的小说《美国精神病人》及其电影和舞台改编作品的主角。

"我觉得我走路回家好了。"我说着，从他的床上站了起来。

"好吧。"他回答，"不过外面在下雨。如果愿意的话，你也可以留在这里等雨停。"

我看了看他的时钟——凌晨四点。我可以一直睡到暴风雨过去，然后趁天亮的时候找路回到亚历克丝的公寓。我把脸抵在白墙上，在离他尽可能远的地方睡着了。

第二天早上，我七点半就醒了，然后穿好衣服，到客厅去拿我的包。沙发上坐着一个身着深蓝色睡袍的男人，他看上去很生气。这时我看见屋子里多了四台电风扇，所有的窗户都开着。墙上贴着几张纸，上面都用潦草的红色笔迹写着"吸烟致死"。

"早上好！"我紧张地说。

"滚出我家。"他用比吉恩更重的法国口音说。

"不好意思，你说什么？"

"我有哮喘。你知道吗？我有严重的哮喘。你为什么凌晨三点还在我公寓里不停地抽那恶心人的烟？"

"对不起，吉恩说我可——"

"去他的。"他啐了一口。

我回到吉恩的卧室。

"嘿。"我摇醒他说，"嘿，你的室友在外面，快要疯了。"

吉恩睁开眼睛看了看钟。

"我上班快迟到了！"他的语气带着指责。

"他在外面快疯了。"我说，"因为我们昨晚抽烟了，所以他生气了，搬来了一堆风扇，还写了很多标语。感觉有点像……电影里的'雨人'①。"

---

①译者注。《雨人》是由巴瑞·莱文森执导的剧情片。该片讲述了查理发现父亲将遗产留给了患自闭症的哥哥雷蒙，便想骗取这笔财富，并计划利用哥哥超强的记忆力去赌博赚钱。但在此过程中，血缘的亲情打破了原有的疏离，真挚动人的手足之情取代了查理原先只求一己利益的私心。

"好吧，我马上就走。"我说，"祝你生活愉快。"我走出公寓，一边走一边谦和地向那个生气的法国室友点了点头。

"滚。赶快滚。快给我滚出去，你这个小贱人！"他在我身后吼道。

我跌跌撞撞地走入苏豪区那明亮的阳光里，感觉自己要反胃了。我想从最近的自动取款机取十美元，却被告知余额不足。一阵恶心的感觉突然向我席卷而来，我这才想起自己已经两天没吃东西了。

要想办法回家。我走进星巴克，希望糖袋旁边会有免费牛奶。我向柜台后面的人要了一个纸杯，装满了牛奶，坐在桌子旁小口小口地喝。

"你没事吧，小姐？"一位中年妇女问。"你看起来就像……"她打量着我的衣服、昨晚沾在眼睛周围的睫毛膏粉，还有我手中的那杯牛奶。"就像一只被遗弃的流浪猫。"

"我没事。"我回答，但事实上从来没有这么有事过。

我绕着圈转了好几个小时，终于看到了那幢我认识的公寓楼。我走进亚历克丝的公寓，把手机埋在米里面，蜷缩在她的羽绒被里，和她养的几只猫依偎在一起，多希望可以就这样早点结束这次旅行。但我连三明治都买不起了，更别说买早班飞机票回家了。而且我也不觉得自己想要回家——我被困在两个我都不想去的城市之间。我不能打电话向法莉求助，因为此刻她需要我远远超过我需要她。我也不能给父母打电话，因为我无法忍受他们的担心，而我的年龄也已经不再适合接受他们的救助了。最后，我给奥克塔维娅打了电话，而她给了我无与伦比的善意。她带我去吃中式点心，在我诉苦的时候握着我的手，给我拥抱，还借了我一些钱。

第二天，我坐三个小时的长途汽车去了纽约州北部卡茨基尔的一个小镇。反正法莉和我已经付了小屋的钱，所以我想我最好还是去一趟，我很感激有这样一个机会，可以让我获得一块安静的空间，以及开阔的天空。

我上午十点左右到达了那里，放下行李，然后徒步了很长一段时间，好让我的头脑清醒一下。徒步途中，卡茨基尔山脉的雄伟令人惊叹，我也思考了回家后重新开始的可能性，等下午回到小屋时，人已经平静一些了。

晚上，我走到镇上，在当地的一家餐馆里吃了芝士薯条。蟋蟀的叫声以及当地人的热情和闲聊让我身心愉悦。回到小屋时，屋后有人燃起了一堆篝火，于是我从房间里拿出了一条毯子，坐在篝火旁，抬头看着星星。我深深呼吸，享受自开启这次探险之旅以来，第一次感受到的静谧祥和。

回到房间，我的火种上多了一条迟来的回复——他晚了两天，现在才回我喝醉时发过的那一大堆"来，都来"的短信。发信人名叫亚当，二十六岁，有着完美的美式笑容，留着布鲁克林式的胡子，梳着男士发髻。

"嗨，美女。"他留言说，"很抱歉我没早点回你消息——你过得怎样？"

"你要是早些回复就好了。"我说，"我本来可以和你约会的。"

"哦，天哪。"他写道，"纽约的人有时候真的很难对付。你现在还好吗？"

"我讨厌遇到那种事。"我回答，"现在我在卡茨基尔，这里很不错。"

"你回市区之后，还要待多久才回英国？"

"整整三天。明天傍晚我会回到市区。"

"回来后来找我吧。"他说，"如果你愿意，我们可以只做朋友。"

朋友。也许我需要的就是一个新朋友。

第二天，我又来了一次远足，还游了泳，之后乘下午的晚班长途汽车回到了曼哈顿，乘地铁到布鲁克林，来到了亚当家门口。

"嗨。"他打开大门，伸出双臂和我拥抱，他的蓝眼睛在黑框眼镜后面闪闪发亮。"见到你真高兴。欢迎回到这座你讨厌的城市。"

"谢谢。"我说着扑进他的怀抱，深吸着他法兰绒衬衫上干净的香皂味。

"我会让你爱上这里的。"

亚当带我参观了他的公寓，然后开了一瓶酒。我们聊了好几个小时，将自己所有的事情告诉了对方——最喜欢的音乐、最喜欢的电影、各自的朋友和家人，还有我们的工作。他很真诚，精神焕发，目光炯炯有神，充满了好奇心；是我最需要遇到的那种人。

到了晚上，我们便吻得难舍难分。午夜时分，我躺在他的床上，和他紧贴着脸。这个男人向我展现出来的温柔、慷慨与亲切，足以让我对他敞开心扉。于是我心甘情愿地将一切都告诉了他。我告诉他我二十出头时的心碎，我告诉他我曾经为了攫取一点自主权，让自己饿了多少年。我向他诉说自己唯一一次陷入的爱，那种亲密令我无法承受，对依赖感心生恐惧。我告诉他，我的朋友们一个个坠入爱河，离我而去。我告诉他，突发性紧张症从我小时候起就如影随形，它衍生出的焦虑降临在我身上，让我不敢靠近窗户，因为总觉得自己随时可能摔下去。我告诉他，我从小一起长大的好闺密的妹妹因为得了癌症正躺在医院的病床上。我告诉他，我觉得自己完全不知道如何面对成年这件事，我不敢给任何人打电话，不敢开口向任何人求助，习惯用一大堆杂乱琐碎的事转移自己的注意，掩盖问题换取片刻轻松。只有和陌生人在一起时，我才能找到合适的语言表达我的悲伤；唯有处在一个短暂、自己毫无责任的幻想世界里，我才敢把这些事情说出来。

"你看起来非常伤心。"他抚摸着我的脸颊说。我闭上眼睛，不让眼泪流出来。

"是迷茫。"我回答。

"现在不会了。"说着他把我拉到他身边。我想信任他，所以在那一刻，我真的相信了他的话。

"我想说一件很没头没脑的事。"他吻向我的额头。

"什么事？"

"我爱你。"他叹了口气说道。"我不想让你觉得我像那个荒唐的法国人一样危险或疯狂，我知道自己真的不能那么做，因为我认识你才——"他看了看手表说道，"——才六个小时。但我觉得自己可以爱你。管他呢，我已经爱上你了。"

"我也爱你。"我听见自己这么说。这句话一出口，我就知道它是多么荒谬。但我知道我的这句话不是对他说的，而是对别的东西说的——对希望和善良仍持有的信仰。

第二天，亚当请了假，这是他人生中第一次请病假，他带我参观了这座城市里我从未去过的角角落落。我们散步、聊天、吃饭、喝酒、接吻。我们在两天内经历了一段典型的假日恋情——我们想不起来以前没有彼此的生活是怎样的，但知道自己永远不会和对方一起生活。那天晚上，我在他家过夜。

又过了一天，我把自己从亚当身边拉开，空出三个小时去见了奥克塔维娅，她也不敢相信自我上次见她之后所发生的一切。我们登上了洛克菲勒中心的顶楼，眺望着这座美丽、无情、永不停歇的城市。

我凝视着窗外哈德逊河上摇曳的灯光，说："我想回家了。"

纽约之旅的最后一天，亚当送我去了肯尼迪机场。在一个长长的告别之吻之后，他抓住我的肩膀，认真地看着我。

"那个，我有个提议。"他说。

"什么想法？"

"别以为我疯了。"

"好。"

"留下来吧。"他说。

"我没法留下来。"

"为什么？你在家里过得很痛苦。你讨厌伦敦，没有工作，也不知道下一步该怎么办，不如留在这里，重新开始吧。"

"那我住在哪里呢？"我问。

"跟我住一起。"他说。

"那我怎么付房租呢？"

他说："到时候再说吧。你可以找工作，可以写任何你想写的东西。你将拥有自己的时间和空间，想想你在这里会有多少自由。"

"如果你们那顽固不化的移民系统想把我遣送回国，怎么办？"

"那我就娶你。"他说，"这就是你最想听到的吧？我的确会这么做。我明早第一件事就是带你去市政厅，我要正儿八经地娶你。这样你想待多久就待多久。"

"我不能那么做。"我说，"这太疯狂了。"

"为什么不想留下来呢？"他说着，轻轻地把头靠在我的头上。"是你自己说的啊，你说你家里已经没什么可留恋的了。"

我想了一会儿。

"因为真正的问题是我自己。"我回答，"不是这座城市，也不是外部环境。真正需要改变的是我自己。"我们沉默了一阵，然后最后一次吻别。

"飞机降落后给我打个电话。"他说，"别在飞机上醉酒，放心吧，飞机是不会坠落的。"

在回国的飞机上，我想着托特纳姆法院路和在亚马逊上订购垃圾。我想起了法莉的笑容，想起了室友们早上准备上班的声音，想起了我拥抱妈妈时她头发散发出的香水味。我想到了幸福生活的平淡无奇——能拥有这样的生活是多么的荣幸啊。

那是我二十六岁生日的前一天。我回到家的时候，贝尔和 AJ 都在上班，但家里有个做工粗劣的自制蛋糕和一条祝我生日快乐的横幅。第二天晚上，我们去卡姆登跳舞庆祝，我把过去两周的奇怪经历告诉她们。劳伦和我彻夜喝酒、弹吉他，直到第二天凌晨，我收到了亚当送来的一大束红玫瑰。

回到英国后，有一阵子的生活稍微变得容易了一点，长久以来仿佛厚重大衣般包裹着我的哀伤逐渐褪去，我为接下来要做的事情制订了一个全面的规划。我又疯狂地爱上了自己所在的城市。我会一边吃太妃薄脆，一边读比尔·布莱森关于英格兰的书籍。我始终记得，能够住在自己长大的地方、被朋友围绕，是多么幸运的事。

回家两个月后，我终于辞掉了工作，开始做一名自由职业者。一个月后便获得在《星期日泰晤士报》开专栏的机会。劳伦和我拍了一部短片，描述一个失去方向、不了解自己的二十五岁女孩，无头苍蝇般想突破自己的困境，却忘了要回头看自己的内心。AJ搬走了，而我们大学时期的另一个好朋友英迪亚搬了进来。我们离开了卡姆登那座破败的黄色宫殿，向北搬了两英里，住进了一套没有老鼠、有厕所和中央供暖系统的公寓。

我的救星奥克塔维娅也回到了伦敦，我们成了好友。亚当和我一直保持联系，以后也会继续下去。每当他来伦敦时都会来看我，一如我到纽约也总会和他一起吃午饭。他提醒了我人生中那段动荡不安的岁月，那是我想永远记得，但不想重新经历的日子。那年我二十五岁，漂泊不定，迷失了自我，差点为了一个素不相识的人搬到另一个国家。他有属于他的故事版本，我有我的，我们会带着各自的那半，像戴着少女们那些俗气的、被剖成两半的心形吊坠。

12月12日

亲爱的朋友们：

这是一封来自 SE 20 区布莱肯街 32 号（这里房租过高又缺乏维护）的圣诞祝福，我们（其实只有我一个人，我现在独居）祝各位圣诞快乐！

今年真的是丰富的一年。一切都从我获得了升迁机会开始，运势一路飙升。过去四年，我都在有机果汁初创公司（酸橙榨汁）担任社交媒体经理。现在我被晋升为社交媒体活动总监，这是个相当权威但职责又很模糊的角色。基本上，这次升职的意思就是，除了本职工作，我每天还要在照片墙上多发布四个限时动态视频，在各种水果上面画五官、帮它们戴迷你针织帽，而且没有额外的薪水。

（爸爸——如果你正在读这封邮件的话——我不想再重复上百遍地解释我的工作到底是什么了！然后，我知道你帮我出了很多学费，我知道我本可以"做很多事情"！但拜托，你可以直接在自己高尔夫俱乐部的朋友们面前谎称我是个律师，反正他们也不会用谷歌搜索我的名字，就算他们这样做了，顶多也只会在 Bebo① 页面上找到我的名字——不过意义也不大，要知道这个网页几百年都不更新一次，更何况我们公司的名字甚至都没人听说过！哈哈！）

正如我在这封邮件开头提到的，今年早些时候，我和最好的朋友卡蒂亚搬出了我们位于肯特镇的那套舒适的合租公寓，因为她和男友说他们"想要一个属于自己的私人空间"，而且他们有能力在没

---

① 译者注。Bebo 为英国的社交网站，创建于 2005 年。

有我的情况下支付房贷（他们都有正经的工作）。于是我在伦敦的潮流地区彭格①独自安了家。这个地区绿叶成荫——虽然实际上树枝可能比树叶更多——并且颇"有前景"（引自《地铁报》2016年的评语）。可能正因为如此，这间单房（夹层卧室位于炉灶上方）每个月得花掉我一千二百英镑。还好我是个吃货——闻着整个卧室飘满的烤鲑鱼香味入睡，是一种多么美妙的享受啊！

在一起享受了长达七年的幸福生活之后，乔丹和我在今年和平分手了。我们都有点嫉妒我们的朋友——他们可以随时和火种上的陌生朋友上床，再加上我们都有死亡焦虑和异常严重的错失恐惧症，综合起来的结果就是，我们越来越不想要在走到人生终点时，两个人加起来只跟三个人上过床。我们读了几本关于开放式婚姻的书，并认真地尝试了一次。但由于我们各自的工作时间相差太大，如果塞进其他人就根本无法顾及彼此，因此我们觉得，直接分手会让两个人的时间压力都小一点。我们的宠物猫归他。

在健康方面，与我的焦虑直接相关的疑病症继续肆虐。仅在过去的一年里，我就自我诊断出五种癌症、三种性传播疾病和四种精神健康疾病。自从读到莱姆病（我仍觉得自己得了莱姆病——你们觉得呢？）相关的文章之后，我再也不在草地或林间散步了。

我在优步上的评分降到了三点五颗星，这让我很失望，但我希望在新的一年里，我能以全新的乐观态度，欣然直面这一挑战。

我社交媒体的经营状况也是跌宕起伏。11月时，我在推特上的粉丝数达到了两千人——达到了我的预期目标（你们可能还记得，我在去年的公开信上把这列为新年的主要目标）。更令人激动的是，我有四张照片墙照片的点赞数不到七个人，但我忍住没有立即要求我的在线咨询师进行紧急线上咨询。总之，进步还是有的！

①译者注。彭格（Penge）位于伦敦东南郊区，而前文的布莱肯街则是作者虚构的路名。在传统认知里，伦敦东边和南边是发展较慢、环境相对较差的地区，但对年轻人很有吸引力。

我今年的目标包括戒掉抗抑郁药、不再透支，以及找到最适合我肤色的腮红。人生是一段变幻莫测的旅程，请各位祝我在下一段旅程中一帆风顺吧。

　　这就是我今年的心得。

　　祝各位圣诞快乐，新年幸福！

爱你们的安德里亚

每周要事清单

- 厕纸

- 新内裤

- 报纸

- 读完整份报纸的欲望

- 咖啡胶囊

- 马麦酱

- 苹果

- 不带布兰妮香水味的卫生用品

- 时间管理技能

- 小狗（达克斯猎狗，迷你的那种）

- 浓度似啤酒但加牛奶的约克郡红茶

- 计时器更为可靠的烤面包机

- 会和我一起看《乡村档案》的室友

- 我的专职司机，只为我一个人服务

- 垃圾袋

- 小狗（诺福克梗，毛很软的那种）

- 贾维斯·考克

- 吃不完的切达干酪

- 可以把《宋飞正传》^①每一集都看三遍的时间

- 私人影院

---

①译者注。《宋飞正传》，美国国家广播公司在 20 世纪 90 年代制作的情境喜剧。

- 更强的语法能力
- 厚脸皮
- 更懂得拒绝的能力
- 二十双没有破洞的丝袜
- 牛奶

弗洛伦斯

我第一次见到弗洛伦斯时，她才六岁，而我也还只是个十几岁的孩子。那天法莉打开前门，只见她的妹妹正站在台阶上摇晃着身子，小小的脑袋上顶着一头拖把似的蓬乱头发。

"弗洛伦斯！"法莉尖叫，"你的头发怎么了？"

弗洛伦斯调皮地笑了。

"爸爸，我不敢相信你会让她把头发剪成这样！她看起来像个小男孩！"法莉对站在车旁的父亲理查德喊道，她的声音还带着少女般的稚嫩。而弗洛伦斯则一直咧嘴笑着。

"是她自己求着要剪成那样的，宝贝儿，我又能怎么办呢？"理查德耸耸肩说。

我马上就喜欢上了她。

弗洛伦斯快要步入青春期时，我和她的关系越来越亲密。和我一样，她总觉得自己已经准备好长大成人了。她想要属于自己的身份，想要独立。她厌倦了同龄人，因此埋头于书籍、电影和音乐，以求逃避现实。她是个"偏执狂"，会一字不漏地阅读自己新喜欢上的作家所创作的每一部作品，会一部接一部地观看自己最喜欢的导演所拍的所有电影。和我一样，她也觉得就读女子学校是一种煎熬，而我总不断向她保证，这段过完，她就会迎来人生中最棒的时光：无论有多困难和无聊，能够身为大人都是世界上最棒的事。

"大家不是常说学生时代是人生中最美好的时光吗？"一个周末的午后，我们躺在她家花园里晒太阳时，我对她这么说。

"怎样？"她说。

"那都是胡扯。"

"真的吗？"她抚摸着我的胳膊问道——青春期后半段，她常跟法莉和我混在一起，这是她的习惯性动作。

"对。那是我这辈子听过的最扯淡的话。学生时代是人生中最糟糕的日子，小弗。一切美好的东西只有在你离开学校之后才会开始。"

"谢谢你，奥尔德马斯顿[①]（这是他们一家人对我的昵称——每个走进他们家大门的人都有个昵称）。"她说。

但弗洛伦斯完全不必担心青春期，这时期的她令人惊叹，是个比以前的我要好上许多的少女。跟大多数青少年一样，我想的都是自己，但弗洛伦斯的眼界宽广，富有同理心，尤其是对一个如此年轻、生活在一个很受保护的环境中的人来说，要做到这一点很不容易。小弗富有创造力，情绪激昂，好奇，充满激情。她写过一篇关于电影的博客，剖析美国独立电影，哀叹当今的好莱坞。她每天都写日记。她写了半部小说。她自编自导了校园戏剧。她在沉寂、保守的学校集会上发表了关于性少数群体问题的演讲。她参加了各种游行。有一次，她带着相机和两个朋友来到我们位于卡姆登的家，问我是否可以在这里拍摄一部短片，以唤起人们对家庭暴力的关心。

聚餐聊天时的她也非常有破坏性，又同时讨喜而精彩。几乎每次和法莉一家吃饭，都能看到弗洛伦斯在激烈的讨论中对某人大喊"这就是仇女！"的画面。有次我印象非常深刻，她在晚宴上对斯科特展开猛烈攻击，因为他竟然敢质疑韦斯·安德森电影的艺术性，说他的作品只是纯粹的审美体验。小弗进行了一场冗长而充满激情的演讲，告诉斯科特他究竟错在哪里，然后怒气冲冲地离开餐桌，拿来一本关于电影的精装大部头，砰的一声摔在桌子上。

弗洛伦斯在中学毕业的那个夏天被诊断出白血病。她好不容易

①译者注。奥尔德马斯顿，是英国中南部一处乡村的地名，跟作者的姓氏奥尔德顿（Alderton）相似，不过两者没有关联，纯粹是外号而已。

抵达青春期的终点线，站在了人生的浪尖上，却被告知得了癌症。但根据医生们的判断，尽管治疗过程和治疗后的恢复都非常困难，但前景是积极的，而她也表现出了非常积极的态度。她直接住去金斯顿医院接受了化疗，并与护士和清洁工成了好朋友；她会尽可能把床调得很高，以便和他们聊天，并给他们提建议。她被告知自己将无法生育，周围的人都对这件事感到震惊，她却以特有的优雅和幽默回应，说"反正世界人口已经过剩了"。

她注册了一个博客账号，记录了她的抗癌之旅，里面的内容有趣而真实，吸引了成千上万的读者。她自拍刚剃光的头，录下自己在床上跳舞的视频，支持者们的电子邮件和信件如雪淹没了她。我为她感到骄傲，经常给她发短信，告诉她鲜有人像她一样，在十九岁的年纪就能拥有如此好的文笔。

她在其中一个帖子里写道：

那天晚上（8月8日，她确诊那天）我听到的最糟糕的消息，其实并不是诊断结果，而是它的下一句："我们希望你在这里住一晚。"这让我措手不及。然后医生说："明天早上，血液科医生会抽取你的骨髓。"那时我就感觉有些不对劲，因为他们不会平白无故做这种检查。

晚上，血液科医生在下班回家休息之前，特意过来跟我打招呼，并做了自我介绍。我只是急切想要一个答案，所以就指着我那因肿胀而凹凸不平的脖子，直截了当地问他："你认为这是什么病？"他叹了口气，然后坦诚地回答我："有一半的可能性是癌症。"

听到"癌症"这个词就如同听到了死期，未来所有美好的可能性都会化为乌有，然后眼泪会掉下来。所以我哭了。这位医生人不错，可他显然不太会照顾他人的情绪，他拍着我的背，试图安慰我说："我可不是有意惹你哭的。"呃，如果你告诉某个人她可能得了癌症，你觉得她会有什么反应？难道是跳起来大喊"耶！我的生活变得更好了呢！"这样吗？不是吧？当然会觉得难过啊。所以我很难过，所以我很生气，所以我很担心我的父母，他们掉的眼泪和我一样多。

我记得我那时说："我还没准备好去死。我还没活够呢。"然后又说，"我还没有和人上过床！太不公平了吧。"

但我终究挺过了那个阶段。现在的我更像是，"等这次癌症好了，我要征服这个世界，成为所有人认识的最棒的那个人"。我说嘛，还有谁能拒绝我呢？我连癌症都能打败，其他的一切都不在话下。

我给她发短信，告诉她我非常喜欢这篇帖子，并向她保证，等这一切结束之后，她绝对可以和人上床。

"到时我们一起追帅哥。"她回答，"我保证一定会帮你找个好小伙。"

她在医院里庆祝了自己的十九岁生日；护士们给她做了一条横幅，挂在她病房外面。她得知自己考上了约克大学的电影学专业，学校允许她推迟一年入学，等她完全康复再入学。之后她做完了最后一轮化疗回到家，临走前还做了巧克力健力士黑啤蛋糕送给照顾她的护士们。

在这段时间里，法莉缩小了自己的活动范围：她要么在自己现在任教的小学，要么在医院，要么和家人在一起。斯科特一直陪伴着她，成了支撑她和她家人的坚强支柱，我为此喜欢他。我们会定期给对方发短信或打电话，他会告诉我法莉过得怎么样——这让我们更加亲近了。我最好的朋友身边一个如此坚强、如此爱她的男人，我对此感到很幸运。

小弗从医院回家后继续写博客。我们得到好消息，她与弟弟弗雷迪的骨髓匹配成功，意味着他可以将自己的骨髓捐给她，只要她从化疗后的状态康复，就能在伦敦市中心的一家医院进行手术。但是突然之间，她的健康状况开始恶化，于是她又被早早地送进了医院。一系列问题接踵而至——一个问题还没解决，下一个又冒了出来：首先是肾功能出现异常，接着无法开口说话，后来器官也开始衰竭，最后她被送进了重症监护室，只能用呼吸机呼吸。法莉每天都会请一段时间的假，陪家人一起到医院探病。

这时我刚从工作了三年多的公司辞职，成了一名全职作家，这意味着我可以在家工作，可以随时坐公交车去见法莉。那个月我们几乎每天都一起吃午饭。我们总是去托特纳姆法院路希尔家居店楼上的咖啡馆，每次都点同样的东西，两份凯撒沙拉和一盘薯条。她会告诉我小弗当天过得怎么样，但似乎一直都没有病情好转的消息。一切都悬而未决，没有人知道接下来会发生什么——骨髓移植手术似乎越来越遥不可及。我试图用重复了多遍的陈词滥调让她保持镇定：她住在最好的医院里，会得到最好的照顾，医生们对于治疗都心中有数。我知道她每天都会从专家们那里获知大量的统计信息和相关的科学知识，所以我觉得，作为一个在这方面一无所知的朋友，我所能做的就是成为给予她希望的"正能量摇篮"。但事实却是，我根本不知道自己当下在说什么。

法莉每天都会问我过得怎么样，希望有些正常的消息能分散自己的注意力，好让自己在下午进入病房之前恢复活力。我会告诉她我那一周写的文章，还给她看了我在火种上遇到的那些男孩。我成为专栏作家的那天，她请我喝了一杯普罗塞克气泡酒，说她很高兴自己能听到一点值得庆祝的事。

小弗的病情一度似乎有了一些好转的迹象，法莉说我可以去医院看看她。我嘴巴上说着"那太好了"，但心里却担心自己没办法控制情绪。进病房前消毒双手时，我发现自己从未去医院探望过任何人。

"有人来看你了。"我走进房间时法莉说。小弗说不出话来，但对我露出微笑，我顿时如释重负，心中涌起对这个女孩的爱。我没有妹妹，她是最接近妹妹的人。我站在床尾，喋喋不休地说个不停，希望能让她稍微忘记自己的病；我告诉她，《都市女孩》出了新的一季，也和她分享我正在听的一个新乐队，我觉得这两个她都会很喜欢。法莉让我告诉她我正在写的文章。当提到我和劳伦正在制作的短片时，她又笑了。我说："你一定要找时间帮我修改剧本。"十五分钟后，我和这个了不起的、美丽的、仿佛雷雨风暴般的女孩说了再见，我知道，这可能是我最后一次见她了。

"我觉得自己正眼睁睁地看着她溜走。"在这之后不久的一天，我们共进午餐时，法莉对我说。"我能感觉到，我知道这正在发生。"

"这你可说不准。"我说，"就算病情到了最危险的边缘，他们最终还是有可能恢复健康的，这种案例其实很多。"但是在亲眼看到小弗病成那样，并被告知那是她状态最好的一天之后，我才明白为什么法莉会有这些想法，因此我有必要让她把这些情绪发泄出来。

接下来的一周，某天中午刚过，我正在餐桌旁写稿，法莉打来了电话。

"她走了。"她抽噎着喘气，"她死了。"

和弗洛伦斯告别的那天，我之前从未在葬礼上见过这么多人。我们的朋友都参加了告别仪式，还有小弗学校里的老师和同学、她的家人、她在旅行中认识的朋友，这么多年来被她的温暖、风趣、智慧和善良所感动的人，不计其数。参与的人数众多，以致许多人不得不站在火葬场外面，从屏幕上观看葬礼。我知道这件事的时候对天空笑了一下，希望她看到时也会开心，知道有这么多人爱她。弗雷迪致了悼词，主持葬礼的拉比是从小看着她长到大的，赞扬弗洛伦斯的魅力和勇气。她最好的朋友朗读了弗洛伦斯在自己的毕业纪念册上写的一段话，那段文字令人屏息。"生活有时看似艰难，但其实就像呼吸一样简单。"她说，"用你的愤怒撕开自己的内心，用你的谦卑撕下自己的自负。成为你希望自己可以成为的那种人，而不是你觉得自己注定会成为的那种人。跟着自己的感觉奔跑。你之所以成为现在的模样，是为了让其他人能够爱你。让他们爱你吧。"

在葬礼结束到七日服丧期①开始之前——服丧期是犹太教信仰中在家里举行的哀悼仪式——所有女孩都来到了我家。我们去伊万店里买了一些酒，我炒了一大盘鸡蛋，而英迪亚则不停地烤着面包。我们谈论弗洛伦斯的各种事迹，那些关于她，所有好笑、灿烂、无法无天的片刻。我们哭，我们笑，我们举杯纪念她的每一段回忆。

参加守丧的人和葬礼上一样多，把弗洛伦斯家挤满。我们都站在厨房里，拉比念了悼词，又谈起了弗洛伦斯以前的事情。法莉读了一首诗，我看着她对着麦克风念出诗句，这时的她看上去比我以往看到的还要瘦小。她在念到某一行时停住，开始哭，于是她把诗递给拉比，拉比继续念完。我的视线穿过拥挤的厨房，看着这个瘦得像鸟一样的姑娘，她的身子骨快要崩塌了，泣不成声，我真想冲过去抱着她。那是我一生中最糟糕的一刻。

人们一直待到深夜。小弗的同学们都坐在她的卧室里，坐在她的书和衣服之间。我的任务是让大家填写悼念簿。英迪亚、AJ 和莱西正用塑料杯大口大口地喝着布里斯托尔奶油雪莉酒，劳拉阿姨则不断地为她们斟酒。法莉任教的学校里的所有同事也都来吊唁了，包括校长在内。按照犹太人的传统，在夜晚过半的时候，守丧的家人要坐在椅子上排成一排，接受其他哀悼者对他们的长寿祝福。

我走到法莉面前，蹲到和她同高的位置，拥抱她。

"我真的很爱你。"我说，"祝你未来的人生长寿而幸福。"

"谢谢。"她双手在我后背紧抱着，"你见过我们学校的那些老

①译者注。七日服丧期，犹太民俗用语。指人丧父、母、夫、妻、子、女、兄、弟、姐、妹时的居丧期限。自埋葬之日起到第七日日落。居丧期内须守在死者家中，坐在矮凳或地面上，脱下新衣和皮鞋，遮盖镜面，不理发刮脸，更不能嫁娶。但安息日不守丧。若适逢重大宗教节日，丧期则自行终止。

师吗？"

"见过。他们人都很好。我刚刚和你们的副校长谈过了。"

"你觉得她人怎么样？"

"不错啊。她非常友善，我们聊得很开心。"

"那就好。"她微笑着说，"你们聊了些什么？"

"我请她在你回去工作后多关照你。"我说，"我让她确保在你有需要的时候，一定有人在。"

"我没事的，小莉。"她说着，棕色的大眼睛里噙满了泪水，直到有一滴泪从睫毛间流下来，顺着脸颊落下。"只是得习惯没有她的日子。"

接下来的几天，我都待在法莉家里。我们聊得不多，但我泡了茶，然后我们帮她的继母安妮做了一些家务。弗洛伦斯去世后，《每日电讯报》的一名记者发现了她的博客，并与她的家人取得了联系，希望能在报纸上刊登其中的摘录，并写一篇关于她的文章。他们同意了，因为他们知道她也会同意。那篇报道发表后，有更多人联系安妮和理查德，为他们失去这样一位充满活力的挚爱表达哀悼。

"回信吧。"一天早上，安妮正坐在桌边读人们寄来的哀悼卡片和信件，她看着看着突然这样说，"以前，听说某人发生了什么不好的事情，我总担心给他写信会是一种搅扰。但其实这么做从来都不是搅扰，反而是帮助。如果要说这件事教了我们什么，那就是记得，把信寄出去就对了。"

那天下午，我们所有人一起去遛狗。法莉和我并肩走着。我们戴着同款毛帽，帽顶有颗毛球。前几天我们去邱园购物中心帮她买葬礼上要穿的鞋的鞋垫，就顺便买了这两顶帽子。一整周的紧密相处、同款的帽子，加上走在我们身后的大人，在那个当下，真的仿佛我们又回到当年的少女时代。只不过这一次，我们讨论的已经不是 MSN 上的男生了。十五年来，我们走在彼此身边，从中学教室走到大学课堂，走到我们在伦敦第一个家附近的街道，在不知不觉中，我们已不再假扮自己是大人，而是在无意间成了真的大人。

"她曾经告诉我，她永远不想被遗忘。一想到这些话，我就对继续自己的生活深感愧疚。"她说。

"她说这话的时候应该还不知道自己就要死了。"我仔细听着，"我知道，她肯定不会想要看你一辈子为她离开而感到难过。"

"也许吧。"

"你可以找到一种办法，让她继续待在你身边，不必把生活停下来，你可以和她一起活着。"

"没有她，一切都感觉怪怪的。"

"这将是一种新常态。"我说，"别担心，她以前那种疯癫的样子已经确保你们不会忘记她了。"

"这倒是。"她说。

"你得活下去。也没别的选择了。要么前进，要么倒下。"

我们继续沿着河岸前行。天气寒冷，阳光明媚，一切都像雪花球里的静态世界一样，静谧而明澈。我们走过奇斯威克区的一排小屋，它们有着色彩鲜艳的大门。刷白的酒馆迎着湿冷的微风。如果不是那些桥梁——上面有飞驰而过的地铁，我们就仿佛徜徉在某个海滨小村。

"安特和戴克①就住在那边。"她指着那排房子说，"就在其中一栋里面。"

"不，不会吧。"

"是的，我保证。"

"才不是，你只是看它们的大门都小小的才这么说。"

"我敢确定他们就住在这里。"

"他们住在一起？"

"不，不是一起，但就住隔壁。"

---

①译者注。安特和戴克（Ant & Dec）是英伦偶像组合，事业领域横跨电视和流行乐界两界。

我们继续散步。

"我不想住得离你太远。"我说。

"我也是。"

"我不在乎老的时候住在哪里,只要在你附近就好。"

"我也是。"

"就像现在,我就觉得我们两个住得太远了。我想要我们的家离得很近。我希望我们从现在开始,就把它当成找房子的首要条件。"

"我也觉得。"她说。

12月的阳光依旧普照,我们继续沿着河岸前行。

"每当天气这般好的时候,我总会想起你。这是你最喜欢的天气。"我说。

"对。冷冷的,但阳光很亮。"

"对,因为你总是精神很好又活泼。我就比较喜欢阴暗潮湿的天气,毕竟我自己放纵又有些神经质。"

"哈哈。"

"你就是这样的人。小时候我们还搞错,以为你是较为敏感的那个,结果发现永远会把事情搞得一团糟的人其实是我。你的适应能力比你以为的要强得多。"

"这我就不确定了。"她说。

"你是啊。你很坚强,若换作是我,我可应付不来。"

"你怎么知道?在事情真的发生之前,你其实无法确定自己会有什么反应。"我们继续并肩而行,看着阳光随水面上的波纹摇曳着。"她走之后,我每天都像这样。"

"她没有离开。"我说,"她一直和我们在一起。从今以后,每次你面对不公大声疾呼,或是看着喜欢的电影放声大笑时,你都会想起她。她一直都在那里。"

我们走过邱桥,安妮和她妹妹还在我们身后目光可及之处,狗像保镖一样在她们身边,欢快地左右快速摇着尾巴。

"你会选择火葬吗？"她问。

"会。"我说，"我希望自己的骨灰被撒在德文郡，或是莫特科姆比海滩。"

"我也想要火葬。"她说，"但我希望自己的骨灰和小弗的撒在一起，也就是康沃尔。但是没和你待在一起有点奇怪。"

"哦，没关系，反正那之后不管去哪里也都会一起，到时候只要找一下就好了。"

"一定。"

"你会觉得我一个人待在海滩上太孤独吗？还是要在汉普斯特德荒野公园①？这是我在伦敦最喜欢的地方了，小时候我妈和我爸会带我去那里玩。"

"哦不要，绝对不要，你会被踩来踩去的。"

"嗯，你说得对。而且有点太假、太老套了。"

"所以我才觉得撒在海里挺好的。"她若有所思地说，"虽然我会害怕鲨鱼。"

"但到那时你已经死了。"

"噢，对耶。"

"这才是重点，即使鲨鱼再怎么凶残，你也不会有事的了。反正回不了头了。"

"好吧，那就撒在海上吧。"

我们在和煦的阳光下漫步回家。我为此感到感激，感激弗洛伦斯曾经活过，教导我那么多事；感激在我踏上邱桥时，洒落桥上的阳光。在那个当下，我明白了生活其实就像呼吸一样简单。我为此心怀感激。同时也感谢我能体会到，和自己爱的人并肩前行，而对方也同样爱你，是什么感觉。如此深沉，如此热烈，如此不可置信。

---

①译者注。汉普斯特德荒野公园，伦敦著名的古老大型公园之一，以荒凉的地景和植被得名。

食谱：
炒蛋（两人份）

你所需的材料只有黄油、鸡蛋和面包。炒蛋不需要牛奶或奶油。保持简单的做法就好，难过的时候要煮要吃都很容易。

材料及做法：

- 2 小块加盐黄油
- 4 颗鸡蛋（根据个人需要，也可以加一个蛋黄），用叉子轻轻搅拌均匀
- 盐和黑胡椒，用来调味

在宽边平底锅中放入一小块黄油，用小火加热，使之慢慢融化。

把鸡蛋倒进锅中。

用木勺缓慢地、持续地搅动蛋液。

炒至鸡蛋还有点湿的时候关火。

加入盐和黑胡椒调味，并加入另一块黄油。

我室友英迪亚让我假扮成她并用她的手机发出的消息（我也不懂为什么她会同意这么做）

与山姆的聊天记录，她的前同事

英迪亚 20：47

早上好啊，山姆！最近过得怎么样？我想问你个问题，但有点唐突，你现在住在伦敦的哪个区？

山姆 20：48

里士满。你问这个做什么？你要搬到南边来吗？

英迪亚 20：50

唉，可惜不会，仍会待在海格特。目前我们这边的垃圾回收出了些问题。这边每隔一周才回收一次一般垃圾，可是我们的垃圾很快就堆积如山了。我可以每隔一周带两个垃圾桶去你那里扔垃圾吗？不用担心，我会自己把垃圾桶放好，然后第二天再自己带回来①。

山姆 20：51

啊……什么意思？

你想每隔一周跑到十五英里之外的地方扔垃圾吗？

那你为什么不把垃圾扔到别的地方呢？

英迪亚 20：51

因为我想确保它们被妥善处理。

山姆 20：52

垃圾桶吗？

---

①译者注。英国的垃圾清运方式是固定时间收取，垃圾车不会每天收。收垃圾的前一天，各家庭需将垃圾桶拉至屋外街边放好，随车的清洁工会将垃圾倒进车内，再由屋主将垃圾桶收回。

英迪亚 20：52

是啊。

不会麻烦你的，我会悄悄地来悄悄地去。

山姆 20：53

我不希望你这么做。

英迪亚 20：53

好吧，没关系，我会发消息问另一个住在佩卡姆的朋友。

山姆 20：54

你家十英里以内就找不到倒垃圾的地方吗？

有点夸张了吧。

你为什么不问卡姆登那边的朋友呢？

那样感觉还合理一些。

英迪亚 20：56

重点是必须要在不同的区，山姆。北伦敦真的不适合我。我必须在伦敦找一个完全不同的区。

第二天

英迪亚 21：00

嘿嘿，你好吗？

山姆 21：01

噢，天哪。

还是倒垃圾吗？这边昨天已经回收过啦。

英迪亚 21：01

不许你说这种垃圾话！

山姆 21：02

哈哈哈哈，真好笑。

英迪亚 21：02

说真的，可不可以从下周开始？

山姆 21：03

我的天哪！你是认真的吗？

英迪亚 21：03

我们这边周二回收垃圾，我周一坐地铁把垃圾桶带过去给你可以吗？拜托拜托。

山姆 21：05

你真的没喝醉吗，英迪亚？我住在巴恩斯喔。

英迪亚 21：05

那垃圾桶怎么办？

山姆 21：06

你过来要一个多小时。

英迪亚 21：06

你说得对，这样坐地铁太远了。

山姆 21：07

问题是我这边根本不通地铁啊。

英迪亚 21：07

那我叫一辆大一点的出租车送过去。

山姆 21：08

好了，停。我不会帮你倒垃圾的。

英迪亚 21：09

好吧。我现在真不知道该怎么办，但我可以理解，这对你来说本来就挺麻烦的。

山姆 21：09

真搞不懂，你为什么不随便把它们丢到别的地方呢？

里面有你的私人文件？根本不会有人发现啦。

英迪亚 21：10

应该吧。

我只是觉得带到巴恩斯丢，这样会比较实际。

山姆 21：10

并没有，这么做太荒唐了。

英迪亚 21：11

你应该也不想那么麻烦，我懂。

也不想让我来回折腾。

山姆 21：11

我不想成为一个垃圾收集站，一点也不想。这样感觉怪怪的。

但如果你想来巴恩斯喝一杯，那么我绝对欢迎。

总之不要把垃圾桶拖来。

与肖恩的聊天记录，她在大学时认识的人，不熟

英迪亚 19：21

嗨，我感觉你还挺懂创业投资的。没错吧？

肖恩 19：22

请问你是？

英迪亚 19：22

英迪亚·马斯特斯，你学士学位荣誉班的同学。

肖恩 19：53

有事吗？

英迪亚 19：54

我发现了一个市场缺口（而且还是个相当大的缺口），打算销售各种颜色的迷你冰箱。我已经有了商业计划，现在只缺一个纯出资的合伙人。你有兴趣吗？

与扎克的聊天记录，她的大学朋友

英迪亚 18：53

能帮我个忙吗？

扎克 18：54

当然了，美女。

英迪亚 18：54

本周有个工作会议，我能借你的裤子去参加吗？

扎克 18：54

哈哈。可以啊。

哪种裤子？为什么要向我借呢？

英迪亚 18：55

因为看你穿的都挺漂亮的。

而我也懒得买新的。

而且这是个非常重要的客户会议。

扎克 18：55

但你穿我的裤子可能会太长。

英迪亚 18：55

我觉得不会耶。

扎克 18：55

阿英，你可真奇怪啊。

你有多高？

英迪亚 18：56

五英尺二英寸。

扎克 18：57

我五英尺十一英寸喔。

英迪亚 18：57

我可以把裤腿卷起来。

这些你都不用担心啦，你只要带着裤子来见我就行了。

与保罗的聊天记录，某个英迪亚曾亲热过的男子

英迪亚 19：02

嗨，最近还好吗？

保罗 19：16

还不错！你呢？

英迪亚 19：18

好久不见，有件事想问你。我正在组建一个舞团，主要是传统的爱尔兰舞蹈，但是不用担心，我们肯定会做出一些改编，使其更偏现代风格一些。总之，学会之后就会有很多婚礼抢着请我们去表演，可以赚很多钱，不知道你是否有兴趣"分一杯羹"呢？学舞步不会花多少时间，老实说，我们舞团需要一个高个子站在后面撑场面。你觉得怎样？

保罗 19：56

哇，谢谢你还想着我。

虽然听起来很有趣，但我今年非常忙，可能无法参加了。

抱歉。

别忘了拍照。

保重啦，改天见，爱你。

英迪亚 19：58

那你要来"分一杯羹"吗？

3月23日

艾米丽二十八年来认识的所有女人：

你们好！

希望大家一切安好，都跟我一样为下周末的单身派对而感到兴奋。我们希望能让各位女士事先了解当天的行程安排，让整场活动进行得更顺利。

本次活动将于周六上午八点准时开始。请大家直接前往伦敦塔，参加都铎王朝烹饪课程。当天的食谱是填馅烤鹿肉配炖梨。九点吃早餐，菜单内容是烹饪课的成品，并搭配满满的一大杯蜂蜜酒。

十点，我们将前往北部的肯特镇体育中心，玩一场足球比赛。规则很简单：所有人分成两队进行一场友谊赛。（另外还有一件事，请回想一下你和艾米丽过往的相处，用一句话写下你们两个之间最美好的回忆，并发送给我们——如果你还没有发过来，那么请尽快。）

十二点整，请各位换上第一套变装（主题是迪斯科舞厅里的"柯南与凯尔"①），我们将从体育中心前往艾米丽最喜欢的酒吧——位于卡姆登的"麻雀和猿"酒吧（她十年前曾去过两次）。

十二点半将是午餐时间。午餐将是美味的什锦开胃小吃，另外每个人还会吃到一份沙拉三明治、三颗橄榄、半块面饼和一杯普罗塞克气泡酒（皆已包含在你之前转账的费用里面）。如果你不喝普罗塞克或任何类型的气泡酒，我们建议你自行准备当天所有的酒水。

---

①译者注。柯南与凯尔，20世纪90年代美国情境喜剧《柯南与凯尔》的两个主角，是两个常常做出各种荒唐行径的黑人青少年。

午餐过后，下午两点，我们会玩一个"我们到底有多熟"的游戏，应该会很有趣。到时候请所有人坐成一圈，然后我们会向艾米丽提问，她必须针对提问，说出所有人的答案。如果她不止一次地答错有关某人的问题，那么这个人就要离开当天的单身派对，自己想办法回家（例如，在游戏第一轮，我们会问她我们各自的工作；在第二轮中，我们会问她每个人的中间名，以此类推）。这个游戏不仅可以让当天的气氛更具刺激性，还可以达到另一个目的：我们还需要将人数从三十五人减少到三十人，因为当天的晚宴要求最多三十人，这种做法似乎是唯一公平的方式。

下午三点，非常感谢伴娘琳达从中牵线，让我们有幸得到艺术巧克力坊"糖和奶油"的赞助，得以品尝巧克力作品。

下午四点，是时候换上第二套变装了！主题是"我最喜欢的艾米丽"。在过去的几周里，我收到很多人的来信，大家都很烦恼该装扮成哪个时期的艾米丽。老实说，该活动纯粹是为了取乐，大家也不用过于费心，不用想太多啦！"曲棍球艾米丽""学术间隔年艾米丽"和"待业胖妞艾米丽"都很不错！有人提到了"修道院艾米丽"，这是我们唯一觉得不太合适的主题——请记得，我们的妈妈和奶奶等长辈都会参加当天的活动。

下午五点，在大家醉得不省人事之前，我们要把卫生棉条誓约之树送给艾米丽，这是大家齐心协力为她制作的。希望大家都收到了之前寄出的信，其内容是提议大家保存自己用过的卫生棉条，并把它装在信封里当天带过来。我们会把大家的卫生棉条装饰在无花果树上送给艾米丽，象征着我们将永远为女性的身份和友谊而团结在一起。这对她来说将是个非常特别的时刻。

晚上六点，我们会为奶奶和妈妈们叫一辆优步，送她们回家。

六点半，我们将前往斯托克韦尔的"排酒烧烤"餐厅。

七点十五分，到达餐厅后，我们将立即换上派对战服。（请穿上高跟鞋！！请大家在艾米丽面前展现出最妖艳的自己。）

晚上七点半，开胃菜。

八点半，裸体版蓝人组合会为我们带来非常特别的惊喜表演。艾米丽曾坚决表示不想请那些令人尴尬的脱衣舞男，所以我们觉得这是个不错的折中方案。（注：伴娘们记得给艾米丽带换洗的衣服，到时候她可能会被泼满蓝色油漆。）

晚上九点，主菜上桌。

十点，布丁和 DIY 女帽速成班。我们请来了世界著名的帽匠梅林格夫人，她同意教我们如何用吃剩下的布丁制作抛弃式头饰。为了让大家事先有个了解，你们可以点击一下这里，观看她用香蕉太妃糖派制作出贝雷帽的教学视频，真是太神奇了。

晚上十一点，我们会步行前往沃克斯豪尔的"流体"夜店，我们在那里预订了一张椅子（因为桌子已经被订完了）。

凌晨四点，夜店打烊。

整个行程就结束喽！

最后要说的是，艾米丽想让我们告诉大家，收到单身派对的邀请函不代表一定会收到婚礼的喜帖。婚礼的规模相对迷你，没办法邀请所有人，但她仍希望各位能参加单身派对，一起庆祝她身为未婚女孩的最后一天。

如果当天有人向艾米丽提到婚礼，或是向她索要婚礼喜帖，将会立刻被赶出单身派对。单身派对的目的，是让艾米丽放松好好玩，不应该跟婚礼筹备有任何关联。

感谢大家上交的派对费用三百七十八点二三英镑，这笔钱涵盖了当天的所有费用，但不包括交通、晚餐主菜、餐厅酒水和夜店酒水的费用。

以下几位女孩，你们的钱还没交：

艾米丽·贝克

詹妮弗·托马斯

莎拉·卡迈克尔

夏洛蒂·福斯特

如果到今晚十一点这几位还没把钱转过来的话，那很抱歉，她们就没办法参加了，那样的话，其他人都得分摊她们的费用。

让我们好好玩一场吧！！

伴娘团敬上

我的心理医生说

"你为什么会来这里？"

我为什么会来这里？我从没想过自己会出现在这种地方。这是牛津广场后面的一个小房间，里面有着奶油色的地毯和酒红色的沙发，随时弥漫着"奇异分子"牌香水的气味，除此之外没有任何其他味道。不管我进门时多用力去闻，没有午餐的食物、没有冷却的咖啡，也没有这间房间以外任何生命体的味道，只有那个女人的香水味。从那以后，只要在派对上闻到某个女人身上散发出同款香水味，我就总会心情沉重，立刻想起某个周五的下午一点。这里是按小时收费的。那是生活中一段与外界隔绝的真空状态，除了两个人之间的对话，什么都不存在。那是属于体育评论员的包厢，赛后分析的电视演播室；那是放映时间紧跟在热门档的比较冷门的谈话节目；那是《舞动奇迹：两人共舞》和《冰上之舞：解冻》[1]。每当我即将做出错误决定的时候，总会想到这个房间，比如在酒吧的厕所里，或是和某个男人坐在出租车的后座上。那是一个保证我的人生将在其中转变的房间。

以前的我总向自己保证，永远不要出现在那样的房间里。但当时除了那里，我不知道还能去哪儿，已经没有其他选择了。当时我二十七岁，感觉自己就要被狂风般的焦虑吹倒。我成为自由职业者已经九个月了，几乎每天都独自陷在自己的思绪中。我没时间关心

---

①译者注。《舞动奇迹：两人共舞》和《冰上之舞：解冻》分别是两个英国舞蹈类的实境电视节目，前者是社交舞和拉丁舞，后者是花式溜冰。

我的朋友和家人；我总想哭，却又无法向任何人倾诉。每天早上醒来，我都不知道自己身在何处，也不知道发生了什么事；当我每天早晨重新面对人生，都仿佛觉得脑袋受到重击，即便前一天已经睡了一整晚，也还是头昏眼花。

我会出现在那里是因为不得不去，是因为我已经多次推迟这件事发生的时间。我总说自己没钱也没空，或认为这么做既骄纵又愚蠢。有一次我告诉朋友，我觉得自己快要崩溃了，于是她给了我一个女人的电话号码，让我打过去。我再也找不到不去的借口了。

"因为我觉得自己要崩溃了，要死掉了。"我给出答案。而那个女人——埃莉诺——从眼镜后方仔细地凝视我，然后又将目光转回到她手中纸上，振笔疾书。她有着20世纪70年代飘逸的黑色半分刘海、棕色的猫眼和高挺的鼻梁。那时的她应该四十出头了，长得像年轻时的劳伦·赫顿。我注意到，她的手臂结实、黝黑、优雅。她大概觉得我是个傻乎乎的爱哭鬼，是个身材高大而肥胖的失败者，是那种拥有得太多的小女孩，即使挥霍自己辛苦赚来的钱也毫不在乎，只要每周有一小时可以滔滔不绝地讲关于自己的事就没关系。像我这样的女人，她大老远一瞥就能分辨出来。

"我连家里的窗户都打不开，也关不起来，要请人帮忙。"我继续说道，语气断断续续，有时停下来，忍住眼泪。我可以感觉到泪水正在眼球后方的"墙面"上推挤着，像冲击着防洪堤的洪水。"有时候，如果房间的窗户开着，我根本就不敢进去，因为我很害怕自己从里面掉出去。看到列车从隧道驶进地铁站的时候，我的后背一定得紧靠着墙壁，因为我会幻想自己摔倒在列车前面，奄奄一息。每次眨眼，我都会看到那幅场景。然后它们会整晚在我的脑海里不停地回放，让我没法睡觉。"

"好的，我明白了。"她回答。说话时带着澳洲口音。"这样有多久了？"

"过去六个月里情况变得非常严重。"我说，"但断断续续加起来有十年了。如果我非常焦虑，酗酒的问题就会变得严重，也会更常想到死亡，但是喝酒能起的作用也越来越小。"

我向她述说了自己这些年来反复出现的情绪动荡。我告诉她，我的体重就像云层的形成一样变化无常——事实上，我可以看着自己 2009 年以来的每张照片，准确地说出拍照时我的体重是多少。我告诉她，我对酒精的痴迷自青春期起就从未消退过。在我这个年纪，大多数人都已经学会什么时候该停止，但我只有一种无法控制的渴。人们会记得我，是因为我破纪录的狂饮速度。我告诉她，多年来有多少夜晚在我记忆中如黑洞一般毫无内容。我越来越羞愧，越来越痛苦，因为那些失去的时间，因为那个足迹遍布整个伦敦而我却完全无法辨认的疯女人：我应该要为她的行为负责，但我完全不记得自己做的那些事，也不认识那样的自己。

我告诉她，我无法对一段感情做出承诺，我痴迷于男性的关注，同时又害怕与某人过于亲近。朋友们一个个步入稳定的长期伴侣关系，仿佛在炎热的日子里把自己依次沉入凉爽的游泳池里，让一旁观看的我感到无比痛苦。我告诉她，我交往过的每任男友都曾问我为什么做不到，我告诉她我很害怕，也许我天生就无法与人建立正常的恋情。

我们会讨论为什么我对待自己总像吃到最后一勺的马麦酱，总想着把它尽可能地抹在吐司的各个边角上，把自己分散到尽可能多的人身上。我告诉她，我会在其他人开口之前，就先付出自己的所有能量；这么做可以让我掌握别人对我的看法，但事实上，这只让我觉得越来越像欺诈。我告诉她，我常幻想别人会在我背后怎么说我，里头包含各种连我自己也认同的侮辱。我告诉她，为了得到别人的认可，我会做出哪些事：我会把所有的钱都花在请素未谋面的人喝酒上，导致最后连自己下周的房租都付不起；我会为了参加六场不同的生日派对（几乎都是不怎么认识的点头之交），强迫自己从周六下午四点开始，一路赶场赶到凌晨四点。这些举动使我感到身心疲惫、心情沉重、卑微下贱和自我厌恶。既可悲又讽刺的是，我明明身边围绕着一帮好朋友，但我却不敢向她们倾诉。害怕失去依赖的恐惧把我侵蚀得如此之深，以至于我能在纽约陌生人的床上哭泣，却无法求助于我最好的朋友。

"但这些事情在我的生活中完全看不出来。"我说，"我觉得自己来这里很傻，因为自己的情况明明没有那么糟糕。我有很好的朋友、很好的家庭，工作顺风顺水。从表面上看，没人知道我哪里出了问题。但我就是感觉糟透了，每时每刻都觉得很糟。"

"如果你总是感觉很糟，"她说，"那么这些事对你的生活已经造成很大影响了。"

"也许吧。"

"你感觉自己就要倒下，因为你裂成了上百块不同的碎片，飘浮在空中。"她对我说，"你整个人乱七八糟，心思四分五裂，没有任何立足点，完全不知道如何才能做自己。"我眼球后方的"墙"终于屈服，眼泪从胃囊最深处的井里喷涌而出。

"我觉得没什么能让我安定下来。"说这话时，我几乎喘不过气来，话语断断续续，就像说话时不断打嗝一样，灼热的泪水滑过脸颊，像肆意流淌的血。

"你感觉不到自我意识，"她的语气中出现了一丝温柔，"当然会这么觉得。"

所以这就是为什么我会出现在这里，原来如此啊。我以为自己害怕跌倒，但其实我只是不了解自己。再加上，我之前总用其他事物去填补那阵空虚，而这个方式不再管用了，只会让我觉得我离自己更疏远了。这种压倒性的焦虑在运输途中拖延已久，现在终于送达，穿过门上的收信口，落在了我的脚边。她的这个诊断让我感到十分惊讶；我坐在那里，觉得我的自我意识理应坚如磐石。我属于拥有自我意识的一代，这是我们的本质。自2006年以来，我们一直在填写"关于我"的表格。我原以为，在所有我认识的人当中，我是自我意识感最强的那个。

"你永远都不会知道我对你的真实想法。"她在我正要离开时这么说，让我意识到她已经觉察到了我的想法。"你也许可以从我的举止中猜出我对你是否有善意，但永远都不会知道我对你这个人的真实想法。你必须放弃这种念头，这样咨询才可能继续下去。"

起初，我整个人还充满了一种难受的偏执，但突然之间便完全释怀了。她告诉我，别再以玩笑尴尬遮掩，不要因为用完沙发旁的面巾纸而道歉。她告诉我，在这个房间里，我不必为了博得她的欢心而字斟句酌、调整手势、调动出各种奇闻逸事。在这个房间里，那个没有自我意识、不懂自爱、没有自尊的女人，那个不断变形自己以取悦他人的纠结焦虑的女人，正获准做回自己。她告诉我，在牛津广场后面的这个有着奶油色地毯和酒红色沙发的房间里，我可以毫无顾虑地放松自己。

我离开她的办公室，走了五英里半的路回家。我对于自己终于去了那个房间感到宽慰，但也同时因为接下来即将发生的事而感到无比沉重。我告诉自己，我可以在三个月内解决一切。

"她认为我没有自我意识。"那天晚上英迪亚给我们做饭时，我对她说。

"胡说。"她愤然回答，"你的自我意识比我认识的任何人都要强烈。"

"是的，但不是那种自我意识。"我说，"这不是在说欧盟公投要投哪一方，或者我最喜欢吃哪种做法的土豆。她的意思是我会把自己切成各种碎片，在面对不同的人时拿出来，因而没有完整的自己。我很烦躁，停不下来，一拿掉以前用来支撑自己的那些东西，我就不知道该怎么办。"

"我都不知道你会这样想。"

"我觉得自己快要崩溃了。"我告诉她。

"我不想让你这么难过。"英迪亚抱着我说。她光着脚在厨房里煮着意大利面，锅里发出轻柔的咕嘟声。"如果这会让你伤心的话，那么我宁可你不去那里。"

接下来的周五，我把英迪亚的话告诉埃莉诺，说她不想让我完成这个疗程，因为她担心这会让我难过。我说我自己其实也有点同意。

"嗯，好吧，那我简单跟你说一下现在的情况。"她用一种让人安心的、直率的讽刺口吻大声说道。在后来的一年里，我越来越渴望她出现那种语气。"你已经在难过了。你本来就很难过了。"

"我知道，我知道。"我回答，同时伸手去拿面巾纸。"抱歉用了你这么多面巾纸。我猜干你们这一行的，像这种情况肯定经历过不少吧。"她向我保证，这就是他们存在的目的。

就这样，疗程开始了。每周我都会走进那个房间，我们会像侦探一样调查我是个怎样的人，了解过去二十七年里我是如何变成现在这副模样的。我们会对我的过去进行鉴识分析，有时会谈论前一天晚上发生的事情，有时会谈论二十年前在学校体育课上发生的事情。在找出具体东西之前，心理治疗就像是对你的心进行一次大型考古挖掘。那就像每个星期都以你这个人为主题拍一集《时间团队》[①]，是专家和主持人共同努力的成果——米克·阿斯顿是心理医生，托尼·罗宾逊则是病人。

我们谈了又谈，直到她提出一个与实际情况相符的因果理论；然后更重要的是，一起找出办法改变那个问题。有时她会给我布置任务——新的尝试、要改变的点、有待回答的问题、需要仔细思考的想法，以及那些我不得逃避的对话。两个月来，我每周五下午都在泪水中度过，当天晚上都会睡足十个小时。

心理治疗的一大迷思在于，你会觉得治疗的过程只是找出该由谁来为你的问题负责，但几个星期过去了，我发现情况正好相反。

---

①译者注，《时间团队》，英国老牌考古知识节目，下文提到的米克·阿斯顿（Mick Aston）是该节目的常驻考古学顾问，演员托尼·罗宾逊（Tony Robinson）则是节目主持人。

我听说有些心理医生在病人的生活中扮演了一种保护性的、自欺欺人的母亲角色，总试图让病人消除疑虑——说这不是他们的错，而是他们恋人、老板或好友的错。而埃莉诺则很少让我把责任推给别人，她总是逼我质疑自己到底做了什么，以至于最后陷入了如此糟糕的境地。这也是为什么我一直对我们的疗程感到害怕。"除非有人死了，"一个周五，她对我说，"否则当一段关系出现问题时，你多少也负有责任。"

疗程开始两个月后，我和埃莉诺才真正对着彼此露出微笑。那周我在工作上遇到很多事——根本一团糟——户头和自尊心一样跌落谷底，我担心付不起房租，担心我的事业不会有什么起色。我的偏执妄想症失控了；我开始想象我之前工作中的主管都认为我没有能力、没有天赋、没有用处。我整整三天没出过家门。我向埃莉诺描述了一个极为生动的幻想：一群我不认识的人，在会议室里谈论我是一个多么糟糕、多么无能的作家。我说话的时候，她盯着我，然后她的脸便因为无法相信而扭曲起来。

"我想说的是——"她扬起眉毛，呼出了一口气，"你这样想简直是疯了。"我注意到，随着语气的逐渐强硬，她的态度变得强硬了一些，那股澳洲口音也比之前更明显、更粗鲁。这不是我预料中的反应，我不禁从纸巾中抬起头来。

"满屋子你不认识的人？"她难以置信地摇了摇头，"这也太自恋了吧？"

"嗯。"我说着，扑哧一声笑了出来（有些主动迎合的意味），"是的。你这么一说还挺荒谬的。"

"没人在谈论你。"

"嗯。"我说着，用纸巾轻拍脸颊，擦拭着眼泪，突然觉得自己像伍迪·艾伦会扮演的某个角色，"你说得对。"

"我是说真的！"她仍是一脸惊讶，说着把刘海从高高的颧骨上拨开，"你没那么有趣，多莉。"

当治疗进入第三个月时，我首次进入了"无泪阶段"。那盒面巾纸原封不动。这是整个疗程中的一个里程碑。

虽然我最亲密的朋友们都鼓励我继续疗程，但很快我就发现，自省会让不知情的人觉得我很无聊。我喝酒越来越少——我总质疑自己是真的为了享受才喝，还是因为逃避问题。我试着不去讨好别人，意识到不断把自己的时间和精力免费送给其他人，只会让自己变得越来越空虚，而且我不想成为别人说什么都照做，同时又毫无理由地不断道歉的工具人。我变得更诚实了，愿意告诉别人自己正在不高兴、觉得受到冒犯或生气。那段不舒服的对话是必须付出的微小代价，真诚会带来平静，我也学会珍惜那阵平静。我变得更自知了，自然而然就更少为了取悦别人而故意当出丑的丑角。

我觉得自己每周都在成长；我每天练习新的习惯，觉得自己的内心也跟着进行光合作用。我开始迷上了室内植物，觉得它们是一种青翠的感情误置①。我仔细研究哪些植物该放在哪个角落，明亮的、阴暗的，用丰富的绿叶填满整间公寓；绿萝从书架上爬了下来，一株波士顿蕨被安置在冰箱顶部，一株瑞士龟背竹随风拍打着我卧室明亮的白色墙壁。我在床的上方挂了一盆形态完美的喜林芋，晚上偶尔会有冰冷的水珠从它心形的叶片上滴下来，落在我的头上。英迪亚和贝尔质疑这么做对我的健康不太好，但我读到过，知道这是一种吐水现象，是植物在夜间排出多余水的过程，喜林芋正努力摆脱一切会对其根部造成压力的东西。我告诉她们两个，这对我很有意义，我和喜林芋正做着同样的事。

有一天，法莉环顾着我的卧室说道："这里要再多放点植物就变成'恐怖小店'②了。"

---

①译者注。感情误置，是指将人类的感情、意向、脾气和思想投射到或归到无生命的东西上，仿佛它们真的能够具有这些品性似的。

②译者注。《恐怖小店》是由罗杰·科曼执导的恐怖喜剧片，乔纳森·海兹、杰姬·约瑟夫、杰克·尼科尔森、梅儿·威尔斯等参加演出。

没喝那么多酒之后，我体会到了一种全新的感觉——对于前一晚发生的事，我不再只有断断续续的记忆。我记得其他人说过的话、他们的样子，甚至他们之间传送的以为别人不知道的信号。我注意到，只要我出现在某个社交场合，人们就会开始想要做坏事。如果在酒吧里，他们就会想着再点一瓶酒，或坐在外面一根接一根地抽烟，或醉醺醺地谈论我们都认识的某个人的坏话。原来我在无意间成了玩乐场合的黑市商人，是允许所有人做坏事的绿灯——直到我停止这么做之前，我都不曾意识到这件事。

某个周五的下午，我和埃莉诺提起这一点，她给出了最残酷而又最精彩的抨击。

"我感觉人们想让我八卦。"我告诉她，"当我出现在某个场合，他们最希望我做的就是这件事，尤其是在他们喝得醉醺醺的时候。"

"那你做过吗？"

"嗯，一点点。"我说，"我没意识到自己以前多常做这件事。"

"那你为什么要这么做？"

"我不知道。为了和别人打成一片？为了找话题聊天？或许是为了让自己有影响力。"我说，"这是人们八卦的原因，显然我也是为了这一点。"

"是的，没错。"她说，脸上带着淡淡的微笑。每当我比她早一步分析出原因时，她就会露出这样的笑容。"那个动作会拉低对方的位置，让你觉得高人一等。"

"嗯，我想是这样。"

"你知道还有谁会这么做吗？"她停顿了一下，"唐纳德·特朗普。"我大笑。

"埃莉诺。我现在已经很习惯你对病人那种严厉的爱了。"我对她说，"但就算是你，用这种类比也有些牵强。"

"好吧，那就换成奈杰尔·法拉奇吧。"她说着，微微耸了耸肩，好像在嫌我迂腐似的。

"我的心理医生今天把我比作唐纳德·特朗普。"我走到摄政街时给法莉发了一条短信，"我觉得自己真的进步了。"

治疗进行到五个月左右的时候，我突然觉得我们遇到了瓶颈。我的进度停滞不前。我发现自己对她产生了戒心，而她也这么说。我在一次谈话中说，也许通过剖析我生活中的事件和决定根本就无法让我们获得答案。一次又一次地回忆和某个男友之间发生的事情，再三分析父母在我成长过程中说过或没说过的某句话，可能根本就是徒劳的；也许我生来就是如此。我问她，你不觉得我可能生来就这样吗？她面无表情地看着我。

"我不觉得。"她回答。

"嗯，你当然不觉得。"我粗鲁地说，"因为如果这样的话，你们这一行就没生意了。"

如果我在某个星期的疗程中搞砸了什么事，我有时会想想该怎么向她解释，好让她对我下手轻点。这时我又会想到，自己为了找她咨询付了多少钱，为了负担那个费用我不得不承担大量额外的工作，以及有能力负担这笔费用是件多么幸运的事情啊。如果我不对她说实话，那这些钱就白费了。我有些朋友也说过，她们在每次疗程前都会非常紧张，拼命想着要准备更丰富的故事去告诉心理医生。我仔细听了她们说的话，觉得自己的心态其实完全相反。我心里想的反而是可以避开哪些事不让她知道，或者该如何以正向的逻辑去包装自己要说的某件事情，好让那件事听起来没那样糟糕。

当然了，她总能看穿。因为让她了解我思考方式的人，就是我自己。她对我了如指掌，我对此感到愤恨，每当她拆穿我的把戏，我总会开始爆哭。我哭不是因为不喜欢她质疑我的行为，而是因为觉得自己没必要这么做。

治疗进行到六个月的时候，我几乎到了要在谈话时对她摊牌的地步："你为什么对这些事情这么精通？来吧。告诉我你是有多完美。"我随即意识到自己需要休息一下，但我没告诉她。她说她"觉察到了我的些许愤怒"，我说我很好。我开始请假，不去治疗，消失了一个半月。

当我回到她那里时，我发现她比我记得的要更通情达理。我开始怀疑自己是不是虚构了她那种固执而无情的询问方式，抑或是她已经变成了一块空白的画布，任由我把对自己的所有愤怒和判断都投射在上面。那次疗程进行到一半的时候，她问我为什么没有和她商量就取消定期咨询。我想找个借口搪塞她，但又想到自己在这上面花费的时间和金钱，觉得现在打退堂鼓已经太晚了。

"我不知道。"我说。

"是因为聊得过于深入了吗？"她问我，"这跟依赖性有关吗？你不想过于依赖这种咨询，对吧？"

"是的。"我叹了口气说道，"我觉得就是这样，我想握有掌控权。"

"嗯，我也觉得是这样。"她说着，像在大声地自言自语，"你在外面生活中发生的事情，会影响你在这里的状态。"

"听起来很合理。"

"你想掌控什么？"

"一切。"把这个念头大声说出来时，我才意识到这一点，"我正试图影响每个人对我的看法，控制他们对我的所有行为，我想阻止坏事的发生：死亡，灾难，失望的事。我想控制这一切。"

她对此的领悟同我是一致的，我决定让位于心理咨询。我满怀信任地把自己交给了埃莉诺，开始了我们的新一轮治疗。

"你需要持续进行疗程，我们的对话需要持续进行下去。"她对我说，"我们需要一直谈，一直谈，直到我们在所有的事情上都达成共识。"

我认为部分问题在于，我无法忍受埃莉诺对我了解得太多——她看过我内心深处最阴暗、隐秘的角落，知道我所有最神圣、最尴尬、最羞辱、最糟糕、最珍贵的经历。但与此同时，我却没有得到任何关于她的信息。有时我会想象埃莉诺居家时的样子，会想象她不做心理医生时的生活会是什么样子。我想知道她在自己的朋友面前是如何评论我的，她是否读过我的文章，或看过我的社交媒体动态，或者是否像我在谷歌上搜索她那样搜索我（第一次收到含有她全名的发票时，我曾在谷歌上搜索过她）。

几周后，她问我对治疗有什么看法，我坦白告诉她我不了解她，并对这件事感到不满。我说我能理解这种程度的交换是适当的，但偶尔还是会觉得不公平。为什么我每周都得对她"赤身裸体"，而她却总将自己"裹得严严实实"？

"你说你对我一无所知，这是什么意思？"她问道，看上去十分困惑。

"我对你个人一无所知。"

"不，你了解。"她说。

"不，我不了解。在我朋友们面前，我讲不出有关你的任何事情。"

"你每周都来这里，我们谈论爱情、性、家庭、友谊、快乐和悲伤。你完全了解我对这些事情的看法。"

"但我不知道你是否结婚了，我不知道你是否有孩子，我不知道你住在哪里。我不知道你社交的时候会去哪里，我不知道你去不去健身房。"我说着，又想到了她那健美的手臂，我发现自己在谈话进行得特别艰难的时候总会盯着它们，想知道她锻炼时用的是哪个重量级的器材。

"所以，你认为知道这些事情有助于你了解我吗？"她问，"你其实知道我很多事情。"

随着时间的推移，我学会了埃莉诺的语言。如果某次谈话时我眼泪掉得特别多，结束时她就会说："请你多保重。"——还特意强调了"多"。这句话的意思是：这个周末别再醉倒了。如果我说了某件事，而她说："哦，天哪！"这就表明情况很糟糕。但最糟糕的，是当她说"这周我一直很担心你"。如果埃莉诺说她那个星期很担心我，表示上周五碰面的时候，我的状况非常糟糕。

我对周五的恐惧从未停止过，但恐惧的程度越来越低，而埃莉诺和我一起露出笑容的时候越来越多。我告诉她，有时候和她的谈话结束后，我会直接去普雷特餐厅，在五秒钟内吃完一块布朗尼蛋糕，或者去商店花十英镑买一堆我根本用不着的东西。她说那是因为我太担心她对我的看法，我也同意。和一个与你生活完全无关的人一起坐在小房间里，告诉她有关你自己的所有那些原始的、未加修饰的事情——那些你从未说出口，从没告诉过任何人，甚至连对自己都没提过的事情：这么做其实有点违反人性。不过，当我越健康，我投射在她身上的批评就越少，我开始看到她真实的形象：一个同我并肩战斗的女人。

我可以理解朋友们说的，能治愈病人的是病人和治疗师之间建立起来的关系，而非他们之间的交谈。我可以感觉到，自己在谈话过程中逐渐加深的冷静与和谐感是我和她一起努力建构出来的——她仿佛理疗师，一步步强化我的肌肉。一小部分的她从此进入我的生活中，我甚至确定她会永远存在。她帮助我重新了解自己，我永远无法忽视和掩盖这项工作的成果。"工作成果"，那是她的原话，直到现在我也认为这个词非常贴切。我和埃莉诺在一起的日子充满了挑战、对抗与艰辛。她不让我逃避任何细节，逼我思考自己在每件事中所扮演的角色。有几次周五，在经过特别艰难的讨论之后，我会试图回忆起以前无须思考自己行为后果的日子，想知道，如果当初没有开始这趟内心之旅，我的生活会是什么样子。继续在凌晨四点的出租车里当个醉鬼，那样会容易一点吗？从不审视自己的行为，只是把它们推到一边，然后每个周末不断重复同样的模式，那样会容易一点吗？

埃莉诺喜欢跟我说，生活就是一坨狗屎。她每周都会跟我讲一遍。她会说，人生本来就会让我失望，而且不管我怎么做，都没办法控制。于是，我在那种命运的必然性之中逐渐放松下来。

在治疗满一周年之际，我们的谈话已经变得相当流畅、熟悉且轻松。她推荐了一些她认为对我有所帮助的书。那时她说"再见"的次数多过"好好保重"。当我说完某件事后，她也不再忧心地说"噢，不"，取而代之的是，我常听到她说："哇，听起来很棒呀！"语气里满是真诚的喜悦。某个星期五，我甚至觉得真的没什么要对她说的了。

我不知道自己想在那个房间里待多久，也不知道我想要变得多自由。但我知道，随着自己在那个房间里待的时间越来越长，我的生活就越会步入正轨。正如她当初预料的那样，我通过述说找到了自身的和谐。我发现了各个碎片之间的关联，注意到事情重复的模式。我开始在谈话中联结起自己的行为，内心感受和外在行为之间的差距越来越小。我学会了面对问题，学会深入自省并习惯面对自己那种不舒服的感觉，而不是一遇到问题就逃往外赫布里底群岛。我喝酒的频率越来越低，即使喝酒，也是为了庆祝而不是逃避，所以不会再落得灾难性的悲惨下场。

我觉得自己变得更稳定、更强壮。我一扇一扇打开心里的门，清空房间里所有的破玩意儿，把在那里找到的每一件破事都告诉埃莉诺，一一讲开，然后把所有东西都扔掉。每打开一扇门，我就知道自己离目标更近了一步——拥有自我意识并获得一种平静感与归属感。

6月12日

亲爱的多莉·×××·奥尔德顿（不好意思，中间名不记得了）：

恭喜你赢得了参加杰克·哈维·琼斯与艾米丽·怀特婚礼的机会。竟然走到了这一步，你表现得很好！你和艾米丽的表妹罗斯一起进入了最后的决选，但你们中只有一人能够获得同时参加婚礼和喜宴的最后邀请。我们最终选择了你，因为你嗓门大、酒量好，我们觉得可以把你安排在杰克的同学那桌，让你跟他那群伦敦政治经济学院的内向朋友们坐在一起，让席间气氛活跃一些。罗斯只能参加喜宴，不过没关系，反正当初她和丈夫"私奔"时，她也没邀请我们，而且她脸上那块胎记太明显，白天拍照大概也会毁了照片。

所以喽！基思·怀特夫妇的女儿艾米丽即将嫁给杰克·哈维·琼斯先生，希望您能够屈尊前往某个远得要命的美好乡下地方，一同庆祝新人的婚礼大典——很期待吧！

（我知道用"基思·怀特夫妇"这样的称呼听起来怪里怪气的，但杰克那爱装相的父母坚持要这么写。反正迎宾酒会的费用是他们支付的，我们也懒得跟他们争了。）

我们诚挚地邀请你参加结婚仪式，看艾米丽的父亲像在卖二手车似的把女儿交给另一个高高兴兴接手的男人。关于艾米丽那些信仰激进女权主义的朋友们，如果她们拿这一点质问她，她会撒谎说："这是教会要求的啦，我们也不愿意啊。"因此，敬请你保持口径一致，我们会非常感激。

现在还有一件事得强调一下：拜托，算我们求你了，不要送礼物，你只要到场就行了！嗯，如果你坚持一定要送的话，那么请从我们在自由礼品店登记的礼物清单上挑个象征性的小礼物[1]就好。在这份清单中，您将有幸购买一些普通得不能再普通的东西（比如五十英镑的沙拉搅拌机）或一些奢靡的东西（比如戴着高帽的巨型瓷兔雕像）。选项多元，任君挑选。

另外，如果愿意的话，你也可以把钱捐给慈善机构（不介意是哪一家），我们只是觉得多一个这样的选择也很不错。（但是拜托谁去买一下那张皮面长沙发，我们的客厅真的很需要它！！）

我们都知道，多莉·×××·奥尔德顿，你单身，年收入最多三万英镑，而我们两人的共同年收入为二十三万英镑。我们也明白，我们住在巴特西的一套价值七十万英镑的高级公寓里（首付全部由我们的父母支付），而你每个月只能靠省吃俭用勉强凑出六百六十八英镑的房租。因此，当我们坐在装潢华丽的家中打开由你赠送的昂贵礼物时，一定会让你的心意更显浓厚。

不过，说真的，你只要到场就行了，不用担心什么礼物或者捐款之类的事。如果你到时空手而来，我们顶多是在接下来的一年里，趁你不在场时当着我们共同朋友的面挖苦你几句。说真的，我们真的无所谓，反正在怀孕之前，我们除了婚礼也没别的话题可以聊了。既然你连买一套酷彩系列的珐琅锅来庆贺我们的爱情里程碑都不愿意，那我们至少可以在每次聊天的时候拿你这个自私的决定当作茶余饭后的谈资。别担心，等我们怀孕之后，就会改聊孕期心得和水中分娩了。无论如何，都先谢谢你了。

现在来说说酒水方面的事情吧！每位客人将在抵达时收到一杯香槟或无牌气泡白葡萄酒（都会装在香槟杯里）。除此以外的酒水，很抱歉，得请各位到付费酒吧自行购买。这场婚礼的预算只有七万五千英镑，我们试过在里面塞进一百二十人的酒水费用，实在

---

①译者注。在结婚、乔迁或新生儿等会接受大家送礼的场合，欧美社会有一部分做法是由收礼者直接在特定的商店或超市先勾选出一份清单，然后由送礼者自行选择要送哪几项。

太难了，非常遗憾。办一场婚礼可真难啊！

附件里列出了有点小贵，但我们两人都强烈推荐的民宿资料。我们曾在那里度过无数美好的周日午间时光。不过，请不要有压力，觉得自己一定要住在那里，你还是可以选择下榻在任何你喜欢的地方，绝对没问题。只不过请想想，举行婚礼的那个乡村地理位置有多偏远。

赶快预订，尽情享受美好时光吧！

那么，让我们在那里再见吧。哦，对了，我们知道你认识的所有人都脱单了，所以她们都会携带伴侣来参加婚礼。不过她们的伴侣之中有一半我们都不认识，之所以邀请他们参加只是想让大家在场时有自己认识的人。你也知道，我们这些非单身的就比较喜欢跟彼此混在一起。遗憾的是，因为你无缘拥有这种陪伴（☹），所以你得自己一个人来参加。我们真的替你感到遗憾，这其实是一通电话就能解决的问题。请给杰克的变态哥哥打个电话吧，和他联络，你们两个是婚礼上唯一一对单身客人，我觉得如果你和他同坐一列火车过来，然后共用一个房间，应该会玩得很开心！不过他也可能会带上他在研讨会上认识的那个法国女孩，我确定后再跟你说好了。

着装要求：请穿着晨礼服（如果有人搞得懂那是什么东西的话）。

交通信息：教堂和婚礼场地风景如画，所以我们希望当天没有车进入现场，因为我们不想破坏照片的美观或宁静的气氛。我们建议从伦敦坐火车前往——那个远得要命的美好乡下地方距离最近的火车站大约有二十二英里。当地有一家出租车公司可以送你去教堂，但请务必提前打电话预约，因为他们只有三辆车。

其他事项：我们希望有一个十分轻松的婚礼气氛，所以我们鼓励大家在教堂外扔一些五彩纸片，以活跃气氛。但请不要自带五彩纸片，新娘的母亲艾莉森到时将会拿着一个装有五彩花瓣的塑料盒，到现场分发给大家。为了这一天，她已经准备四年了，每天都在风干飞燕草的花瓣。飞燕草的花瓣上镜会很好看，又比玫瑰花瓣便宜，而且也很环保——纸质的五彩纸片会对当地的野生动植物造成伤害。再加上招待会的场地人员也表示，如果当天他们在场地上发现任何一小片彩纸，整个婚礼就会立即取消，他们会驱离外来人员，晚上的活动也将一并取消。因此，请耐心等候艾莉森走到你面前，到时请拿一小把五彩花瓣（请注意：每人只能领到一点点，我们希望每个人都能参与这个环节），对着幸福的新娘和新郎撒出去，恭送我们步入婚姻的殿堂。

请在请柬复函上写下你最喜欢的歌曲，DJ会尽量找时间播放（如果不是宣告者乐队的《我愿步行五百公里》或蕾哈娜的《雨伞》的话，你可能会等很久）。

另外，在照片墙上发布婚礼照片时，请使用"#jemily2016"这个话题标签。我们原本想用"#jememily"，但可惜的是，我们在搜索话题标签时发现，"jememily"是一个润滑剂品牌的名字，所以现在就只能用"#jemily2016"了。

欢迎小孩子们参加婚礼！

请绝对不要随便穿一般西装出席婚礼——不打领带，谢绝入内。对我们来说，这是个特殊的日子，不是什么穷酸的慈善晚宴。

如果你来不了，也不用担心，因为下个月我们将在伦敦举办另一场不那么正式的婚宴，邀请对象是那些不太亲密却常通过照片墙联系的伦敦朋友们。然后再下个月，我们将在奥地利举行另一场婚礼仪式和派对，因为杰克的很多亲人都来自奥地利。之后我们要去伊维萨岛举行赐福仪式，到时候我们还会邀请大家一起去那里度假。我们的婚礼基本上就像一个乐队，来年会到各地进行巡回演出，你就看哪场时间你有空，然后自己订一张票飞过来就好。

在此献上我们诚挚的爱，期待与你们在婚礼上见面！

杰克和艾米丽敬上

附注一：很抱歉，你必须付费才能收到这个喜帖。寄喜帖的时候我们整个忙翻了，所以贴错邮票，导致邮资不足。这意味着你们所有人都必须支付零点七九英镑才能收到信件，但这笔钱将在你进入婚礼现场时如数退还。杰克的哥哥马克负责这事，他会站在绿植拱门旁。请注意：你必须出示收据才能收到退款。

附注二：拆信时，心形亮片会从你的信封里掉落出来，在你刚清扫完的地毯上撒得到处都是，对此我们表示抱歉。

心碎酒店

早上醒来时，我发现有三个未接电话，都是法莉在七点之前打来的，还有一条留言，让我给她回个电话。可我还没来得及拨她的号码，她又打来了。我知道事情不妙。我回想起了弗洛伦斯去世后的这十八个月时光，法莉避开了她所有最亲密的朋友，躲得远远的，沉浸在自己的哀伤之中。我努力想把她带回到我身边，想知道该说些什么话才能抚平她的心情。但总会出现一些时刻，当我们因某件事大笑的时候，让我偶尔看到她过去的影子，然后她又突然从欢笑转为哽咽，然后她会开始道歉，解释她已经搞不清楚自己的整个身心是如何运作的了。看着她的来电，我只有一个自私的想法：如果再发生同样的事，我真不知道怎样才能再次帮她渡过难关。我深吸了一口气，接起电话。

"多莉？"

"发生了什么？"

"这次没人去世啦。"她的声音里完全没有恐慌的成分。

"哦。"

"是斯科特。我想我们要分手了。"

此时距离他们的婚礼只剩八周了。

一小时后我抵达他们的公寓时，法莉独自一人在家。斯科特去上班了，而法莉在休假。她把他们前一晚的谈话内容一段段地讲给我听，说自己根本没料到会发生这样的事——现在的她丝毫不在乎婚礼，只想尽一切努力来挽救他俩的关系。这时她爸爸和继母正在康沃尔的家里过周末，于是我们决定开车过去，好让法莉和斯科特有时间各自独处，好好想想。

我们制订了计划，事先拟定好她想在电话里对他说的话。她问我是否可以在他打电话过来的时候陪在她身边——她紧张得要命，想让我待在她的视线之内，好让自己保持镇定。我坐在他们家的沙发上，而她则一边打电话一边在房间里来回踱步。我环顾四周，看着他们共同创造的生活：一张他们年轻时的照片，照片里的他们分别是二十出头和二十五六岁时的样子，正深情地拥抱在一起，脸上洋溢着稚嫩的表情；一张和弗洛伦斯的合照，是他们最后一次度假时拍的；我帮他们挑的橘黄色地毯；一张沙发——我们三人曾躺在沙发上，一边喝着红酒，一边看电视上的选举结果，直到天亮；我和朋友们在他们订婚时赠送的莫里西海报也挂在墙上。

我有一个奇怪而恶劣的想法。现在这种情况正是我多年以来一直想要的。我曾希望在某个时刻，他们中的一个会离开另一个，然后"初恋先生斯科特"会成为我和法莉之间最爱的话题，而我最好的朋友也将重新回到我身边。但现在，当这一刻真的来临了，我的脑袋却一片空白，只能感受到她那种极其痛苦的难过与渴望。他们一起经历了那么多，我非常希望他们能克服这个关卡。

所有人都认为，法莉和斯科特即将举行的这场婚礼对法莉的家人们来说是一种修补。每当她的家人或我们的朋友谈到这件事，都同意这场婚礼将同时充满巨大的幸福感和不可避免的悲伤。无论如何，都代表他们将迈入生命中全新的篇章。是起点，而非终点。

弗洛伦斯死后，我带着受封骑士的庄严感，尽责地完成了法莉首席伴娘的任务。AJ、莱西和我组织了法莉的单身派对，强大的野心和规模仿佛在规划奥运会开幕式。经过数月的哀求和协商，我们终于在东伦敦的一家酒店以极低的折扣价租到了其顶楼的宴会厅，用于举办一场盛大的晚宴，那里可以俯瞰整座城市。我预约了知名合唱团，他们将穿着印有法莉头像的 T 恤，来为她献唱一整组与婚礼相关的歌曲。我和调酒师一起设计了一款名为"法莉"的鸡尾酒。

我从易贝上订购了一个真人大小的立牌，并在上面贴了一张斯科特的照片，打算让大家和他合影。我还找许多人录下了祝她新婚快乐的祝福视频，有十几段，准备在婚礼当晚播放，就像录制《这就是你的人生》^①一样：录影片的人包括 20 世纪 90 年代《东区人》的演员迪恩·加夫尼、《切尔西制造》里的两名演员、法莉的初夜男友，以及她家附近干洗店的经理。

我的思绪又回到了法莉和斯科特的谈话中。

她说："也许婚礼太盛大了。你知道吗？也许我们让婚礼失控了。也许我们需要忘掉所有这些，专注于我们自己本身。"

就在那时，我收到了一封来自法莉这一区议员办公室的电子邮件。

亲爱的多莉：

您好！

感谢您来信邀约。安迪很乐意提供帮助。为了确保您的朋友有一个终生难忘的单身派对，看来您是竭尽全力了！下周一上午十一点半您能来安迪的选区办公室拍摄影片吗？

如果不方便的话，我再查看一下他的日程簿，然后再重新安排。

祝一切顺利

克里斯汀

我安静地把这封邮件删除了。

我们开车回到我的公寓，我把一些东西塞进一个包里，然后给

①译者注：《这就是你的人生》，20 世纪 50 年代美国真人纪录片式节目，后来发展出英国和其他地区的版本。在节目中，主持人会先"突袭"一位特别来宾，然后再带领来宾重览他们过往的人生。

英迪亚和贝尔发了短信，告诉她们法莉得了扁桃体炎，而斯科特出差了，所以我要和她一起待几天。说谎令我不安，但由于一切都悬而未决，也没人做出最终决定，所以我最好把事情说得含糊一些，这样她就可以避免任何问题。我设定了"不在办公室"的自动回复邮件，然后开着法莉的车和她一起前往康沃尔。

M25—M4—M5，这趟路线我们已经走过很多次。去康沃尔的家里过节，十六七岁时的夏季自驾游，住在埃克塞特时往返于伦敦和大学之间，都是这条路线。法莉会根据高速公路休息站附带的零食销售点对所有高速公路服务站进行严格的排名，还喜欢测试我是否记得她的偏好顺序（切弗莱，赫斯顿，利德拉米尔）。

说来奇怪，这次长途汽车旅行感觉正好是我们此刻所需要的。她的车是我们少女情谊的家。在我渴望长大成人的那些年里，法莉的驾照是我们通往自由的通行证。它是我们共同拥有的第一个住处，它是我们免受外界侵扰的避风港。在斯坦莫尔的一座山上有一个观景台，它俯瞰着这座灯火辉煌的城市，仿佛就是《绿野仙踪》里的奥兹国 ①。放学后，我们会开车去那里，一边听着魔力调频，一边分享着一包丝卡香烟和一桶本杰里冰激凌。

"看着这座城市的时候，你看到了什么？"在毕业几周前，她这样问我。

"我看到了自己将会爱上的男孩、将要写成的书、将要居住的公寓，还有未来我将在其中度过的日日夜夜。你呢？"

"某种很可怕的东西。"她回答。

那五个小时的车程，感觉比平时更长。也许是因为途中我们没有聊天，没有听广播或那几张已经有刮痕的琼尼·米歇尔的CD，车内只剩下一点也不安静的沉默，我甚至能听到法莉脑袋里的噪声。

---

①译者注。奥兹国是美国童话《绿野仙踪》中的国家，里面到处都是稀奇古怪的人与事：没有脑子的稻草人、没有心脏的铁皮樵夫、十分胆小的狮子。

她的手机躺在仪表盘上，我们两个都在等斯科特打电话过来，等他说出"我做错了"。每次她的手机亮起，她的眼睛就会瞬间从路面移到手机屏幕上。

"帮我查看一下。"她会快速丢出一句。但结果却总是某个朋友发来的其他消息，祝愿她的扁桃体炎好转，祝愿她尽快康复，并问她是否需要他们带着汤和杂志过来探望。

她勉强挤出一丝笑容，说道："在过去的六年里，我和他连一堆普通不过的琐事也会互相发短信跟对方说，但在我最渴望收到他消息的时候，收到的却是一大堆人希望我赶快从根本不存在的病中康复的信息。"

"至少你知道有很多人爱你。"我安慰道。接着又是一阵不安的沉默。

"我该怎么跟大家讲呢？"她问，"那些要来参加婚礼的人。"

"你还用不着考虑这个。"我说，"就算真的出现了这种情况，你也不必说任何事。我们会帮你。"

"没有你的话，我真不知道该怎么撑下去。"她说，"只要有你在，一切都会没事。"

"我就在你身边。"我告诉她，"我哪儿也不去。我永远在你身边，姐们儿。无论结局如何，我都会陪你渡过难关。"

她直视着前方漆黑的 M5 公路，泪水顺着她的脸颊流下。

"如果我曾让你觉得自己只是个备胎，那么请原谅我，多莉。"

我们抵达康沃尔时刚过午夜，理查德和安妮正等着我们。我泡了茶——在小弗去世后的那个星期，我把每个人爱喝的茶都记下来了，这是我唯一能派上用场的事情——我们坐在沙发上，重新讨论之前说过的所有事，提出所有可能的结果。

关灯后，法莉和我躺在同一张床上。

"你知道这整件事里最惨的是什么吗？"

"你说。"她回我。

202

"我和劳伦为婚礼，终于学会《像这样一天》的所有和弦与和声。"

"哦，我知道，千万别这么想。我很喜欢你们发送给我的录音。"

"还有，弦乐四重奏刚确认他们可以表演这首歌的序曲。"

"我知道，我知道。"

"不过，塞翁失马焉知非福。"我说，"实际上，我觉得这首歌让大家想起了《X 音素》里的片段。"

"单身派对的钱你都付了吗？看来是要打水漂了。"

"别担心这些。"我说，"我们会解决的。"暗夜中一片寂静，我等着她说出下一句话。

"说吧。"她说，"现在婚礼可能办不成了——我有百分之九十的把握，所以你最好还是告诉我派对的情况吧。"

"说这个让你难过吧？"

"不，它会让我振作起来。"

我告诉她我们为她规划的周末行程，详细叙述每一个荒谬的细节，而她像一个错过糖果的孩子一样发出各种痛苦的声音。我们在我的手机上观看了大不列颠伟大而善良的四线明星们送给她的祝福视频。

"谢谢你们帮我做这些。"她说，"如果计划能够完成，它一定很棒。我肯定会喜欢的。"

"我们以后再为你筹备一次。"

"我不会再结婚了。"

"这你可说不准。就算你真的不结婚，我也会直接将这些计划都搬到你的生日派对上，给你一个盛大的四十岁生日派对。"我听见她的呼吸声变得深沉而缓慢；根据多年来一起同床共枕以及抱怨她总在电影结束前就睡着的经验，我知道她已经快要睡着了。"晚上如果需要我，你可以叫醒我。"我说。

"谢了，多莉。有时我真希望我们俩能在一起。"她声音充满睡意，"那样相处起来一定很轻松。"

"对呀对呀，但可惜你不是我喜欢的类型。"

她笑了一下，几分钟后又哭了起来。我抚摸着她的背，什么也没说。

接下来的几天，我们都在远足，一遍又一遍地回忆上次谈话的细节，试图弄清楚到底哪里出了问题。我泡茶，法莉不喝；理查德做饭，她也不怎么吃；我们看电视，她却心不在焉地盯着半空。几天后，我得回伦敦工作。又过了几天，法莉也回到了城里，她和斯科特约好在家附近的公园见面，边走边聊，把所有事情说开。

在他们见面的那天早上，我干什么都心不在焉，只是像看电视一样不断盯着我的手机，等待她的消息。三个小时后，我还是决定给她打电话。第一段铃声还没结束，她就接了电话。

"结束了。"她匆忙地说，"告诉大家婚礼取消了。我过一会儿再打给你。"

说完电话就挂断了。

我给我们的好朋友打电话，一一解释发生了什么事，他们一个个都非常震惊。我又编辑了一条措辞很谨慎的短信，发给法莉这边的婚礼来宾，通知婚礼取消了。就这样，在一封复制粘贴的邮件和几个电话过后，一切都结束了。那一天，那些未来，连同他们的故事一起结束了。我取消了为她的单身派对（原本一个月之内就会举行）所精心准备的各项活动以及相关事宜。我给每个人（有些人之前就已经知道婚礼由于家中的丧事而推迟了一年）都打了电话，但除了感到非常惋惜，他们都无话可说。

在和斯科特谈过那天，法莉就搬离两人的公寓，回到了几英里外的老家，和安妮及理查德一起住。我过去找她，但由于我的"正能量账户"余额已经为零，我只能透支一些陈词滥调来安慰她。

她对我说："我感觉自己就像进了冤狱。我的人生就在前方某个地方，但我却被困在这里，并被命令不准过去。我想回到我以前的生活。"

"你会过去的。相信我，这种困住的感觉只是一时的。"

"我被施了魔咒。"

"没有。"我说，"你没有被施魔咒。你只是经历了一场可怕的、糟糕的、让你无法忍受的噩梦。你这十八个月所经历的黑暗比很多人一辈子经历的都多，但未来一定会变得更好，黑暗终究会过去，你要记得这一点。"

"弗洛伦斯死后大家都这么说，但我觉得自己快撑不下去了。"

在大家的鼓励下，法莉很快便回去工作了，我们这些朋友们采取了一场"军事行动"来分散她的注意力。尽管这是自我们少女时代以来在一起度过的最长的一段时光，但我还是每隔一天就会给她寄一张明信片，这样她下班回家的时候总会有所期待。伴娘们带她去乡下过周末，品尝美食美酒，这本来是我们计划在她的单身派对上做的事。在原本要举行婚礼的那一周，我则为她订了去撒丁岛度假的行程。在她分手后的那个月里，我们都会轮流在下班后的晚上陪她；每天晚上我们都至少有一个人陪她。有时我们会谈论这件事的来龙去脉，有时就只是坐在那里一边吃黎巴嫩料理的外卖，一边看电视上的垃圾节目。无论谁来看她，那个人都会在回家的路上给其他人发信息，告诉大家法莉的最新情况，并确定接下来陪她的人是谁。我们是一群守护者或值班护士，急救箱里放的是麦丽素糖和真人娱乐节目《夜视镜盒》①。

就在那段时间里，我想起了一个能让"患者"摆脱困境的"支持链"——处于危机中心的那个人需要亲朋好友的支持，而这些人又需要各自亲朋好友和伴侣的支持。这样，即使是那些隔了两层关系的人，也可能需要找人倾诉。一颗破碎的心需要全村的力量来修补。

①译者注。《夜视镜盒》（Gogglebox）是一部关于普通英国观众如何看电视及评论电视的现实娱乐型电视节目。

我和法莉一起开车回了她和科斯特同居的公寓，我在车里等着，而她去拿回自己的物品，并和斯科特进行了最后一次谈话。他们的公寓将被出售。法莉把自己所有的物品都搬进了她童年时的卧室——现在，她待在这里的时间将比暂时要长，但又会比永远更短。

等到我们再次看到以前那个法莉，是在一个极其糟糕的星期天，我拉了一群朋友来我家摆拍晚餐聚会的照片。事情的缘由是，我为一份大报的文化专栏写了一篇文章，讲述传统晚宴的消亡，而编辑想要一张我在家里"招待客人"的配图。我事先提醒过编辑，我那天找不到任何有空的男性朋友，于是他勉强同意全女性的照片也可以。然而，当天摄影师到达后表示，他收到了新的指示，必须确保照片中非得有男性出现不可。

法莉自中午来我家之后就一直在喝白葡萄酒，她沿着我住的那条街挨家挨户地敲门，希望找到一个愿意帮忙的男邻居，但都无功而返。同时间，贝尔和 AJ 开车去了我们附近的一家酒吧，走了进去，敲了敲杯子吸引大家的注意，然后笨嘴拙舌地解释说她们正在寻找几个愿意配合拍照的男人，酬劳是一顿慢烤羊肉以及能在报纸上露脸的机会。

"如果有人对此感兴趣的话。"贝尔吼道，"请到外面那辆红色的西雅特伊比飒旁边，我们会在那里等。"

五分钟后，一群大汗淋漓、烂醉如泥的三四十岁男人走出酒吧，上了车。

正当我们都挤在桌边彼此碰杯，努力装出一副老朋友的模样时，很明显，其中一位先生比其他人醉得多，开始像罗马皇帝一样吃起了手抓烤羊肉。由于客厅太小，摄影师必须站在椅子上才能让所有人都挤入镜头。这时，一盏拍摄灯坏了，而另一名临时演员开始大喊着要酒。那个场面仿佛一场疯狂的闹剧，所有角色满场跑，压抑着的狂躁能量徘徊不去，事情开始逐一崩坏。

"这是一场灾难。"我低声对女孩们说。

"哦，我一点也不这么认为。"法莉醉醺醺地叫道，"一个月前，我被交往了七年的男友甩了，所以现在这种情况简直就是小菜一碟！"摄影师以眼神向我寻求协助，就连醉酒的"皇帝"也停止了大快朵颐。"干杯！"她愉快地向大家举杯敬酒。

这种自杀性炸弹式的玩笑逐渐成为我们和法莉聊天时的标配，熟悉而俗套，每个人都很快学会如何应对。面对这种情况，你不能加入其中，因为你不知道这出黑色喜剧的底线在哪里，也无法预测它什么时候会被推翻，只留下其残酷的一面；但你也不能忽视它，所以你只能跟着放声大笑。

在法莉原定婚礼日期的前几天，我们动身去了撒丁岛。飞机很晚才抵达，下飞机后我们开着那辆未投保的租用车，小心翼翼地沿着滨海公路蜿蜒而行，向岛的西北部驶去。音响里放着十多年前我们第一次自驾游时放的那张琼尼·米歇尔的专辑。那个时候，连经营恋爱关系听起来都那么可笑而遥不可及，更别说取消婚礼了。

我们入住的是一家非常普通的酒店，里面有游泳池、酒吧和一个海景房——正好是我们想要的。因为非常喜欢学校而在长大后成为教师的法莉，是个循规蹈矩的人，不管到哪里都是一样，因此我们很快就定好这趟旅程的例行行程。我们每天早起，直接冲向海滩，在清晨白亮的阳光下做运动，然后在海里游泳直到早餐时间。准确来说是我去游泳，而法莉则坐在沙滩上看着。户外游泳是法莉和我差别最大的一点：我几乎一看到任何开放的水域就会情不自禁地脱下衣服下水，而法莉则坚持只在消毒过的泳池里游泳。

一天早晨，大海像浴池一样温暖而平静，我朝岸边喊道："来吧，你一定要下来游游！太舒服了。"

"要是有鱼怎么办？"她朝我喊道，还做了个鬼脸。

"没有鱼！"我叫道，"好吧，也许会有鱼。"

"你知道我怕鱼。"她叫道。

"你怎么会害怕它们呢？——你也吃鱼啊。"

"但只要想到它们会在我身下游来游去，我就不喜欢。"

"你真的像乡巴佬欸，法莉。"我对她喊道，"平常只在购物中心购物，下雨了就担心淋湿发型，因为害怕海里的鱼所以只在泳池游泳。但现在这样才算真的生活啊，你不会想错过的。"

"我们不就是那种人吗，多莉？我们的本质就是郊区。"

"来吧！这里是大自然！这是神自己游泳的地方！很治愈！神就在里面！"

"如果有一件事我可以肯定的话。"她站起来，擦去腿上的沙子，说道，"那就是世界上没有神，小莉！"她一边向海里划着，一边高兴地喊着。

我们早上都在看书、听音乐，然后大中午就开始喝酒，整个下午都躺在阳光下小睡，洗过澡后便带着晒黑的皮肤去城里吃晚饭。晚餐后，我们回到酒店，在厚重而炎热的夜幕下，在露台上喝着杏仁酒、打牌，醉醺醺地写着寄给朋友的明信片。

婚礼日期当天，法莉在我起床之前就醒了，眼睛盯着天花板。

"你还好吗？"我刚一睁开眼睛就问。

"嗯。"她转过身去，拉上被子盖住全身。"我只想要今天赶快过去。"

"今天将是很难熬的一天，"我说，"但总会结束的。午夜一过，一切便都结束了。你再也不用去想这些了。"

"嗯。"她小声地说。我在她床尾坐了下来。

"你今天想怎么过？"我问，"我晚上订了一家餐厅，在猫途鹰^①上有那种赞不绝口的五星级评价，还会附上食物特写图片，搞得像在看犯罪现场的那种。"

"听着还不错。"她叹了口气说，"我今天只想当条母狗，躺在躺

---

① 译者注。猫途鹰（TripAdvisor）是国际旅游评论网站，提供世界各地的饭店、景点、餐厅等旅游相关信息，也包括交互性的旅游论坛。

椅上晒太阳。"

一整天，我们大部分时间都在沉默中度过，看书，用同一副耳机听播客。偶尔，她会环顾四周，说些诸如"我现在应该在和伴娘们吃早餐了"或"我现在应该在穿婚纱了"之类的话。下午三点左右，她拿起手机查看时间。

"英国时间是三点五十。照本来的规划，再过十分钟，我就要结婚了。"

"是啊，但至少现在你是在美丽的意大利享受日光浴，而不是和你爸爸在牛津郡的某个湖上漂泊，然后天空还飘着雨。"

"我从来没打算真的要乘着小船前往婚礼现场。"她有些气恼地说，"我只是跟你说也有这种方式，场地那边说曾经有新娘这么做过。"

"不过你认真考虑过。"

"才没有。"

"你有，因为你跟我说的时候，我能从你的语气里听出来，你期待着我说这是个好主意。"

"才没有！"

"想象这样一幅场景，在众目睽睽之下，你穿着宽大的裙子在湖上漂荡，然后有人把你从船上拉起来，那样会很尴尬。船夫划桨的时候还会发出一堆莫名其妙的声音。"

"不会有船夫啦。"她叹了口气，说道，"船也不是用桨划的。"

我去酒吧点了一瓶普罗塞克。

"好了，"我说着，把冰凉的气泡酒倒进泳池边的塑料高脚杯里。"你现在应该正在宣誓吧，我觉得我们也可以来说一下。"

"向谁？"

"向我们自己。"我说，"还有彼此。"

"好啊。"她说着，把太阳镜抬到了额头上。"你先来吧。"

"我发誓，等我们回家后，无论你如何处理这件事，我都不会做任何批评。"我说，"就算你真的想要大量服用安非他明，或随便和人上床，也没关系。就算你将自己锁在家里一年，也没关系。无论你做什么，我都支持你，因为我无法想象当你失去那样重要的人会是什么感觉。"

"谢谢。"她说着，抿了一口酒，然后停下来想了一下，"我发誓会永远让你继续成长，永远不会因为从小和你认识就说你应该是什么样子的。我知道你的人生正在经历一场巨变，我会永远支持你这么做。"

"这段不错。"我碰了碰她的杯子，"好吧，我发誓，如果你牙缝里有东西，我一定会提醒你的。"

"噢，拜托，一定要，永远都要这样。"

"尤其是当我们老了牙龈开始萎缩之后，那时候真的很容易卡到绿叶菜的叶子。"

"你再说下去我心情会越来越差。"她说。

"对你自己也说一段吧。"

"我发誓，就算我会再次坠入爱河，我也永远不会忘记朋友。"她说，"我永远不会忘记你们对我是多么重要，我们是多么需要彼此。"

在法莉本应宴请两百多人吃喜酒的那天晚上，我们坐上了一辆出租车，来到一家可以俯瞰海景的山顶餐厅。

"你现在应该在做婚礼致辞了。"她说，"你有写过婚礼致辞稿吗？"

"没有。"我说，"每当我有点生气或情绪化的时候，我就会在我的苹果手机笔记上写下一些想法，但还没有整理出来。"

"不知道我会整天都很开心，还是会感到有压力。"

我想起在弗洛伦斯去世后，我曾读过的一篇关于早夭的文章。在这篇文章中，一位知心大妈建议一位悲痛欲绝的父亲，不要去想他十几岁的儿子如果没有死于车祸会过着什么样的生活。她说，这种幻想是一种折磨，而不是安慰。

"你知道吗，生活不会发生在别处。"我说，"它不会存在于另一个世界。你和那个男人的恋情长达七年。那就是生活，那就是生活本身。"

"我知道。"

"你的生活就在这里，就在当下。人生没有描摹纸，同样的日子你不会再活第二次了。"

"是啊，我也觉得还是不要老想着本来会发生什么比较好。"

"生活不像《滑动门》①里演的那样。"

"我喜欢这部电影。"

"谢天谢地我们不是那部电影里的角色，我们根本驾驭不了格温妮斯·帕特洛的那头金发。"

"我看起来会像迈拉·辛德雷②。"法莉平淡地说，示意再来一瓶酒，"你曾经怀疑过我和他不适合吗？"

"你真的想知道？"

"对啊，我很想知道。"她说，"反正现在一切都无所谓了，我真的很想知道。"

"确实怀疑过。"我说，"但后来我渐渐喜欢上了他，而且最终相信你们会非常幸福。但要说起来，会，我一直有所怀疑。"

她望着远方，落日站立在深蓝色地中海的海平面上，像一个完美的桃子端放在窗台边缘。

"谢谢你以前从未告诉我这些。"

夕阳沉入了海面，天空逐渐变成了暗蓝色，然后变成黑夜，这一切仿佛被一个调光器操纵着。往后的日子再也没有那天那么糟

---

①译者注。《滑动门》是由彼得·休伊特编导，格温妮斯·帕特洛、约翰·林奇、约翰·汉纳主演的剧情片。影片讲述了因意外而被解雇的海伦在地铁站里，因搭上或错过地铁而开始的两段不同的人生旅程。

②译者注。迈拉·辛德雷（Myra Hindley），英国连环杀人犯。

糕了。

一周后，我们开车去了另一个海滨城镇，和塞布丽娜和贝尔会合。假期也以同样的方式继续着：喝阿佩罗酒，打牌，躺在海滩上晒太阳。一天早上，我和贝尔六点就离开我们租的公寓，跑到沙滩上，脱光衣服在日出的阳光下裸泳。在假日的最后一周，法莉有时心情愉悦，有时安静，都还在预期范围之内。我们四人谈了不少过去发生的事情——毕竟那是整趟旅行之所以成行的根本原因。但除了过去的事情，法莉也开始谈起了未来：她将住在哪里，她的新生活将是什么样子。在那两周里，她似乎蜕去了一层忧愁的皮。其中一晚，她甚至醉得开始和当地一家餐馆的经理搭讪，对方长得像意大利版的约翰·坎迪，而且已经六十多岁了。那是她自我们少女时代以来醉得最厉害的一次，这无疑是显而易见的里程碑，表明法莉在走出分手阴影的道路上迈入了新阶段。

回到伦敦后，一切焕然一新。她二十九岁的生日离我醒来收到她三个未接电话的那个早晨刚好满三个月，感觉就像一个里程碑，因此我们决定好好庆祝一下：我们先去了我们最喜爱的一家酒吧吃饭，然后去跳舞。那天她穿着我送她的那条本应在单身派对上穿的黑色裙子——两侧裁剪极低，刚好露出她十九岁时在沃特福德一家文身店里冲动消费留下的灾难性错误——刺青的图案是两颗星星，一颗粉红色，另一颗是考虑欠妥的黄色[1]（"一个犹太人在身上文了一颗黄色的星星！你到底怎么想的？！"她母亲绝望到要崩溃）。

生日那天下午，她去了另一家文身店，想纠正十年前的错误。她让人将星星涂成了黑色，在其中一颗星星旁边加上字母"F"（代表弗洛伦斯），另一颗加了字母"D"（代表我），以此来提醒自己，不管失去了什么，不管生活变得多么不确定和不可预测，有些人会永远陪伴在你身边。

---

[1]译者注。纳粹曾逼迫欧洲的犹太人戴上一颗黄色的戴维之星，作为身份识别。

灵性导师的"教诲"

在法莉心碎的那个初夏，我应邀为一家杂志写一篇关于"取悦他人的危险"的文章。合作的编辑建议我先和一位作家（他刚写了一本关于这个主题的新书）谈谈。他叫大卫，年近五十，从演员转行当了作家。在电话沟通之前，我在谷歌上搜索了一下他，发现他很帅：橄榄色的皮肤，斑白的头发，温柔的棕色眼睛。他的出版商给我寄来了书的 PDF 版本，内容精彩得令人沮丧。那本书主要聚焦人们对于大众认可的需求，以及这种需求如何破坏人们的幸福感。读书的过程中，我感觉就像被什么东西——或者什么人——用一双强有力的、值得信赖的双手抓住肩膀，剧烈、一针见血、如此糟糕，狠狠摇醒。

我们来回发了一段时间的电子邮件，然后约好访谈时间。他的声音低沉而温柔，吐字比我想象中更清晰明确，声调更加抑扬顿挫。他的整体气质就像一个彻头彻尾的嬉皮士，但他一开口说话却又像一个皇家莎士比亚剧团的成员。在那通电话中，我除了对书的内容提问，也谈到一些困扰我已久的事。他告诉我，当我们还是孩子的时候，我们经常被教导要控制自己的行为，不要蛮横跋扈、不要炫耀、不要自作聪明，这些告诫对我们内心深处的某些角落设置了障碍，让我们无法展示真正的自我，甚至在成年后仍害怕去触碰。我们因此隐藏了这部分的自己，因为害怕被厌恶，所以隐去那些黑暗、吵闹、古怪或扭曲的部分。而他认为，这些部分才是我们最美好的一面。

由于稿子是以我个人的角度切入，因此不可避免地谈到了我的一些个人经历，也提到我那年开始看心理医生。

"像你这样聪明的人接受心理治疗是有危险的。"他说，"因为你很容易弄清楚所有的理论，然后运用咨询中提到的理论去分析自己。问题是，你和心理师之间的对话有其极限。要想有所改变，你必须发自内心地让那种改变进到身体里，不能只停留在你和心理医生谈话的层面上。你得用整个身体去感受——"他的语速慢了下来——"从膝盖后方，到子宫，到脚趾，到指尖，每个地方都要确实感受到那种改变。"

"嗯。"我同意。

我们聊了大约四十五分钟，从书中的段落、他多年来所从事的研究成果，一直聊到我自己的经历。他讲话的方式很直接，既不拘礼，也不客气。我觉得不知怎么的，他仅仅通过一个电话就直达了我内心世界的核心部位。

"捏捏你自己的脸，醒醒吧。"他说，就好像他已经认识我很多年了。"你不需要别人告诉你该做什么，该成为什么样的人。现在你就是你自己的母亲，仔细去听自己想要的是什么。"

"嗯。"我从震撼中反应过来，再次表示同意。

"在你余生的每一天，我都希望你认真对待这件事。"

"如果真的照这样去做，一般常理怎么办？如果我们完全只做自己，两者不会互相冲突吗？"

"你曾经因为某个男人行为举止符合常理而爱上他吗？"

"呃，没有。"

"噢，那个格雷格。"他模仿花痴的腔调说，"他真的行为举止好得体、好符合体统，让我为之兴奋。"

"不，不会这样的。"我笑着说。

"我对符合一般人眼光的东西不感兴趣，真正的宝藏都藏在黑暗面，在边缘和偏远的角落里。去他的'一般人的常理'。"

我觉得他在调情，但也有可能只是为了让我有些漂亮的句子可以写进文章里，才表现得这么亲昵，我无法判断。讲到最后，我们已经进入了一个亲切的聊天阶段，感觉一点也不像采访了。我可以感觉得出，他想知道我是不是单身，但我故意含糊其辞。他说我应该找机会和他单独谈谈。

"如果你可以向某个人展示全部的自我，而不用担心被对方批评，那么你与人之间的亲密关系就能进展到很深的地步。"他说。

"对，亲密关系，这对我来说一直是个大问题。"我说。

"明白，我能从你身上感觉到。"我们之间的谈话突然陷入了一阵沉默。我不知道他这么说是因为自以为灵性导师，还是我长期以来不断压抑的行为要比自己想象中还要明显。

"嗯。"我再次挤出一句同意。

"我希望你生命中能遇到某个能真正抓住你的人，多莉。"

"我有个心理医生。"我回答。

"我不是这个意思。"他说。

我走出公寓，在阳光下眨着眼睛，仿佛大梦初醒。

"我刚刚做了这辈子最有趣的一次访谈。"我对正在花园里晒日光浴的英迪亚和贝尔说。

"和谁？"英迪亚取下耳机，问道。

"和稿子有关的那个男的，那个灵性导师。"

"他都说了些什么？"

"我也不清楚，但感觉像我心里有个角落从来没被发现过，而他却直接对那里说话，感觉像我身体里有个沉睡的东西开始打哈欠，慢慢醒过来。"

"他们那种人就是这样，不是吗？想让你以为他们有什么特殊能力。"英迪亚神情忧郁地说，然后转过身来，"我从不相信任何自称'灵性导师'的人。"

"说真的，他没那样叫自己，都是别人叫的。"我说。

"好吧，这样还好点。"她说。

"我觉得那有点像'专家'，或者'大师'。"我继续说，"是只能等别人开口的称呼，没办法自己说自己是。"我脱下上衣，和她们一样躺到了铺在草地的毛巾上。

"你问到文章需要的素材了吗？"贝尔问。

"问到了。"我说，"他其实是个很棒的受访者。"我闭上眼睛，让英格兰难得一见的强烈阳光拥抱我，"天哪，我得想办法不要再去想这个人才行。"

"想这个人？思春吗？"英迪亚问。

"不，不是这种，而是'我想吞噬你灵魂'的那种。我现在只想知道关于他的一切，他说什么我都想听。"

"可以问他要电话号码啊。"她说。

"我已经有他的电话号码了。我刚刚就是通过电话采访他的。"

"哦，对。"她说，"那就给他发短信吧。"

"我没办法给我工作上的受访者'发短信'。"

"为什么呢？"贝尔问。

"因为很奇怪。"我听见自己说出的话，"但话说回来谁又会因为你很正常而爱上你呢？"

当晚睡觉前，我又听了一遍采访录音，他的话像乒乓球一样在我的脑海里反复跳动。第二天早上，我写完稿子，把它寄给了编辑，然后就把他这人给忘了。

几个月之后，我参加完一个派对很晚才回到家，到家时我收到了大卫发来的消息。他说他正在法国度假，刚刚从星空底下散步回来，想起上次采访后就没有下文了。

"这么说显然是出于我的自恋——文章会在什么时候发表呢？"

"千万别这么说。"我回答，"抱歉，那篇文章因为某些问题被延后了，下个月刊出的时候我会通知你。如果你不在国内，我可以寄一份给你。"

"到那时我已经回去了。"他说，"最近你还好吗？上次访谈的时候，感觉你正经历某个阶段。"

"仍在那个阶段，我还在试着调整自己。"我在手机键盘上输入，"小事一桩。你呢？"

"我也在调整。"

他说他刚结束一段恋爱长跑，和平分手，是个正确的决定。他说有时候分手对双方来说都是一种解脱，就像空调终于被关掉了一样，一切都安静下来时，你才发现原来之前有股持续不断的嗡嗡声。

那天晚上我们互发了几个小时的短信，在第一次访谈以外，终于对彼此有了基本的了解。我们都在北伦敦长大，上的都是保守的寄宿学校——他说话时的腔调可能就是在那里学来的，我想他应该也讨厌自己说话的方式，就像我讨厌自己的一样。他有四个孩子——两个男孩，两个女孩，而且他显然很关心他们。我很容易就能分辨出男人只是想把小孩当成搭讪的话题，但他不是，他清楚每个孩子的性格、爱好、梦想以及日常生活的每一个细节，他谈论每个孩子时都十分入迷和投入。

我们讨论音乐，讨论歌词。我告诉他我最喜欢的歌手是克里斯·马汀，他的音乐是我和单一男子之间唯一一段持续了数年的恋情。他说他听得出我有多迷克里斯·马汀的音乐，他曾经买过一把克里斯·马汀的吉他给他的前妻，如果我喜欢的话可以送给我。我们谈到了我们都读过的一本书，这本书让我变成了素食主义者；我们都为书中同样的数据和段落而愤愤不平。我们谈起各自童年时在法国度过的假期，谈到了各自的父母。我们谈到了雨。我告诉他我是多么喜欢雨，比蓝天和阳光还要喜欢；我告诉他，雨总能抚慰我，让我心态平和。小时候每当下雨，我就会向妈妈要求坐在车子后备厢，停在街边看雨。罗德·斯图尔特在自传里写道，他在洛杉矶时，每年都会有一次因为太想念雨了，而伸开双臂站在下雨的街道中央。我读到这部分内容时，我便意识到自己永远都离不开英国了。我们在凌晨三点互道晚安。

第二天早上醒来时，我感觉自己就像做了一场生动逼真的梦。当然了，枕头下的手机上果真有一条大卫的新消息，就像牙仙子送来的一枚闪亮的一英镑硬币一样①。

"你今天早上五点就把我叫醒了。"短信里写道。

"什么意思？"我回他。他给我发了一段雨声的录音，雨水敲打在他卧室的窗户上，起先声音很重，而后变得轻柔。

"所以我是雨吗？"我压抑住自己一贯以来的嘲讽语气，以免让它成为我们谈话的基调。

"嗯，你就是雨。"他回答，"我感觉你离我更近了。"

我和大卫从起床的那一刻就互相发短信直到入睡，我几乎无时无刻都抓着手机，以至于不得不跟朋友们解释大卫是谁。我那阵子每天预留大约五个小时给自己，用来工作、吃饭和洗漱，但即使在这段刻意保留的时间里，我也都在想他。我和塞布丽娜一起吃午餐时，她说我的眼睛一直盯着手机屏幕。

"好了，别再盯着手机了。"她说。

"我没有！"我辩解道。

"就算你眼睛没在看，但满脑子都想着和他说什么。"

"才没有。"

"你就有。现在跟你吃饭像我生了一个十三岁的女儿，整顿饭老想着回到 MSN 上和她的外国交换生男友聊天。"

"对不起。"我说，"我没想着他，我保证。"这时我的手机屏幕亮了起来。

"他又给你发了什么消息？"塞布丽娜低头盯着屏幕问道。我翻过手机，给她看了一张精美的狮子插图。

"他觉得我的内在精神是头狮子。"

---

①译者注。这里借用了《小猪佩奇》的剧情。在《小猪佩奇》第一季第22集中，佩奇掉了一个牙齿，妈妈告诉她晚上睡觉的时候把掉下来的牙齿放在枕头底下，牙仙子会来取并放上一个金币。

塞布丽娜困惑地眨了眨眼。

"嗯，我觉得我和你的新男友应该聊不来。"她淡淡地说。

"才不会。聊得来的，可以啦。他不是一个严肃又缺乏幽默感的灵性导师，他真的很有趣。"

"好吧，为了你自己，你就少发点短信吧。"她说，"你这样会在你们真正交往之前就把这段关系毁掉的。他现在成电子宠物鸡了。"

"可他现在人在法国，还要待三个星期。"我说，"要我等到他回来、看得到本人了才跟他说话，根本不可能。"

"噢，天哪，我敢打赌，他有让你飞到法国去，对吧？"她摇着头问道，"为什么你每次遇到男人就要这么极端？"

"得了吧，我又没打算去。"我没告诉她的是，我已经查过飞往法国的航班了，纯粹好奇。

朋友们其实没说错，我的确很快就迷恋上了这个我根本不认识的人。但他们对此也早就习惯了——找到新恋爱对象的我总像个在圣诞节收到玩具礼物的贪心小孩，我会撕开包装，费尽心思想搞清楚怎么玩，然后隔天就着魔似的一直玩、一直玩，直到玩具损坏，然后就把塑料零件碎片塞到橱柜最里面。

我给法莉发了我和大卫最初的采访录音。

"你听听。"我写道，"听完你就会明白我为什么对这个人如此着迷了。"一个小时后，我收到了她的回信。

"好吧，我明白你为什么对这个男人如此着迷了。"她在邮件里写道。

开始互发短信的一个星期之后，我们通了电话。这次，脱去访问者和受访者之间的关系，一切都与我们几个月前那次通话非常不同。这次夜深人静，我能听到他的呼吸和法国乡间蟋蟀的叫声。我闭上眼睛，几乎能感觉到他就在我身边，过去一周建立起来的亲密关系起了神奇的作用。

"我们在见面之前就能这样互相了解，这真是太棒了。"他说，

"雪莉·温特斯曾说过：'如果你想和某人结婚，先和他的前妻共进午餐吧。'"

"你是建议我，在和你见面前先和你前妻吃午餐吗？"

"不，我只是觉得，大家在第一次约会时就像推销商品那样美化自己，这样你就很难真正了解那个人。"

"对，反正我们这样，等见面时再美化就太晚了。"

又一周过去了，成千上万条消息加上几十个电话，这个人变得完全吸走我的注意力，令我想知道他对每件事的想法。我没放过任何一个细节，两人对话之间任何细微的争辩都深深吸引着我。凡是我感兴趣的话题，他总有新的见解。这个男人谈到开心的事时所散发出的光芒令我觉得精力充沛、焕然一新。每天和大卫说话的时间我总嫌不够，我想要更多、更多、更多。

很快，连短信和电话都觉得不够了。我们将彼此的作品都发给了对方。他给我发来了他新书中尚未出版的章节，我则把文章和剧本的草稿寄给了他。我们对彼此诉说那些仅通过聊天和照片搜索无法获知的事情——比如，我总因为焦虑而去咬自己的指甲，他的指尖则因为弹吉他而起了硬茧。我全神贯注地观看他出演的短片，觉得他是一个天才，便记下印象深刻的台词和喜欢的镜头，然后在电话中统统告诉他。

"你去看月亮。"某次深夜，我们电话聊天时他说。于是我穿上运动鞋，拿件外衣盖住T恤和内裤，走到家门口那条路的尽头，进入了汉普斯特德荒野公园。他告诉我，他曾与住在海格特的一个头发蓬乱的女人约会过，她会在晚上时给他三十秒，让他先跑入荒野公园，然后自己在后面追赶他。我在公园中瞭望点的长椅上坐下，俯瞰城市的天际线，在月光下伸出我的裸脚。我告诉他，我曾在这里看到过另一张长椅，上面刻的纪念文字让我落泪。那年我整个夏天都在这里的女性游泳区游泳，那张椅子就在游泳区旁边的草地上，用以纪念温·康韦尔——她每天都在这里游泳，一直游到九十多岁。

"椅子上写着：'谨此纪念五十五年来每天都在这里游泳的温·康韦尔，以及每天等着她的维克·康韦尔。'每天在她游泳的时候，他一定会站在入口处等。很美，你不觉得吗？"

"你知道吗……"他开口。

"什么？"

"没事。"他说。

"没关系，你说。"

"你很迷人。你在很多方面上都很坦率，可你为什么老是要装出一副'我是座孤岛，很难被取悦'的暴躁样子呢？"他问。

"我还没有意识到这个，至少不是有意的。"

"你可能觉得自己没办法拥有那样的感情，但其实你可以的。只要你愿意，你就可以拥有同样的情感关系。"

"就算不知道自己想不想要某个东西，我也还是会被那东西感动。"我说，"反正我就是个笨蛋，每年都会有个清洁工来疏通我的心房和泪腺之间的通道，总有一天，我会变成一段巨大的透明管道，里面涌动着各种恶心的情绪。等我到了你这个年纪，可能连看到微风中的一片树叶都会哭。"

"如果你运气好的话。"

"有些时候，即使是你小小信念与他人坚定不移的信念之间的差距，也可能都会让人动容。"

"我也说不清楚。也许你心里有个无法填补的空洞。"他轻轻地叹了口气，"也许永远没人能填补它。"我抬头望着月亮，想着此刻我们俩都望着月亮的同一面。我对着一颗星星许愿，希望那天晚上我睡着后能忘记他刚才说的话。

我知道自己正在一个完全陌生的人身上投入大量的时间和精力，但我有充分的理由信任他。我倒数着与他见面的日子，等待唯一阻隔我的只剩空气，在那之前，我很享受我们共同创造的这个小小的世界。如果说我们每天都要进入无聊的日常生活，那对我来说他就是开在一旁的小门，让我能够进入一个五彩缤纷的奇幻世界。如果遇到问题，我会向他寻求建议。写作的时候，如果自己正为一个句子如何结尾而发愁，我也会征求他的意见。

"谢谢你对我这么坦诚。"一天下午他在发给我的消息中写道，"这样很性感。"

如果我喜欢的男人说他觉得某件事很性感，我当然会继续做下去。

我们经常谈到，我们之间如此频繁的交流其实是很不寻常的。对他来说，这种交流是一种罕有的全新体验。我从来没有和一个素未谋面的人建立过如此紧密的联系，但毕竟青春期时就受过 MSN 的训练，成年之后又投身网络交友，所以我比他更习惯和陌生人聊天。

他给我发消息说："这样是不是很奇怪？你和我素未谋面，可是——可是进展却这么深入！我们一起去过那么多地方，那些属于亲密与温柔，属于美好的周日、欢笑和音乐的国度。"

"我知道！"

"而且这一切都是我们用看不见的能量编织出来，运用的工具却只是电脑像素。"

"我们是魔术师啊。"

他写道："你看我们用这些像素做了多么奇妙的事——通过卫星对着彼此发射电波。"

大卫回英国的前一晚我几乎无法入眠。他打算把孩子们送到他们母亲家，然后开车去伦敦，在一个朋友家过夜，然后第二天再来找我，进行一场两人精心规划的完美约会。当天的天气会很好，我准备下午早些时候带着一瓶酒和两个塑料杯去汉普斯特德荒野公园见他。英迪亚和贝尔帮我挑选了一套衣服——蓝色茶歇裙和白色帆布鞋。我将我的公寓好好打扫了一番，又特地去买了几块高级面包，准备第二天早上吃。

"这女人是认真的。"英迪亚通过观察得出了结论。她看着我小心翼翼地把书从书架上拿下来，清理层板，并按照我推测大卫喜欢的程度，重新排列上架（德沃金、拉金 ①、《美食、祈祷和恋爱》）。

但就在这场理应热辣辣的约会的前一晚，我得先去参加另一场约会。这是一家婚介机构安排的相亲，目的是希望我能在约会专栏里提到他们公司。这场活动在我和大卫开始"网恋"的几周前就已经定下了，对当时的我来说是很合理的安排：婚介公司需要曝光度，而我需要约会和稿件素材。我不想放那个可怜的家伙鸽子，所以定了一个勉强算是晚上的时间，约在伦敦市中心的某处喝一杯，这样我在九点前就能回到家了。

赴约前，大卫给我发的最后一条消息是："我心要碎了，晚点再打给我。"

但说起来我其实没让他心碎，恰恰相反。就像大多数相亲那样，参与的两人其实都不怎么自愿。他仍然爱着他的前女友，为了自己搞砸的关系后悔，而我却迷恋着一个素未谋面的男人。我俩彼此讲述着各自的故事。我让他带着花去他前女友家，告诉她自己从未停止过对她的爱；而他则让我早点回家休息，因为明天我要去见那个我注定要嫁给他的男人。我们喝了一杯鸡尾酒就离开了，坐同一趟地铁回家，彼此拥抱告别。

在地铁门即将关上的一刹那，他对我大喊："祝你好运！"

"你也是！"我隔着玻璃做出嘴型。

回家后，我给大卫打了电话，告诉他我约会的事。他开车到伦敦的时间比原计划提前了一些，晚上会睡在他朋友家的沙发上，地点离我家只有两英里。

"要不你过来，住在我这里？"我说。

"那明天的完美约会呢？"他问。

"我知道，我知道，但你离我只有十分钟的车程，这样感觉太

①译者注。这里分别指的是美国作家安德丽娅·德沃金、英国诗人菲利普·拉金。

傻了。"

最后我们同意按照原计划行事。五分钟后，我在手机上看到了他的一条消息。

"我过来了。"

我蹑手蹑脚地溜出公寓，走下室外的铁楼梯，只见他站在一片寂静的街道上，只有月光照射出他那高大、宽阔的身影和深色的鬈发。我在台阶上停了一会儿，好好地把他看进心里，此时我感觉自己刚从悬崖上跳下来，就要撞上水面了。我跑向他，伸出双臂搂住他的脖子，接着我们便吻在了一起。

"让我好好看看你。"他捧着我的脸，眼睛专注地扫视我的五官，就好像我是他为了备考而记住的答案。

"很高兴见到你。"我说。

"嗯，我也很高兴见到你。"接着我们继续接吻，这时已经是午夜了，我光着脚尖站在草坪上，一只郊区的猫头鹰在附近的树上咕咕地叫着。他把我拉进怀里，我的脸紧贴着他的深蓝色衬衫（跟他鬈发一样皱巴巴的）。

"你没有六英尺高。"他对着我的额头低声说道。

"不，我有那么高。"我回答着，站直了身体。

"不，你没有，我知道你没有，你这个小骗子。"

我拉着他的手，蹑手蹑脚地爬上楼梯，来到我的公寓。

接下来几个小时里发生的事情就像我想象的那样，我们喝酒、聊天、听音乐，躺在彼此身边，然后接吻。我将鼻子靠上他那赤裸的、带着刺青的皮肤——被法国的阳光晒成了核桃一样混浊的深棕色——然后呼吸，是烟草和泥土的气味。我仔细观察着他的言谈举止，那些在电话和照片中无法捕捉到的部分，例如他的眼皮，或是他发出"s"的音时吸擦着齿间的方式。我说话时他就近在眼前，他说话时直视着我的脸，我向他敞开心扉，对他完全充满了信任。我惊讶于自己居然能和一个几乎素不相识的人如此亲密。

"知道吗？有件事挺有趣的。"他吻了吻我的额头。

"什么事？"

"你和我想象中的一模一样，就像站在操场上的小女孩，用手蒙住自己的眼睛便以为没人能看到她了。"

"什么意思？"

"你是没法躲开我的。"他说。我知道自己永远都不可能瞒得了他，我知道自己已经"无可救药"了。

"你会介意我们跳过了那场完美的约会吗？"在进入半梦半醒，含糊蒙眬之际，我这么问他。

"不会。"他抚摸着我的头发说，"完全不会。你明天要做什么？"

"一点钟和编辑有个会。"我说。

"那我晚一点来找你？"他提议。

我闭上眼睛，瞬间进入安稳的梦中。

几个小时后，我被一阵声音吵醒。大卫站在我的床尾，正在穿衣服。

"你还好吗？"我满脑子睡意。

"我没事。"他语气中带着火气。

"你要去哪儿？"

"开车去兜风。"

我看了看时钟——凌晨五点。

"什么——现在？"

"对，我想开车去兜风。"

"好吧。"我说，"要不要我把钥匙给你，待会儿你可以进来？"

"不用。"他说。他弯下腰沿着我的手臂亲吻，从肘部一直吻到肩膀。"继续睡吧。"

他关上门。我听见他离开公寓、上车、开远。

我盯着卧室白色的天花板，试图拼凑出发生了什么事情。我心中充满了被猛然推开后的酸楚，许多情绪从胃中一路满至喉咙：自我厌恶、自我憎恶、自我怜悯。多年前接到哈利的那通电话时，我也是这种感觉。

熬到七点，我爬上了英迪亚的床，把刚刚发生的一切都告诉了她。

"听起来他好像抓狂了。"英迪亚说。

"为什么？"

"也许是因为你们的关系突然间变得太真实、太亲密了。"

"但这个人可能是个'亲密关系辅导员'。"我说，"这就是他的专职工作。"

"嗯，他可能属于那种'能者做，……'①的状况。"

"可我还是不敢相信。"我说。

"不管他的理由是什么，他今天肯定会有一大堆的解释。"

"但也许已经没有今天了，也许他再也不会和我说话了。"

"绝对不可能。"她说，"他是四个孩子的父亲，所以肯定很有同情心，不至于那样。"

"如果不是手机上还留着他说要过来的短信，我真的会以为昨晚只是一个梦。"我说，"我刚刚睡不着，就一直躺在床上，像是在折磨自己一样，脑袋里想的全是他——他的眼睛，他的雀斑，以及他胸前的刺青——"

"噢，当然了，他胸前当然有刺青，怎么可能没有。"英迪亚翻着白眼说，"刺了什么？"

"没法说。实在太讽刺了。"

"说呀。"她说。

"某种符号，象征着尊重女性。"

"天哪，老天爷都要哭了。"

---

① 译者注。剧作家萧伯纳（George Bernard Shaw）的名言，整句话是"能者做，不能者教"（Those who can, do; those who can't, teach）。

"他应该给他的刺青加上一个脚注。"我说，"在旁边放个星号，注明：'除多莉·奥尔德顿以外'。"

"你还好吗？"英迪亚抚摸着我的手臂问道，"你应该被吓到了吧？"

"我只是有点蒙。"我说，"所以我们就这样结束了吗？"

几个小时后，我收到了大卫发来的一条近乎谜语的消息。

消息里写着："嘿，如果我的态度吓到你，先跟你说声抱歉，那样离开确实有点奇怪。能够看见你、触摸你，那种感觉真是太棒了——这让我得以深入自己的内心，察觉到我们过去这段时间里所建立起来的亲密关系，以及对彼此'毫不认识'的陌生感，并意识到这两个极端所体现出的巨大落差与隔阂。"我盯着屏幕，等着他的新消息。我告诉自己，除非想到什么有意义的话，否则不要回复。"因为这样，我开始思考一些很重要的问题。我真希望你不会因此受伤，也许你只会觉得'随便'，但也许你会因此而被吓到。"我盯着手机，仍不知道该说些什么。"希望你不是难过着醒来。"他又传来一句消息。

"我醒来时确实很伤心。"我回复，"毕竟，我很少向人敞开心扉。"

"我知道。真的很抱歉。那并不是抛弃你的意思。"

我想起了我和哈利的最后一次通话，想起自己如何在电话中求他爱我，哭着解释我配得上他。当时搜寻着他声音里的任何一丝动摇，让自己相信可以不顾一切地抓着他，直至手指因抓得太紧而发紫。但是，那已经不再是我的故事了，我不想再成为那样的人了。

"我真的不明白你上面那些话是什么意思，但如果你觉得不想继续下去，那么我们可以到此为止。"我写道。

"我需要暂停一下，想想我对你的态度。"他回复，"但这并不是要结束我们之间的关系。"

"但对我来说是。"我写道，"我现在必须按下终止键了。"

"该死的，我伤到你了，我能感觉到。"

"没关系。"我回复，"我们都处在人生中很奇怪的阶段。你刚结束一段感情，而我正在通过心理咨询去了解自己。但我得保护自己。"

"好吧。"他回复。

我删除了我们所有的对话和通话记录，然后删除了大卫的电话号码。

随着日子一天天过去，我感到一种混合了孤独、尴尬、悲伤和愤怒的情绪。我觉得自己像个白痴，就像《弓箭手》里的那种傻里傻气的女性角色，没见过世面，被一位卑鄙而英俊的陌生人追求，但那位陌生人最终会离开，连同她所有的钱财一并带走。朋友们为了让我感觉好一些，纷纷分享类似的尴尬故事，各种被陌生人骗取亲密关系的故事。负责我约会专栏的一位编辑寄给我一篇题为《虚拟的爱》的文章，这篇文章发表在 1997 年的某一期《纽约客》上，讲述的是网恋这种奇怪的新现象。作者是一位女记者，她以第一人称视角记下自己通过电话和电子邮件与一名陌生人发展出的关系。她写道："我可能不认识这位追求者。但有生以来第一次，我很清楚这是一场怎样的交易：我将成为被渴望的人，某个盲目男子注视的对象……如果我们在街上相遇，大概也认不出彼此，专属于我们两个的那种亲密关系，会被现实世界的树枝、尸体以及散落的碎石所掩盖而变得模糊不清。"

在大卫大半夜逃离的两天之后，杂志刊登了让我认识他的那篇文章。我完全忘了这篇文章的存在，但看到它出现在报刊亭的货架上时，我感觉一切似乎完整了。我违背了自己当初在开启这场灾难的短信中答应大卫要做到的事，既没发消息给他，也没让他知道文章已经出版了。我再也没和大卫说过一句话。

随着时间的流逝，整件事情变得越来越荒谬，而我的朋友们都受到这起事件的余波震荡。在事情过去几周后，有时当我们坐在某间酒吧里，英迪亚会突然放下酒杯，喊道："你们不觉得那个叫大卫的家伙太夸张了吗？"贝尔则考虑着要去举报他滥用职权。

"可是你能向谁举报呢？"我问。

"肯定有个什么灵性导师委员会吧，负责审查他们合不合格之类的。"英迪亚说。

"不然我们直接打电话给哈林盖委员会。"贝尔建议道，"告诉他们有一个灵性导师正逍遥法外，会对易受蛊惑的年轻女性造成威胁。"

一些朋友认为他只是个厌女症患者，看到有信任问题的女人便将她视为挑战，达到目的后就溜之大吉，这种人就是一只披着嬉皮外衣的狼。比较宽大为怀的人则觉得，是大卫无法面对虚拟诱惑这件事，适应能力低于我这个千禧一代。我习惯和素未谋面的人聊天，并与他们建立融洽的关系。和网上的人第一次实际见面的确会让人产生不和谐的感觉，但试着去认识对方是填补那种缝隙的技巧，这是网络约会的最大前提。而所谓的缝隙，也就是他口中的"落差与隔阂"。

海伦提出了另一种理论：他正经历分手后的中年危机，而我只不过他为了维护自尊心之下冲动购物的结果。我就像皮夹克或跑车，他喜欢那些商品的概念，但也知道购买后，他永远不会用到那些东西，它们与他的生活格格不入。

不过，因失去大卫而哀悼就像一个孩子哀悼自己失去了一个看不见的朋友。这些都不是真实的，而是假设的、虚构的。我们彼此玩感情的试胆游戏，看谁先认输。这是一场可以在未来拿来夸耀的性经验，是刻意编造的多愁善感，是困在名为自我的地下室里时，为了在黑暗潮湿之中感受到一点什么，而被逼出来的绝望需求。那是文字和空格，是像素，是《模拟人生》游戏，是一场爱情的角色扮演，是以精心编排的紧凑舞步通过卫星对彼此发射出电波。

直到现在，在经过几小时的解剖之后，我才真正认清大卫的身份。他不是骗子，也不是中年危机的化身，更不是穿着勃肯鞋和亚麻装的劣质版情圣，而是个操场上的小男孩，捂住眼睛便以为没人能看得见他。但我还是看到了，因为我们是同类人，都是程度相同的坏孩子。他迷失了，正在寻找救生艇，需要某个东西去转移注意力，好忘记自己的悲伤。我们是两个需要用幻想来逃离自己的寂寞的人。他比我年长二十岁，对此应该比我更清楚一些，但他并没有。我希望自己再也不必陷入那种游戏里，成为共谋，也希望他最终能找到他想要的。

10月18日

不管你是能生还是不能生，凯伦所有的朋友：

大家早上好！

我们的好朋友凯伦要举办产前派对了！尽管这种从美国人那里借鉴来的假传统完全没有必要，又显得自作多情，而且费用还不低，但我还是觉得应该把派对计划发送给大家！凯伦觉得这是跟大家索取时间和金钱的好机会，让大家齐聚一堂庆祝她对个人生活的选择。虽然每个人都已经在伊维萨岛花费了一千五百英镑为她举办单身派对，也都前往马略卡岛参加她那有着严格着装要求的婚礼，还在塞尔福里奇百货公司的礼品清单上认购新婚礼物，但我们还是觉得各位最近为凯伦付出的不够多。（女士们请注意：如果哪天你换了一份新工作或为自己买下了一套公寓，那么你可能只会收到一张贺卡而已，请不要指望别的礼物。请务必确保不要开下任何先例，我们可不是钱做的！！）

好消息是，凯伦生完孩子后就不会再见任何没有孩子的朋友啦，除非你只想跟她谈论孩子的话题，所以你们可以把这次产前派对当作与她的告别派对，一劳永逸，把其他的钱在身边多留几年！当然，这种情况只会持续到她停止母乳喂养，并感到无聊透顶为止。到时她会回到你们身边，拉你们一起出去喝酒、跳舞，然后第二天再发一条冷冰冰的短信，说她不能再那样出去玩了，因为她"现在已经身为人母"。

派对当天，我希望各位在到达我（凯伦最好的闺密）位于贝尔塞斯公园的公寓后，好好了解一下我家的规模、格局和历史特征，这些话题会在当天下午的谈话中占据非常大的比例。我会以炫耀的态度，详细讲述我家厨房的整修过程，让在场还在租房子的人都自惭形秽。如果你们没人指出是我爸爸全额支付了房款的话，我会非常感激。没错，全额支付，甚至连抵押贷款都没有！另外进门请记得脱鞋。

我们会在下午两点准时开始玩游戏，每种游戏都非常尴尬、耗时而且幼稚。首先我们要一起玩在玩具婴儿身上粘上呕吐物，然后还会猜"便便"（我们会把融化后的不同品牌的巧克力倒进尿布里，让准妈妈猜出每个尿布里放的是哪种巧克力！）。随后我们会玩跟婴儿主题有关的《你划我猜》游戏，题目是在不同育儿阶段会发生的事，例如，"因为你拒绝让自己的小孩受洗而和你那专横的母亲闹翻"，或者"为了要不要告诉孩子仓鼠死掉之后会转世轮回而跟你的伴侣争论要把孩子宠到什么地步"之类的。

整个游戏环节长达三个小时，压轴游戏是"传递吸奶器"。我收到了一些与这个游戏相关的问题，所以有些事情我得澄清一下：是的，未处于泌乳期的人也可以玩这个游戏。凯伦曾明确告诉我，就游戏参与者的受欢迎程度来说，还未当妈妈的客人只比那些孕妇或有孩子的客人略微低一点点而已，请不必担心。在游戏中，每个人会先轮流传递吸奶器，当音乐停止时，谁拿着吸奶器谁就把它贴在自己的乳头上，让大家嘲笑一下。这个游戏应该会很有趣！

现场会提供一瓶温的普罗塞克气泡酒作为二十五位客人的洗尘饮料，除此之外就没有其他酒精性饮料了。但各位可以尽情享用菜单内容陈腔滥调的下午茶，每样点心都会以迷你分量的方式分发给大家。

下午五点开始拆礼物（礼品清单请见附件）。

如果你是年薪少于两万五千英镑的嬉皮士、自由职业者、失业者，以及那些就职于媒体、艺术或创意行业等产业的人，请记得：没人想要你自制的鬼玩意儿。如果你真的在乎凯伦和她未出生的孩子，你就应该像其他人那样在怀特公司①的礼品清单上选购礼物。那里羊绒帽子的价格只要八十英镑，所以你没理由要自己织，而且没人会喜欢你的手工品。

凯伦拆开礼物时会像生日茶话会上的五岁小女孩，我们全部都必须在一旁见证，然后听她解释每份礼物的用途。对还没生过孩子的人来说，这项活动不仅乏味，可能还会相当可怕，因为你将会听到关于乳头霜、产后尿布、胎盘汤的各种细节，以及如何在分娩池里捞便便的详细做法。现场会有一名训练有素的"创伤后应激障碍治疗师"为没生过孩子的女性提供咨询，如果你生了，现场也有一名美甲师，随时为你服务。

当天的重头戏——性别揭秘蛋糕——将在晚上七点举行。凯伦和她的丈夫乔希还不知道孩子的性别，他们会让医生直接把信息告诉哈克尼区的一家手工面包店。面包店的所有员工将呕心沥血地制作出一个四层蛋糕，上面覆盖着凯伦的最爱——咸焦糖糖霜。当她切开蛋糕时，里面海绵蛋糕的颜色便会揭晓孩子的性别：粉红色是女孩，蓝色是男孩，绿色就是两者都有可能。这对在场所有人来说，都会是非常特别（而且可口！）的时刻。

这将会是既昂贵又无聊的一天，充满爱与欢笑。我们希望将这天送给最棒的凯伦，恭送她迈入成为人母的人生阶段，也期望能让那些没孩子的朋友感到被排挤，有孩子的则觉得自己做得还远远不够。

到时候见！！

非常非常非常爱你们的纳塔莉亚

---

①译者注。怀特公司，英国居家服饰品牌，也有推出童装。

足够

认识大卫几个星期后，在一种暴露、手足无措的情绪作用下，我防御似的大声宣布，自己将全然拥抱单身生活。当然，其实最后我根本没独到哪里去。原因包括：首先，那种生活我持续不到三个月；其次，那项声明的主要用途是为了吸引男性的注意，为他们立下某种"重生处女"的梦幻挑战，造成的效果其实跟独身这个概念完全相反。连修女都不会立下这种独身誓言，因为那只会显得她欲擒故纵，令人更难抗拒。

接着我便迎来一次灾难般的圣诞特辑。"圣诞特辑"是我朋友们发明的词，用来形容一种特定的因醉酒而随意发生的一夜情，只会发生在快要过圣诞节那阵子，因为在这段时间里，每个人都非常开心、善良，喝了一大堆蛋酒，什么事情都可能发生。那一年，到了这段时间，我觉得自己理应得到一点快速的认可，仿佛我只要喂自己吃一碗自尊的方便面，就能快速补充满满的自信。

在一次工作聚会之后，我给一个在约会软件上聊了几周的家伙发了短信，他是个乔迪①，混音乐圈，脸上挂着调皮的微笑，搭讪时嘴特别甜。

"你现在想和我约会吗？"我以一种挑衅的冷漠态度给他回了消息。那时正是凌晨一点半。

"好啊。"他回复。

凌晨两点，他带着一瓶有机红酒来到我的公寓，我们在沙发上

---

①译者注。乔迪，泛指来自英格兰东北部的人。

闲聊，仿佛两个老练的都市人还没天黑就惬意地吃着晚餐，享受彼此的约会陪伴，假装我们寂寞到狗急跳墙的可怜现实人生完全不存在。聊了整整一个小时后，我们开始接吻，然后转战我的卧室，做了一场敷衍、单调的爱。那种做爱的感觉就像你在高速公路服务站匆匆抓了就走的三明治，两者有着一样的本质——你本来以为自己很期待，但在拿到的那一刻就开始怀疑为什么一开始会想要这种东西。

在纽约遇见亚当之后，我就再也没跟陌生人上过床了。我像一个突然发现自己不想再玩芭比娃娃的小女孩，不小心从一夜情的生活中长大。那次经验一结束，我就知道自己再也不想这么做了。性爱本身没问题，但他的存在却让人难以忍受。一夜情那种虚假的亲密感曾让学生时代的我享受得津津有味，现在看起来就像一场可笑的闹剧。虽然不是他的错，但我只希望他离开我家，离开我的房间。我床边的桌子上还放着朋友的来信，为了买那张记忆床垫我存了好久的钱，我想要他离开我的床。看到在黑暗中熟睡的陌生人身形让我感到恶心，夜晚逝去的速度慢得像条鼻涕虫。

我在严重的宿醉中醒来，那个乔迪还在我床上。他想整个上午都和我一起闲躺着，喝着茶，听佛利伍·麦克合唱团的专辑——也就是说，我遇上了一个"假男友"。根据我多年的观察，所谓的"假男友"是某些男人在一夜情后呈现出的状态，他们会在第二天早上表现出诡异的浪漫行为，要么想让你爱上他，要么是为了平息他们自身的内疚感，因为他连你全名都不知道就和你发生了性关系。这种男人会花整个早晨和你拥抱，给你做早餐，陪你看《老友记》，然后在黄昏时分离开，永远不会再给你打电话。这项服务看似免费，但却暗藏着很高的情感支出。就算我遇上"假男友"型的男人，我也从来没让他们有机会提供这种流程。

"祝你一切顺利。"我站在门口对他说。我谎称午餐有约，终于把他赶出了我家。

"别这么说。"他说着,给了我一个拥抱。

"对不起。"除此之外,我真不知道还能说什么,"圣诞快乐。"

我躺在沙发上看白天播出的无聊电视节目,身上穿的是里奥的套头衫(我一直没舍得扔)。此时英迪亚的可爱男友走进客厅,他满脸胡须,面带微笑,戴着英迪亚精心为他挑选的圣诞礼物——一条舒适的费尔岛围巾。他整个人就是亲昵和爱的写照,我感觉这种状态离我前所未有地遥远。

"早上好,小莉。"他说。

"你的围巾不错。"

"是啊,好看吧!"他低头微笑,看着围巾说道,"英迪亚说你昨晚来了一场'圣诞特辑'?"

"嗯。"我半张脸埋在沙发坐垫里,眼睛仍然盯着电视上《放荡的女人》的画面。

"感觉怎样?"

"不怎么样,糟透了,而且令人不爽。"我说,"那是伦敦东区版的'圣诞特辑'。"

"哦,可怜。"他说,"这么说不会重播了?"

"不会。一次就够了。"

接下来的一个月,我的约会专栏终于结束了——我再也没有借口总是打着职业的幌子去追猎下一个男人了。专栏的结束无疑标志着我的人生进入一个新的阶段,在这个阶段里,我的生活将不会再被前男友的深夜来电或是交友软件上左滑右滑这些事情影响,去酒吧玩的时候,我也不必再因为帅哥出去抽烟,而强迫自己也来一支烟。

虽然这个专栏是个诱因,但事实是,我本来就已经对男孩们上瘾了。早从我开始有性生活之前就开始,一直都是如此。吉莉·库珀曾在《荒岛唱片》①里说过类似的事，她在读女子学校时就对男孩非常着迷，连看到学校里八十多岁的园丁偶尔在花园里工作，她都能发花痴。以前的我就是这种女孩，我就是这样长大的，而且某种程度上来说，那个女孩从来没从我身上离开。男孩们让我着迷，也让我害怕，二者程度相当。我不了解他们，也不想要了解。对我来说，他们的作用只是提供满足和喜悦，除此之外的其他东西都由女性朋友给予。我通过这种方式与男孩们保持一定距离。

从撒丁岛回来后，法莉开始了新的生活。那是她从二十出头以来第一次重回单身女子的身份，我仿佛受邀 TED 演讲般，义正词严地对她解释了现代人约会的复杂之处。

"首先你得明白。"我说，"是现在已经没有人通过真实生活认识其他人了。游戏规则已经跟你上次单身时不一样，法莉，不幸的是，除了随波逐流，你别无选择。"

"好。"她点点头，默默记在心里。

"好消息是，其实大家都不喜欢网上约会。所有人都用这个方式，但其实都不喜欢，所以我们都在同一条船上。"

"明白。"

"所以，如果你哪天出现在酒吧或其他场合，发现完全没人跟你搭讪，也请绝对不要难过，这种情况很正常。事实上，有时候就算男人喜欢你那天的打扮，也可能不会马上来搭讪，反而事后才在脸谱网上给你留言，说他那天应该主动找你聊天。"

"呃，好怪。"

"是很诡异，但你得习惯。就只是与某人搭讪的一种新方式。"

一周后，法莉在酒吧里认识了一个小伙子。他们互换了电话号码，然后很快就开始约会了。

①译者注。《荒岛唱片》(Desert Island Discs) 为 BBC 于 1942 年开播的广播节目，主持人会询问来宾，让其选择八张专辑、一本书和一种奢侈品携带至荒岛，并讨论原因。吉莉·库珀为英国作家，最初为新闻工作者，后来开始撰写非虚构作品、言情小说和童书。

"法莉有了一个新对象。"我在某个周六早餐时告诉英迪亚。

"很好啊。"她回答,"你要一片吐司还是两片?"

"两片。猜猜看她在哪里认识的,你绝对不会相信。"

"我不知道。"她吃了一勺柠檬酱。

"在酒吧。"

"'在酒吧'是什么意思?"

"就是,在现实生活中,我的意思是线下约会。他主动向她搭讪,开始聊天,然后现在他们在约会了。你敢相信吗?我很替她高兴,但又很生气。你说嘛,你上次在酒吧里认识人是什么时候?"

"太不可思议了!"英迪亚有些发狂。

"我懂。我懂。"我说。

贝尔穿着睡袍,慢吞吞地走进厨房。

"早上好,女士们。"她睡眼惺忪地说。

"你听说了吗?"英迪亚气愤地问,"法莉认识了新的男友。"

"怎么了?"她回答。

"他们是在酒吧认识的。"

"哪间酒吧?"

"不知道。"我说,"我想是里士满吧。但你相信有这种事吗?过去五年我都不记得有谁曾经在酒吧里给过我电话号码,她只出去五分钟就遇到了。"

"也许泰晤士河南岸流行这样做。"贝尔若有所思地说。

"我觉得这是法莉的特异功能。"我说。

只要谈到爱情,法莉和我之间的差异就会表现得非常明显。法莉是教科书式的一夫一妻主义者,相处起来舒服、忠诚、偏好同居与长期交往。但在感情中最令我兴奋的部分,刚好是她最讨厌的地方——交往最初的几个月,这几个月里充满了未知和高风险,却又让人兴奋异常,整个人会因为小鹿在内脏之间乱撞而搞得茶饭不思。而最让我恐惧的地方对她来说则是绝对的天堂——参加男友家的烧烤派对，周六晚上坐在沙发上看电视，或是享受高速公路上长途自驾旅行中的二人世界。她很乐意放弃最浪漫的前三个月，交换一辈子的家庭生活、亲密关系、切实可行的规划和吸烟后的电视时间；而我则愿意放弃一切去换取一辈子重复度过最初三个月的时光，并确保自己永远不会和性伴侣一起去宜家、国家快车客运站或彼此的亲戚家。

在心理咨询的时候，你会学到"投射"这个词。这指的是你因为害怕发生某件事或处于某种状态，而开始推卸责任，指责其他人做了那件事或处于那种状态；这有点像为孩子拍照时，为了吸引注意，故意用玩偶引诱孩子的目光。我常批评法莉的恋爱对象，就是这个缘故。我总是认为自己不断抗拒承诺是种追求自由的表现，却从未意识到，真正困住我的恰好就是这种行为。法莉可能需要一直处于交往关系中，但至少她知道自己想要什么；而我只知道自己需要某个东西，却完全不知道那是什么，甚至还讨厌自己有这种需求。

某次和法莉散步时，我告诉她自己打算暂时不碰性爱——包括调情、通信、约会和接吻在内的所有前戏和收尾部分——试图借此找回一些自主权。我告诉她，虽然这辈子大部分时间都是单身，但我却发现自己从青春期以来，都并非"真的"一个人过。她同意我的这种说法，觉得这应该是个好主意。

"你觉得我以后会和谁保持一段稳定的关系吗？"我们走在荒野公园里，跳过倒在地上的木头。

"当然啊，你只是还没有遇到对的人。"

"话是这么说没错，但我觉得问题不在于对的人，而是我自己。除非把这些事情都想通，否则我会一直觉得男人无关紧要。"我疲惫地指了指自己，仿佛我是某个青少年的房间，从来不整理，谁说都没用。

"嗯，你现在愿意花时间去处理这些问题，我觉得就是件好事。

这个阶段只是一时的，长远来说会让你有所回报。"

"为什么这种事对你来说这么容易？"我问她，"我一直都很嫉妒你那么轻易就找到了斯科特，好像你就是走到那边，进去，然后就蹦，认定就是那个人。"

"说真的，我也不知道。"

"当初订婚时，你有没有想过自己再也不会和其他人上床了？这这件事有困扰过你吗？"

"你知道吗，"她说，"现在听你说我才意识到，我好像从来就没这么想过。"

"怎么可能。"我一边走一边像孩子一样跳着，想用指尖去碰头顶上的树枝。

"真的，我知道这听起来怪怪的，但我真的从没想过这个问题。"她说，"我脑子里唯一的念头就是想要和他共度余生。"

"我好想知道那是什么感觉，真正地对某个人做出承诺，而不是一只脚踏进门里，另一只还站在外面。"

"你对自己太苛刻了。"她说，"你是可以维持长期交往关系的，你比我认识的任何人都更擅长。"

"怎么可能？我最长的一段是两年，而且在我二十四岁的时候就结束了。"

"我说的是你和我。"她说。

在接下来的几天，我一直在思考法莉的话。我们认识彼此二十年了，在这么长的时间里，我居然从不觉得和她相处很无聊。随着我们年龄增长，一起经历的事越来越多，我只变得越来越爱她了。每次有好消息，我总是很兴奋地告诉她，遇到问题了也总想知道她的观点。如果要找人去夜店跳舞，她是第一人选。我们共有的经历越多，她对我的价值就越高，仿佛她是挂在我客厅里的一件美丽而珍贵的艺术品。她的爱让我沉浸在熟悉、安全与平和之中。一直以来我都被告知，我在一段关系中的价值取决于性方面的表现，这也是为什么我的行为总像卡通里会出现的那种花痴。我从未想过男人可以像朋友们那样爱我，而我也可以像爱朋友那样去对待他们，以同等方式表现我的承诺和关心。也许，这么久以来，我其实都处于一段伟大的"婚姻关系"中，只是自己毫无所觉。也许我在法莉身边感受到的，就是一段好的交往关系应该有的感觉。

我像在攻读博士学位那样，将自己投入禁欲生活之中。我读关于性爱成瘾的书和博客，聆听相关的故事。我越深入，就越发现自己以前错得有多离谱。对过去的我来说，约会只是提供即时性愉悦的工具，是自我陶醉的延伸，跟与人建立联结一点关系也没有。我一次又一次与男人建立起强烈的激情，然后就认为那是亲密。在肯尼迪机场被陌生人求婚，被中年灵性导师要求飞到法国跟他共度一周，这都是被夸大的激情，而不是和另外一个人之间紧密的亲密联结。激情与亲密，我怎么会搞混呢？

一个月后，我只感到完全、无拘无束的解脱。我删除手机上的交友软件，也删掉那些求欢者的电话号码。我不再回复前男友半夜三点给我发的消息，仿佛只是随口问着"嗨，美女，最近过得怎么样？"或"你跟那位处得怎么样？"。我不再在网上追逐可能的对象了，而我删除脸谱网账号的主要原因也是这个。我不再带着秘密生活，不再夜游，转而将所有时间都投注在工作和朋友身上。

两个月过去，我终于了解见证朋友们喜结连理是什么意思，不再把婚礼当成营业八小时的猎艳场所。我学会如何欣赏教堂唱诗班美妙如钟声的歌声，而不是疯狂地扫描教堂长椅每个男人的手指，拼命想弄清楚谁还是单身汉。我学会在晚餐时享受与邻座男人的谈话，而不管他的婚姻状况如何；以前的我为了吸引在场单身男人的注意，会用一种含糊不清的、带有希德·詹姆斯那种下流的威胁语气说出各种有伤大雅的话语，现在我会忍住这种冲动。我在某个派对场合上见到了里奥和他的新婚妻子，这是我五年来第一次见到他。我分别给了他们两个一个拥抱，便不再打扰。哈利订婚了——我一点也不生气。亚当和一个女孩同居，我给他发了一条祝福短信。他们的故事不再与我有关，我也不需要他们的关注。我感觉终于在属于自己的道路上颠簸着缓缓前行，存蓄着自己的节奏和动力。

乘地铁时，我会全神贯注地看书，不再试图吸引男人们的目光。现在，当我想要离开某场派对时，我就直接离开，不会再拼命绕着房间兜圈子，因为找不到中意之人而痛苦地卡在绝望之中。我不再因为会遇到某些人，而拒绝参加某场聚会，也不再刻意制造机会和喜欢的对象巧遇。某天晚上，我和劳伦去跳舞，她被搭讪，我也没有急着去为自己也找一个对象，而是在舞池中央，独自跳了一个小时，跳到大汗淋漓，尽情摇摆，旋转再旋转。

"你在等人吗？"一个男的问我，同时把我拉向他。

"没在等谁，我朋友在这儿。"我说，然后把他的手从身上拿开。

"过去几个月和你见面，我觉得你变平静了。"几周后，我和法莉在酒吧喝酒，三杯下肚，她对我这样说，"这样说你不要生气，但我从没想过我会用这个词来形容你。"

"你上次看到我平静下来是什么时候？"我问。

"还真的没有。"她喝掉了杯子里剩下的伏特加汤力水，又嘎吱嘎吱地嚼冰，"将近二十年来从来没有。"

那年春末，为了帮旅游杂志写一篇关于独自度假的文章，我搭了两段班机飞往奥克尼群岛。我住在一家可以俯瞰斯特罗姆内斯港的酒吧楼上。晚上，我会先在楼下喝一杯啤酒，吃一碗热气腾腾的淡菜，然后出门沿着海滨悠闲地散步，仰望毫无遮蔽的广阔的天空。那是我这辈子看过的最开阔的天空。

我沉浸在自己的思绪中，独立而平静地过了几天。某个晚上，当我在星光下沿着鹅卵石路面前进时，某个想法突然在脑中蔓延开来，如同一连串色彩鲜艳、引人目光的紫藤花。我不需要某个魅力四射的音乐家在歌曲中写一句关于我的歌词。我不需要某个灵性导师来告诉我那些我觉得自己不了解的事。我不需要因为某个男孩说短发适合我，就剪掉自己所有的头发。我不需要为了让自己值得某人的爱而改变体型。我不需要因为男人的任何言语、眼神或评论，而相信自己被看见了、相信自己存在。我不需要为了逃避不舒服的事情而躲入男性的视线中，因为身在那之中也不会让我充满活力。

我不需要这些，因为我有自己就足够了，有我的心就足够了，有萦绕在我心头的故事和句子就足够了。我正冒着气泡、生成泡沫、嗡嗡作响、即将爆炸。我沸腾着，就要燃烧起来。能在清晨散步，在深夜泡澡，这就足够了。有我自己在酒吧里的响亮笑声，这就够了。我能吹出刺耳的口哨，淋浴时能高歌，脚趾还能弯到特别后面，有这些就足够了。我是刚从酒桶里倒出的啤酒，上面覆盖着一层绵密的泡沫。我是我自己的宇宙、银河系与太阳系，一人包办暖场表演、主唱及所有和声。

就算只有这些，就算只剩这些——只有我和树和天空和海洋——我现在知道，这些也就足够了。

有我就够了，我就够了。这些字句穿过我，撼动触碰的每一个细胞，我感受到它们、理解它们，它们与我的骨头融为一体。那个念头像赛马在我体内奔腾、跳跃，我对着黑暗的夜空大声喊出那句话。我看着自己的宣言在群星间弹射，就像泰山[1]一样在碳原子间摇摆。我就是完整的所有，永远不会枯竭。

我比足够更多。

（我想这就是所谓的"突破"吧。）

---

[1]译者注。泰山（Tarzan）是美国的《人猿泰山》系列作品（小说及电影）中的主人公，父母被野兽杀害后，是被猩猩抚养长大的人类。

二十八年来学到的二十八堂课

1. 每一百个人之中，只有一个人能在长期服用烈性药物和酗酒的状态下，还不会感到深层且阴郁的欲求不满或空虚感。完全不受这些负面影响的比例则只有两百分之一。经过多年不断的思索，我认为基思·理查兹是个例外，上述规则并未出错。基思·理查兹理应受到膜拜，但如要模仿，请自己小心。

2. 每三百个人之中，只有一个人能在一周内与三个不同的陌生人上床，而且原因不是出于逃避。其他这么做的人都急于逃避某样东西，可能是自己的心、幸福或身体，也可能是寂寞、爱情、年龄或死亡。经过多年不断的思索，我认为罗德·斯图尔特是个例外，上述规则并未出错。罗德·斯图尔特理应受到膜拜，但如要模仿，请自己小心。

3. 史密斯乐队的《天知道我现在有多苦》的歌词是对生命本质最简洁的说明。歌词以优雅而简洁的方式，浓缩了二十多岁人生最初那五年从乐观急速崩溃的过程。

4. 生活是一件困难、艰苦、哀伤、不讲理且十分荒谬的事，真正合理的部分少之又少，不公平的部分却那么多，且很大一部分只能归结为不尽如人意的好运和坏运的比例失衡。

5. 生活是一件美妙、迷人、神奇、有趣的蠢事，而且人类的反应永远会出乎你意料。我们都知道自己终将一死，但却又仍然活着。每过一分钟，我们都会离终点更近一步，但是当这只装满垃圾的袋子破裂时，我们仍会大叫、咒骂、为之忧虑。尽管我们知道，我们所爱的人总有一天会不复存在。我们惊叹于 M25 公路上油桃色的夕阳、婴儿头的气味、组合式家具的效率，我真不知道我们是如何做到这一点的。

6. 你是你这辈子遭遇所有事件的总和，一直计算到你刚才喝完最后一口茶后把手中杯子放下那一秒钟为止。从爸妈拥抱你的方式到第一任男友说过的与你大腿有关的某句评语，你整个人从脚底开始就是由这些砖头堆叠而成。你的怪癖、缺点和缺陷是一连串蝴蝶效应的结果，它们源于你在电视上所看过的某些节目、老师对你说过的话以及从你第一次睁开眼睛时起人们看待你的方式。成为侦探探索自己的过往——在专业人士的帮助下追溯过去的一切，直至找到源头——非常具有启发性，且能够让你获得解脱。

7. 即便是心理治疗，也只能帮到你这么多。这就像你学开车时的理论考试。在纸上你可以想写多少就写多少，但在某些时候，你必须坐进车里，真正地感受它是如何运作的。

8. 不是每个人都需要通过心理治疗来引导自己的内心。当然，每个人都有某种程度的功能失调，但很多人能够在功能失调的情况下正常运转。

9. 没人有义务接受一段他们不想要的感情，这一点是绝对的。

10. 在去机场的路上，如果你不买两罐布茨驱蚊剂，那你的假期就彻底毁了。当你到达目的地时，你永远也不会买它了，每天晚上你会坐在外面和你的度假伙伴一起吃晚饭，他们都会说"我被咬成碎片了"之类的话来消极地攻击对方，因为你们都埋怨对方忘记带它了。在去机场的路上买上几罐就行了。

11. 不要每天都吃糖。糖会把你身体内外的一切都变成屎。三升水就能让你身体里的一切正常运转，而一杯红酒则是必备良药。

12. 从来没人会要求你为他们的生日制作一幅从地板到天花板大小的友谊拼贴画，或者一天打三次电话。如果你没有足够的椅子而不请一些人吃饭，那么也没人会因此而哭泣。如果你被这些人和事搞得筋疲力尽，那是因为你愿意扮演殉道者的角色来博得他们的欢心。这是你的问题，不是他们的。

13. 不必让自己每个微小的决定都符合个人的道德指南，然后在这个计划不可避免地失败时充满自责，这种做法将是徒劳的，而且会让你精疲力竭。女权主义者可以被脱毛，牧师可以说脏话，素食者也可以穿皮鞋，尽你所能做好一切，但不必事事都符合世界权威级的标准，那样会心理负担过重。

14. 每个人都应该拥有一张保罗·西蒙的专辑、一本威廉·博伊德的书和一部韦斯·安德森的电影。就算你的书架上只有这三样东西，你也能够度过最漫长、最寒冷、最孤独的夜晚。

15. 如果你住在租来的公寓里，那么请把墙刷成白色，而不是奶油色。廉价的奶油色看起来肮脏、土气、低劣。而便宜的亮白色则看起来既清爽又干净、平和。

16. 如果你同时按 Shift 键和 F3 键，那么这会让文字全部变成大写或小写。

17. 让别人嘲笑你。让自己出丑，发音错误，把酸奶洒在衬衫上——让这类事情终于发生将是最大的解脱。

18. 一般说来，你不会有小麦不耐症，只是你摄取的量不正常。一餐摄取九十到一百克的意大利面或两片面包是正常的。吃完一整包霍维斯面粉后，每个人都会觉得怪怪的，就像你一口气吃完一整个西瓜一样。

19. 要拉近一群女人之间的距离，没有比聊起一撮粗糙的山羊胡更快的办法了。

20. 性爱的感觉真的、真的会随着年龄的增长而变得更好。如果它继续像现在这样发展下去，那么九十岁的时候，我就会处于不断交媾的状态。到时候做其他任何事情都会变得毫无意义——除了可能会在下午停下来吃一块贝克维尔杏仁塔。

21. 把注意力集中在自己身上是完全可以的。你可以独自旅行和生活，可以把所有的钱花在自己身上，可以和你喜欢的人调情，可以随心所欲地投入工作中。你不一定非得结婚，也不一定非得生孩子。就算你不想敞开心扉和伴侣分享你的生活，这也不会让你显得肤浅。但如果你想要独立生活却又要竭力维持一段感情，那样就不好了。

22. 无论性别、年龄和身材如何，穿白衬衫或材质较厚的马球衫，或棕色皮靴，或牛仔夹克，或海军双排扣短大衣，看起来都会很不错。

23. 不管你的邻居有多么糟糕，尽量想到他们好的一面。或者和至少一个住在隔壁公寓的邻居保持良好的关系，你可以在垃圾桶旁恭敬地向他点头致意。当你外出的时候，可能会出现煤气泄漏、入室盗窃和包裹需要投递等情况，如果这时你有一个可以敲门求助的邻居，那么一切都会容易得多。笑着忍受他们的一些缺点吧，并给他们一套备用钥匙。

24. 试着忽略地铁里的 Wi-Fi，反正里面的信号也差得要命。永远记得在你的书包里放一本书。

25. 如果你对生活里的一切都感到无法忍受，可以试试这几种方法：打扫房间，回复所有未回复的邮件，听播客，洗个澡，在晚上十一点之前睡觉。

26. 一有机会就去海里裸泳，尽你所能去做这件事。如果你正在靠近海岸的地方开车，而且闻到了空气中海水的咸味，那么请停下车，脱下衣服，一路奔向大海，直到你跳进冰冷的海水。

27. 你必须在美甲和弹吉他这两种生活方式之间做出选择。没有女人能两者兼得。

除了多莉·帕顿。

28. 人生的变化会比你想象的更猛烈。事情最终会比你最大胆的预测再往北偏离三百英里。健康的人也会在超市排队时倒地猝死。你未来的爱人可能是公交车上与你邻座的那个人。你中学数学老师和橄榄球教练现在可能都改名叫苏珊。一切都会改变——而且可能发生在任何一个早晨。

回家

关于爱情，我不知道的东西太多了。首先也是最重要的，我不知道拥有一段超过两年的感情是什么样的感觉。有时我听到已婚人士说，他们关系的某个"阶段"比我最长的一段感情持续的时间还要长。显然，这种情况很常见。我曾听人说他们恋爱的头十年是"蜜月期"。而我的蜜月期只会持续十多分钟。我的一些朋友会把他们的感情形容为他们合伙关系的第三人；他们在一起的时间越长，这段感情就越容易扭曲、变形、移动、成长，就像某种生物体一样——两个共同生活在一起的人会有怎样的变化，它就会有怎样的变化。我不知道如何培育这第三个生物体，也不知道真正的长期爱情是什么样子的，或者拥有它是一种什么样的感觉。

我也不知道和心爱的人同居是一种什么样的感觉，不知道两人一起找房子会经历什么样的过程——如何一起在厕所里窃窃私语，密谋着如何对付房产经纪人。我不知道每天早上，睡眼惺忪的两人像跳舞一样进出浴室，轮流刷牙、洗澡是一种什么样的感觉。我不知道一个人永远不会离开家也不用再回到家是一种什么样的感觉——每个早晨和夜晚，你的家就躺在你身边。

事实上，我不知道怎样和另一个人组合成一个团队，我从来没有真正依靠过一段爱情关系来获得支持，或者放松下来以适应它的节奏。但我曾经爱过，也失去过爱，知道离开和被离开是一种什么样的感觉。我希望有一天我也能知道其他的一切是什么样的感觉。

关于爱我所知道的一切，几乎都是从我与女性朋友们的长期友谊中学到的。尤其是那些和我一起生活过的人。我知道摸透一个人的所有细节是一种什么样的感觉，并陶醉于其中，就好像它是一门学术性科目一样。说到和我一起组建家庭的女孩，我对她们非常了解，就像一个女人能准确预测她丈夫在每家餐馆会点什么菜一样。我知道英迪亚不喝茶，AJ 最喜欢的三明治是奶酪加芹菜，贝尔吃糕点类食物会产生胃灼热，法莉喜欢吃冷的吐司，这样就能涂上黄油，且不会马上融化。AJ 需要八个小时的睡眠才能正常工作，法莉需要七个小时，贝尔需要六个小时左右，而英迪亚则只需要四五个小时的撒切尔式睡眠就足够了。法莉的闹铃声是卡洛尔·金的《如此遥远》，她喜欢看关于肥胖的叙事节目，比如《半吨妈妈》或《我的虎鲸儿子》①。AJ 会在优兔网上看《聚散离合》②的老剧集（这一点让人惊讶），还喜欢买数独游戏的书在睡前玩。贝尔上班前会在卧室里看运动视频，还会在洗澡时听出神音乐③。英迪亚每个周末都在卧室里玩拼图游戏，看《弗尔蒂旅馆》。贝尔曾私下对我说："我真不知道她怎么会一部剧看那么久，总共才十二集嘛。"

我知道如何热情地背上氧气罐，深入研究一个人的怪癖和缺点，享受每一个令人着迷的探索时刻。比如，自从我认识法莉以来，我发现她总是穿着裙子睡觉。她为什么会这么做？这么做有什么意义？或者周五晚上，贝尔下班回家后会撕掉肉色的丝袜——这是她对公司制度感到愤怒的标志，还是她越来越喜欢这样一种仪式？AJ 累的时候会在头上围一条围巾——这当然不是文化挪用（效法穆斯林缠头巾的习俗），那她为什么会这么做呢？她是否在婴儿时期被过度地包裹，因此觉得这样会带给她一种婴儿的平静感？英迪亚有一条安

---

① 译者注。《半吨妈妈》为 2008 年的美国纪录片，《我的虎鲸儿子》是作者虚构的同类纪录片。

② 译者注。《聚散离合》（*Home and Away*）是澳大利亚第二长寿的肥皂剧，自 1988 年 1 月 17 日起，于星期日晚上黄金时段在七号电视网播放。

③ 译者注。出神音乐（trance music），是 20 世纪 90 年代于德国兴起的一种电子舞曲的类型。

慰毯[1]（一件破旧的深蓝色套头衫），她称之为"夜夜"，她喜欢每晚都穿着它睡觉。她为什么称之为"他"？她多大的时候就确定它是"男性"了？事实上，我很想举办一场文学沙龙，让我所有亲爱的朋友把他们童年时用过的安慰毯带过来，放到桌子上，然后我们一起讨论它们的性别认同。信不信由你，我真的觉得这种活动将会非常吸引人。

我知道如何与其他人共同建立和经营一个家庭。我知道互信的共享经济是什么，这意味着总有人会借给你五十英镑，直到发薪日，一旦你还了钱，他们可能就需要向你借同样额度的钱。（"我们就像小学生一样，经常交换三明治。"贝尔曾这样谈论我们的工资，"这一周你需要我的金枪鱼和甜玉米，下一周我要你的鸡蛋和水芹菜。"）我知道每年 12 月份信件、卡片满天飞的那种兴奋感；当你从信箱取出卡片，看到正面写着三个名字时，你真的会有这样一种感觉：你们就像一个家庭。我知道当你登录网上银行，看到一个账户上有三个姓氏时所产生的那种奇特的安全感。

我知道这是一种什么样的感觉——你不再是你自己，而是成为比自己还大的"我们"的一分子。我知道这是一种什么样的感觉——无意中听到法莉对桌子对面的人说"我们不怎么吃红肉"，或者听到劳伦在派对上与一个男孩聊天时说"我们最喜欢范·莫里森的专辑"。我知道这样的感觉有多棒。

我知道这是一种什么样的感觉——拥有一段糟糕的经历然后把它变成你们共同的神话故事。就像一对夫妇一人一句，戏剧化地讲述他们上次度假时丢失行李的故事一样，我们对待自己的小灾小难也是这样处理的。就像那次英迪亚、贝尔和我搬家时那样，所有可能出问题的事情都出了问题：我们弄丢了钥匙，不得不向朋友借钱，

---

①译者注。安慰毯，一种用于给人安慰和安全感的毯子，通常是儿童的附着物，有时也用于成人。

在沙发上睡了一段时间，只能先把东西放进储藏室。这个故事就是个很好的范例。

我知道这是一种什么样的感觉——爱一个人并接受这一事实：你无法改变他的某些地方。劳伦喜欢咬文嚼字，贝尔很邋遢，塞布丽娜的短信没完没了，AJ 从不回复我，法莉在累了或饿了的时候总是喜怒无常。反过来，我也知道自己被爱，自己的缺点（我总是迟到，我的手机从不充电，我过于敏感，我对某些事物过于着迷，我的垃圾箱总是满得溢出来）被接受是一种多么自由的感觉。

我知道这是一种什么样的感觉——津津有味地倾听你爱的人讲一个你已经听过五千遍的故事。我知道这是一种什么样的感觉——那个人（劳伦）每讲一次故事都会把故事修饰得更华丽，直到最后使它像一个俄罗斯法贝热彩蛋一样光彩照人（"事情发生在十一点"变成了"这是凌晨四点左右的事情"，"我坐在一张塑料椅子上"变成了"我躺在一张手工制作的玻璃躺椅上"）。我知道这是一种什么样的感觉——你深爱一个人，一点都不觉得这种爱会让你感到烦恼。让她们"唱完这首排练已久的歌曲"，甚至在她们需要的时候拿出魔术师的高帽加入她们，让故事的节奏更加紧凑。

我知道遭遇一段感情的危机点是一种什么样的感觉。你会这么想：我们要么勇敢地面对这件事，并试着解决它，要么分道扬镳。我知道在南岸的某个酒吧见面是什么感觉，开始时还怒气冲冲，而三个小时后结束时我们会躺在彼此的怀里哭泣，并承诺再也不会犯同样的错误（人们只有在和解或分手时才会约在南岸见面——我印象最深的几次甩人和被甩的经历就发生在国家剧院的酒吧里）。

我知道这是一种什么样的感觉——你总有一座或多座灯塔指引你靠岸；在你所爱之人的葬礼上，当它站在你身边，紧紧握住你的手，你能感受它温暖的光芒。或者在一个拥挤的房间里，在一个糟糕的聚会上，你的前男友和他的新婚妻子突然出现，那座灯塔会在你的前方闪耀着光芒，说："我们去吃薯条，然后坐夜班巴士回家吧。"

我知道爱可以响亮，可以充满欢乐。爱可以是在音乐节上的泥泞和倾盆大雨中狂欢跳舞，并对着乐队大喊"你们太棒了"。爱可以是你在工作场合把自己的好朋友介绍给你的同事们认识，当她们逗得大家开怀大笑时，你也会感到骄傲，他们对你的爱也会让你看起来更加可爱。爱是笑到你喘不过气来。爱是在一个你们都没去过的国家一起醒来。爱是黎明时的裸泳。爱是周六的晚上，你们一起走在街上，感觉整个城市都属于你们。爱是一种巨大、美丽、热情洋溢的自然力量。

我也知道爱是一件很安静的事情。爱是一起躺在沙发上喝咖啡，爱是谈论明天早上你们要去哪里喝更多的咖啡。爱是你会把你认为她们会感兴趣的书页折起来。爱是她们忘记晾衣服就出门时，你帮她把忘在洗衣机里的衣服晾起来。爱是当她们在飞往都柏林的易捷航班上喘着粗气时，你会说："这里比在车里还安全，在健身房上一堂有氧杠铃操课程的死亡率都比坐在这里飞行一个小时还高。"爱是这样的短信："希望今天一切顺利""今天过得怎么样？""今天想你了"和"顺道买厕纸"。我知道爱发生在月亮、星星、烟火和日落的绚丽之下，但它也发生在这些场景下：你躺在童年卧室的充气床上时，你坐在急诊室时，你排队领护照或在交通堵塞时。爱是一种集合了宁静、安心、放松、悠闲和呆板的和谐共鸣；你很容易就会忘记它的存在，但它仍会在你身下张开双臂，以防你摔倒。

我和朋友们一起住了五年才分开。先是法莉为了她男友离开了我，接着 AJ 也离开了，然后有一天英迪亚打电话说她也准备离开，接着便泪流不止。

"你为什么哭呢？"我问她，"是因为法莉认识斯科特时我对待她的态度吗？你怕我会生气吗？你们都觉得我疯了吗？可那都是四年前的事了，现在我能更好地应对了。"

"不，不。"她抽了一下鼻子，"我会想你的。"

"我知道。"我说，"我也会想你的。但你今年三十岁了，你们的恋情迈入新阶段是件好事，这种变化是完全正确和正常的。"我对自己在整件事上的理性感到惊讶，并悄悄地授予自己一枚大英帝国勋章，以表彰自己对于友谊的贡献。

"那你有什么打算吗？"她问，"你总说你很想尝试独自生活。"

"我不知道。我不知道自己是否准备好了。"我说，"也许我应该和贝尔住在一起，直到她决定搬去和男友住。这至少给了我六个月的时间来考虑下一步该做什么。"

"多莉——你不是《饥饿游戏》。"她说，"这不是在朋友之间进行耐力测试，看谁能和你在一起待得最久。"

我意识到自己得到的是一个机会。我可以等到每一个朋友都找到自己的归宿并搬出去，然后我可以和来自桉树网的陌生人合租，她们会把剃毛膏放在冰箱里，同时我也希望自己很快就能找到一个男人并搬出去。或者我可以独自一人开始一段新的故事。

在我的预算范围内租一套一居室的公寓并不容易。房产经纪人带我看了一些地方，要么是床紧挨着烤箱，要么是淋喷头设置在马桶上（还美其名曰"湿式卫生间"），要么是一间二十平方米的"宽敞单房"，要么是前门被警察用胶带封住了。英迪亚和我一起去看房、谈判、对虚张声势的房产中介进行诘问，她问我是否真的可以不用衣柜，那样的话我只能把所有的衣服都放在床下的手提箱里。

但最终我在卡姆登市中心找到了一个我能负担得起的房子。那是一套位于一楼的公寓，有卧室、浴室和客厅，空间足够存放一个衣柜和一个挂在浴缸上方的淋浴器。后面有一个地板较其他部分稍低的潮湿厨房，里面完全没有抽屉，小到我几乎无法在里面转身，但这个厨房有一个舷窗，从这里能看到运河的风光，让人感觉像是住在船上。尽管它并不完美，但我决定租下它。

我们这些合租室友举办了一个名为"告别合租公寓"的夜店巡游活动，包括我们二十多岁时曾光顾过的所有酒吧。我们装扮成合租公寓时的某个元素，这听起来就很疯狂。AJ 饰演戈登，我们的第一个房东，穿着中年危机时期的机车皮夹克，白色运动鞋，戴着棕色短假发，脸上永远带着巴结逢迎的笑容。作为我们家有洁癖的定点清洁工，法莉扮演的是一个巨大的亨利真空吸尘器，她穿着球形表演服，上面附着的吸尘管在她喝醉之后就会拖在地上。贝尔扮演的是我们噩梦般的吵闹邻居，她涂着乱七八糟的口红，戴着雪儿造型的假发。英迪亚扮演的是一个巨大的垃圾桶——我们在一起的这段时间里，清空垃圾、换垃圾袋或出去倒垃圾似乎是最永恒不变的主题——她的鞋子上绑着垃圾袋，把垃圾桶盖当帽子，身上则贴着卸妆湿巾和怪物蒙克的零食包装袋。我扮演一包巨型香烟，但马上就后悔了，因为人们总是走过来向我索要免费的香烟，以为我是在肯特镇街头兜售万宝路香烟的促销女郎。

我们从一家酒吧跑到另一家酒吧，最后回到了我们第一次合租的黄砖房外面。我们甚至去街角的商店里拜访伊万，却从他的同事那里得知，他神秘地"出国去处理一些未了结的事情了"，从此便"杳无音讯"。

"艺术家们都走了。"我们沿着新月形的街道走着，白天渐渐转为了黄昏，贝尔怅惘地咕哝道，"现在银行家们又要搬进来了。"

一周后，我把盆栽植物和平装书装进纸板箱，用胶带把它们封起来，搬到了我的新家。在我们住在一起的最后一个晚上，英迪亚、贝尔和我喝着打折的普罗塞克气泡酒——见证风雨十年的美酒——然后在保罗·西蒙歌曲的伴奏下，醉醺醺地绕着空荡荡的客厅跳舞。第二天早上，在等待各自的搬家货车到来之时，我们挤在沾有红酒的地毯边上，并排坐在一起，双膝交叉，沉默不语。

法莉是我认识的最高效、最有条理的人。在我搬进新居的那天，她就过来帮我收拾行李了。（"你确定要这么做吗？"我给她发了短信。"拜托——整理家务对我来说就像有瘾一样。"她回答。）我们点了越南菜外卖，然后坐在我家客厅的地板上，一边将夏卷蘸上意大利辣酱，就着越南河粉一起吃，一边讨论沙发、椅子、台灯和书架应该放在哪里，以及我每天应该坐在哪里写作。我们打开装满行李的纸板箱，不知不觉中夜幕降临了，然后快速打开床垫，将它靠在卧室的墙上便睡去了，周围是装着鞋子的纸箱，成袋的衣服和成堆的书。

当我醒来的时候，法莉已经上班去了，枕头上有一张便条，是她用孩子般圆润而潦草的笔迹写的，自从普通中等教育科学课上，她用修正液在我的杠杆拱形文件夹上写字以来，她的笔迹就一直没变过。便条上写着："我爱你的新家，也爱你。"

清晨的阳光洒进我的卧室，汇集在我的床垫上，形成一个亮白色的水坑。我沿着床的斜对角伸展四肢，身下是凉爽的被单。尽管我完全孤身一人，但我从未感到如此安全。我最感激的不是周围我设法租下来的砖墙和屋顶，而是我现在像蜗牛一样负在后背上的这个家。现在，我被捧在一双值得信赖、勇于担责、充满爱意的手中。

爱就在我的空床上；爱在我们十几岁时劳伦给我买的成堆唱片里；爱在小小厨房里那些食谱夹页之间沾满油污的菜谱卡片上——那是我妈妈给我的；爱在那瓶用丝带系着的杜松子酒里——那是英迪亚塞在我行李箱里的；爱在那些已经泛黄，边角已经卷曲的照片中——它们最终会粘在我的冰箱上。爱是放在我身边枕头上的那张便条，我会把它折起来放进鞋盒，和她以前写给我的所有便条放在一起。

我在我的单人船上安全醒来。我正滑向一个新的海平线，漂浮在爱的海洋里。

原来爱就在这里。谁知道呢？它一直都在这里。

二十八岁时
我所知道的爱

任何一个正派的男人都会选择一个能够平和对待自己的女人，而不是一个为了取悦他而总耍花招的女人。你永远不应靠努力来吸引男人的注意。如果你需要费尽心思才能让一个男人对你"保持兴趣"，那只能说明：这是他的问题，而且不是你该管的。

你很可能不会和你闺密的男友成为最好朋友，放弃这种幻想吧，并对它说再见。只要他能让你的闺密幸福，你便能够忍受陪他吃一顿漫长的午餐，一切都无妨。

网上约会是为勇者准备的。在现实生活中遇到一个人越来越难了，而那些肯主动出击的人 —— 他们每月支付一定的费用，以获得接近爱情的机会；他们填写一份尴尬的个人简介，说他们正在寻找一个可以牵手一起逛超市的伴侣 —— 都是高不可及的爱情英雄。

如果你想做巴西式蜜蜡脱毛，就去做吧。如果你不喜欢，那就不要。如果你喜欢光秃秃的感觉，又负担得起，那你可以全年都做脱毛。永远不要为了男人脱毛。也永远不要因为"姐妹情谊"而不脱毛 —— 相比于脱毛，姐妹情谊算不了什么。如果你想做个对世界有用的人，就去妇女收容所做志愿者。千万不要因为不脱毛会让你觉得不干净或不雅观而去脱毛 —— 如果这是真的，那么每一个活着的未脱毛的男性都很脏。（如果薪水允许，永远不要再碰脱毛膏了。）

在分手后的头几年里，你可能不想去听过去与这段恋情相关的歌曲，但很快这些专辑就会重新回到你身边。无论这些记忆有多么深刻 —— 周六一起在海边度假或周日晚上一起在沙发上吃意大利面，它们都会从歌曲的和弦周围慢慢消散、升起、飘浮在旋律之外，直到完全消失。在你内心深处，总会有一个模糊的认知告诉你，这首歌和那个人是你宇宙的中心，但过了某个时间点以后，它就不会再让你心痛了。

如果你喝醉后还在你男友面前和别人调情，那你们的感情肯定有问题，或者更有可能是你自己有问题。你得尽早搞清楚为什么你这么需要关注，因为世上没人能提供那么多的即时满足感来填补你的空虚。

别人给予你的爱往往能够反映出你给予自己的爱。如果你不善待自己，关心自己，耐心地对待自己，别人很可能也不会。

不管你是瘦还是胖，都不代表你是否值得被爱或能够得到多少的爱。

随着年龄的增长，分手将变得越来越难。在你年轻的时候，你失去的只是一个男友；但随着年龄的增长，你失去的将是你们共同拥有的生活。

没有什么实际问题重要到足以让你陷入错误的恋情。假期可以取消，婚礼可以取消，房子可以转售。不要用这些实际问题掩饰你的怯懦。

如果你失去了对某人的尊重，你就不可能再爱上他了。

融入彼此的生活应该是完全平等的，你们都应该努力融入各自的朋友、家人、兴趣和事业。如果彼此的比例失衡，那么怨恨就会向你袭来。

如果感觉合适，你可以在第一次约会时就和对方上床。

你永远不要接受这一派的观点（听起来很时髦且有种自立自强的感觉）：把男人当驴，而你是引诱他们的胡萝卜。你不是战利品，你是有血有肉、有胆量有直觉的人。性不是一种权力游戏——它是一种双方自愿的、相互尊重的、富有创造力的、共同合作的快乐体验。

没有比和某人分手更糟糕的感觉了。被抛弃是一种剧烈的痛苦，在某种程度上，它可以转化为一种新的能量。分手时的愧疚和悲伤只会留在你的内心，如果你放任不管，它们会永远漂浮在你的脑海里。在这一点上我同意奥登的观点："倘若爱不可能对等，愿我是爱得更多的那人。"

有太多原因导致一个人在三十岁、四十岁乃至一百四十岁时仍单身，但这并不意味着他们就是"劣质品"。每个人都有自己的过往，花点时间去听听他们的。

和一个完全陌生的人做爱总是感觉很奇怪，但住在别人的公寓里——睡在他们的床单上，睡在他们的卧室里，或者让他们睡在你的床单上、卧室里——就更奇怪了。

没人有责任成为你幸福的唯一来源。抱歉。

完美的男人是善良的、有趣的、慷慨的。他会弯下腰来和狗狗打招呼，也知道怎么组装书架。这种男人应该是额外奖励，而不是最基本的目标——看起来像一个高大的犹太海盗，拥有克里夫·欧文的眼睛和大卫·甘迪的二头肌。

任何人都可以被喜欢，而被爱则殊为难得。

不要假装性高潮，这对谁都没有好处，而且他完全有能力承受真相。

如果有合适的理由，且双方都能充分意识到相识的本质，那么随意性行为真的很好。如果你把它当作一种非处方药来服用，想让自己变得更自信，那将是一种让人无法满意的可怕经历。

一段感情中最令人兴奋的部分是前三个月，那时你还不知道那个人是否属于你。在那之后，你确定那个人属于你了，这个过程非常美好。几年之后的事情是我从未经历过的，但显然不会一直让人兴奋，但我听说这是一段感情中最美好的时光。

除非有人死了，否则如果一段感情出了问题，你或多或少也有责任。知道这一点会让你获得一种强烈的解脱感和震撼。男人没那么糟，女人也没那么好。人就是人，我们都会犯错误，都不应该逃避错误，都应该允许他人犯错误。

目标是亲密而非懒惰。

让你的朋友为了一段感情抛弃你一次。好的朋友总会回来的。

为了降低你的心率，在难以入眠的夜晚迷迷糊糊地入睡，你可以想象一下人生道路前方的所有冒险，以及你迄今为止走过的路程。用你的双臂紧紧抱住自己的身体，同时在脑海里想着：有你在，我心安。

三十岁

对于三十岁的到来，我并不想大惊小怪。对三十岁感到大惊小怪是老生常谈，这不符合女权主义思想，也不潮流、不现代，属于一种落后的思想。它是一种异性恋霸权，是一种歇斯底里、带有中产阶级偏见的过时思想。它太俗套，太瑞秋·格林①了。它是一种因过分娇宠所引起的公主病，是一种可悲至极的观念。我不想沾染上任何这种观念。

快到三十岁了，我紧张得要命。谢天谢地，我有很多时间来排练和准备，因为我所有的朋友都比我先到三十岁。我出生在8月31日，这是一个学年的最后时刻，这意味着我在我的朋友圈中一直是最年轻的。上学的时候，这是一个悲剧——当我人生中的重要生日到来之时，同学们都对此兴致索然。没人愿意参加我十三岁生日时在东芬奇利的一个市政厅举办的"芭比和骑手"化装舞会——每个人都已经跳过很多次薇格菲尔的《周末夜》了。但是，到三十岁的时候，我却很庆幸自己是最后一个。

在贝尔三十一岁生日的那天晚上，也就是我三十岁生日的前三周，我们随一个女孩在葡萄牙度过了她的假期，其间她在度假别墅的浴室里向我哭诉。

"三十一岁感觉比三十岁更让人难受。"她说。我们坐在浴缸边上，听到醉醺醺的英迪亚和AJ在厨房用一瓶"妮维雅因子30"打碎冰块，调制凯匹林纳鸡尾酒的声音。"我觉得所有这些事情过去听起来都遥不可及，而现在当我真的到了三十一岁的时候，感觉这些事情简直就近在咫尺。"

"比如呢？"我问。

"比如……"她思索着，"'三十一岁的凯莱布是一家今年刚上市的软件公司的创始人。'或者：'三十一岁的凯利是一对双胞胎男孩和一个女孩的母亲。'"

"是啊。"我沮丧地叹了口气，"是的，我明白你的意思。"

"对我们来说，什么事情都不再让我们感觉新奇了——没什么会让我们感觉是不寻常或者过早的'成就'了。"这是我们早晚都会经历的事情。她身体前倾，把前额埋在手心，金色的长发披在脸前。"三十一。"她又说了一遍，就好像这是她正在学习发音的一个外语单词。"我们怎么就三十一岁了呢？看看我们，我在我们身上丝毫看不出三十一岁的迹象。我看不出一个人是否有了三十多岁。"我抚摸着她的后背，沉默了很长时间。

"好吧，如果这能让你感觉好点的话，"我说着，把她的头发梳成马尾，"我其实还没到三十岁。"她抬头看着我，目光呆滞，面无表情。"我才二十九岁……所以……"

"你怎么能这样对我？为何偏偏就在今晚？"

我明白她的意思——我也几乎不敢相信自己会这么说。

我在我家为法莉举办了三十一岁的生日派对，就在我三十岁生日的一周之后。当我打开她生日蛋糕的配件时，两根大蜡烛从购物袋里掉落到了厨房的柜台上。它们落在台面时的数字正好弄反了，成了"13"。这让我想起了她的十三岁生日派对——是在布希教堂的礼堂举办的。当我到达派对现场时，她穿着一件塞尔弗里奇小姐牌的闪亮粉红色连衣裙，戴着牙齿矫正器对我咧嘴一笑，像一个紧张的生日派对主持人那样给了我一个特别的拥抱，让我如释重负（无论你多大，这种拥抱都不会消失）。我把我们想象成十三岁时的样子——穿着同款的菠萝舞蹈工作室 T 恤，仰卧在父母的奶油地毯上，吃着一大袋多力多滋玉米薯片，看诺拉·艾芙隆的爱情喜剧，谈论我们梦想中的男友应该是什么样子的。我把厨房柜台上的蜡烛改换成"31"，盯着它们看，想努力弄清楚时间的意义。然后我又把它们改回"13"，盯着它们更久。我仍觉得我们离那个时间刻度很近，但我的人生之路已经走完近一半了。

　　我经常听到已婚人士说，他们从来没有意识到对方在变老——某种类似于莎士比亚喜剧的生存主义魔法必定会在他们恋情刚开始的时候降临到其长期伴侣身上，这意味着他们只会看到自己爱上的那张脸。我想我和我的朋友们也一样。对我来说，我们的年龄都和我们相遇时的年龄完全一样。

　　劳伦的三十岁生日比我早七个月。那天下午，我们几个人去了她家，在她家客厅中央摆了几张支架桌，挂起了气球，做了意式千层面。

　　晚餐吃到一半的时候，我逃离了派对，在她厨房的窗户外抽了一根烟。这时我问她："感觉怎么样，姐们儿？"

　　"如实说吗？　太糟糕了，感觉真的很糟糕。"她一边吸着电子烟一边说。（人们现在吸电子烟——每个人到了三十岁就会对吸烟感到恐惧，因为有谣言说，公共医疗的专家医师们认为，"二十多岁时，吸烟的危害还不那么明显，但在那之后情况就不一样了"。劳伦经常光顾当地的电子烟店，像横刀立马的骑士一样受到所有员工的欢迎。她现在经常被一股肉桂苹果派味的烟气所笼罩着。）

　　"什么？！"我气愤地说道，"每个人都说这是一种巨大的解脱，二十九岁是最糟糕的，而三十岁则感觉好极了。"

　　"不。"她说，"不，完全不是那种感觉。感觉在过去的几年里，我一直在进行着步入而立之年的'人生之旅规划'，几乎已经为自己做好了准备。三十以下和以上的感觉我已经体验过了。"

　　"那你感觉如何呢？"我问。

"就像……我不知道，感觉就像去科茨沃尔德度了个周末。"

"我明白了。"我说，"或者感觉就像让清洁工一个月来收拾一次垃圾。"

"没错！或者像买熨斗，或者参加读书俱乐部。但今晚，我意识到我不再是一个游客了。我不能在度假中步入而立之年，然后可怜地幻想着退回到二十多岁。我现在就属于这种情况。"

"哦，天哪。"我说。她的话像一把利刃插在我的心里。"你永远无法……离开，你是一个'常住民'，就像所有对于成年的嘲讽都不再适合我们了一样。"

"完全没错！当我们过去在厨房窗台上种草药时，人们还认为这有点媚俗和造作，然而现在——"

"你却步入了这样无聊的而立之年。"我替她把话说完，同时既有所顿悟又感到困惑。

"是的。"她说。

"那么，我们现在该怎么办？开始打桥牌？"我提议，"会得痛风吗？"

"不，不，那不属于四十多岁的'人生之旅规划'，而是六十多岁的，我们只考虑近十年里的规划。"我们俩苦思冥想了很久。"成为泰特美术馆会员。"她最后宣布，"这是四十多岁的'人生之旅规划'，或者学习极简主义室内设计。"

"然后九点半睡觉？"我补充道。

"是的。而且得拥有三种不同颜色的同款布洛克鞋。"

在我奔向而立之年的过程中，我精准地将这段对话看作是自己产生渐进式存在危机的开始。劳伦生日过后，我开始到处寻找事情正在发生变化的线索：我的精神日渐衰弱；我的生活乐趣正在减少。例如，我注意到，我已经——很突然地，在毫无意识的情况下——完全放弃了给有趣的路标拍照的习惯。在我十几岁和二十多岁的时候，我会提前一站下车去拍一张"著名的鸡尾酒酒馆"，甚至会在我迟到的时候穿过一条繁忙的道路，只为拍一张"玉箫巷"或"金光街"①的完美照片。最近，当我和英迪亚一起走过"法莉路"时，我们都没有掏出手机。我们发现了彼此的这种变化——这是个令人悲伤的时刻。

"你不觉得这很可悲吗？"我问她，"多年来，我们都会在路标旁拍张照片，然后寄给法莉，而现在我们都懒得去拍了。"

这意味着什么？毫无疑问，这个问题将所有与年龄危机有关的尖刻碎片黏合在了一起。这当然是献给汉娜的，她是我的朋友，在她三十岁生日的晚上，她问："就是这样的吗？这就是生活吗？……生活就是托特纳姆法院路，就是在亚马逊上订购垃圾吗？"二十一岁的我目睹了她的崩溃，我感到非常困惑——她告诉我，等我三十岁的时候就会明白。我确实明白了，因为我已经三十了。

我不想纠结于生活的无意义。我不想成为这样一种人——他们在周日晚上洗衣服，在把袜子挂在暖气片上时，思考着一个人一生到底要经历多少次这样的仪式，以及其中是否有任何意义。劳伦和我总是拿某一类人开玩笑，看得出，这类人就像"过客"一样存在——他们的人生是一段漫长而无聊的旅程，每天都是在普瑞米尔酒店度过的毫无乐趣的一夜，他们甚至都懒得打开行李箱。这种人从来不会花时间用照片来为笔记本电脑换一个个性化的桌面背景；三十年来，他每个工作日都会在普雷特餐厅买同样的三明治；他们不会把自己的照片裱起来，而是直接用蓝钉钉在墙上。

"这样的人生有什么意义？"

我从不想把自己当成人生的一个过客，但我担心人生是不可避免的衰老和逐渐走向终点的过程。过着这样的人生意味着人们对生活的享受减少了，同时对生活的忍受却增加了。

---

①译者注。"玉箫巷"和"金光街"是两个街巷的名称，里面的"玉箫"和"金光"分别暗指男女生殖器。

"那所谓的'托特纳姆法院路和在亚马逊上订购垃圾'呢？"汉娜现在已经三十八岁了，在我快三十岁的时候，她会定期给我发短信，这是一种暗号，用来检查我虚无主义一样的麻木状态。"我保证，一切结束后你会感觉好很多。"（当然，她送给我的生日礼物是在亚马逊上购买的一本书和一个维多利亚时代的大酒杯，杯底刻着"托特纳姆法院路"。）

我很感激汉娜作为一个朋友对我的理解，她在人生的同一时期也经历过类似的事情。其他年长的朋友对我这种特别的焦虑反应不太好——他们把我个人对三十岁的恐惧看作是对他们年龄的某种评论，暗示他们应该为此感到羞耻。当我和弟弟躺在家里的沙发上，哀叹着我们二十多岁即将结束的时候，爸爸突然吼道："试想一下更可怕的七十二岁吧。"

相对于衰老的概念，更让我感到难以承受的是，从我意识到的某个明确的人生阶段过渡到另一个阶段。是的，我二十多岁的时候充满了焦虑、不安全感和糟糕的选择，但直到离开该阶段的时候，我才意识到，整个过程都有一种令人欣慰的放松感。人们对于二十多岁的人没有特别的要求——这就是我对这段经历感到困惑的地方。我从来不知道自己命中注定要去哪里，也不知道自己命中注定要做什么——作为一个二十七岁的女人，有一个丈夫和一只叫布里的拉布拉多犬，就像和一个来自桉树网的陌生人同住在一间没有客厅的地下室里一样正常。一个人三十多岁时所形成的社会结构似乎要僵化得多。比如说，在我的墙上挂一张扎染大床单，或者在我的背包里放一个发光的紫外线烟管，而不在意别人的批评，这不是一件容易的事。倒不是说我特别想要这些东西，而只是想把它们作为一种可接受的生活方式的选项。

这是一种隐隐崇祟的意识，我不再处于一个容易获得他人耐心、关注、大惊小怪或同情心的人生阶段。在我二十多岁的时候，我们是风华正茂的一代。在过去十年我参加的所有会议上，焦点都是我们——我们是关注点。"这是《蒂博雷的牧师》与《挑战安妮卡》的结合体,适合千禧一代。"我在电视发展推介会上会听到这样的说法。编辑们会说:"我们需要调查千禧一代是如何网购的。"每次我打开报纸,大报记者们都在谈论他们对我们的担忧:我们会登上房产阶梯吗?我们会安定下来吗?难道我们的一生都被从色情文学中学到的性知识给毁了?我们怎么还清学生贷款?痴迷、排斥、担心、欺骗成了我们这一代人的关键词,形成了我们这个时代的精神。当时我哀叹这是一种傲慢的歇斯底里,但直到自己被取代,我才意识到成为这个国家的问题儿童的感觉有多好。

"Z世代":我不记得我第一次听到人们谈论这个词是什么时候,但我记得我主动忽略了这个词。我希望通过忽略它让它最终消失,就像你第一次听到前男友的新女友那悦耳但令人讨厌的名字一样。Z世代突然成为所有人最感兴趣的群体。那些比我小十岁的人——曾经只是我朋友讨厌的堂、表兄弟——现在有了正式的名字。每个人都被他们迷住了:为什么他们不像千禧一代那样爱喝酒?他们对性别和性的表达有何不同?他们会怎么投票?"Z世代"成了人们对年轻、潮流、性、现代性和进步的统称。这就是所谓的"实时相关性"啊。

二十六岁时,我在E4电视节目《鲜肉》中担任剧本助理,这是一部关于学生生活的喜剧。编剧们给了我每一集的剧本,让我做他们所谓的"把关人"。"把关人"的目的是确保所有的语言都符合年轻人的潮流——确保它是正宗的流行语;字里行间没有一点中年的痕迹。我圈出了"卡瓦酒"这个词,并在旁边写道:"他们会喝普罗塞克气泡酒。"我会给出一些建议:他们在英语课上可能读过哪些课文,或者听过哪些专辑。在我的整个成年生活中,我一直是每个房间里的"青年代表"。但到了三十岁,这种资格就在未获许可或缺少任何官方仪式的情况下被剥夺了。这显然不再是你的角色了——我们不再是"实时相关性"的权威了。我的童年现在被当作一段历史来谈论。《欲望都市》就是我们的《弗尔蒂旅馆》。DVD几乎和黑胶唱片一样过时。最近，我听到有人把我年轻时看过的 20 世纪 90 年代的经典青春片《独领风骚》称为"历史剧"。

当我在网上输入出生日期时，回到 20 世纪 80 年代开始感觉像是一个漫长、费力和尴尬的过程。每当我不得不这样做的时候，我就会想起一个朋友的祖父（他加入了脸谱网上的"牛津大学 1938 届毕业生"群）并感到内疚，因为当我们还是学生的时候，当我们的新闻推送上出现这个消息时，我们都觉得它很滑稽。我没有想到，有一天"2009 届毕业生"也可能会成为一个笑话的笑点。

Y 世代已经正式被赶下了台，就像我们曾经将 X 世代赶下台一样，就像他们赶走婴儿潮一代一样。婴儿潮一代——当地唱诗班的退休人员、穿着橡胶园艺鞋的银发妇女和讲无礼笑话的父亲——曾经是每个房间的"青年代表"。我曾经也是"青年代表"，不是吗？我曾听父母谈论他们在 20 世纪 60 年代激进而轻率的人生。我至少看了十五遍滚石乐队的《摇滚马戏团》。然而，我并没有完全明白，千禧一代除了永远是这个世界上的天真少年、被保护者、浪荡少年、狂欢者、革命者、聪明的年轻人、邋遢混乱的家伙和过度成长的青少年，还会是别的什么。

准备好接受许多关于变老的陈词滥调吧，因为所有的陈词滥调都是真的：我从未想过它会发生在自己身上。

我的朋友潘多拉是第一个意识到这一点的人——我那不必要的怀旧倾向是一种无用的超能力。我有一种准确无误的能力，以极快的速度"代谢"、仪式化并纪念时间的流逝，所以每件事在发生的一年内都会成为"历史上的重大时刻"。

她评论道："你可以把上个月参加的一个家庭聚会比作《1969 年的夏天》，并带着同样惆怅和浪漫的情怀。"我没有否认她的这种看法。

最近有一次，我走到我家门前的街道尽头去寄几封信，路过一辆停在路边的汽车，里面有一个五十多岁的女人，她坐在驾驶座上，头发花白，双手抱着头。在她旁边哭泣的女孩看样子有十七岁了，穿着校服，走在通往高中毕业终点的最后几英里路上。她的头发是棕色的，很浓密，披在打着无数个耳洞的耳朵后面。她一边说一边绝望地比画着手势，她那被咬烂的指甲是藏青色的。她沮丧地紧绷着脸，我看到她说话时的呼吸变成了心烦意乱的打嗝。

我突然想起，在我生命的长河里，这一幕是多么频繁地上演着。车停靠在路边，我坐在副驾驶座上哭泣，收音机关小，暖气开大。我想起了我们所有的争吵——当妈妈告诉我不能用手机，不能在外面待到半夜，或者我男友只能在空房间里过夜时。那个时代结束了，而且已经过去近十年了。在不知不觉之中，我已经不再和妈妈在停靠在路边的车里争吵了，而且我可能再也不会和妈妈争吵了。

怀旧最初被诊断为一种疾病。17 世纪时，这个词被创造出来，用来形容身处意大利低地的瑞士士兵在思念家乡的高山美景时所经历的一种剧烈的身体疼痛。怀旧及其症状（昏厥、高烧和消化不良）是如此致命，以至于演奏一种特殊的瑞士挤奶歌曲是要被判处死刑的。

在我奔向而立之年的途中，二十多岁成了我的高山梦境。二十多岁就是我的家，一个我熟悉并感到舒适的地方。在我理智的头脑中，我完全意识到大部分时间都充满了悲伤——充满了心碎、自我厌恶、嫉妒，没有方向感，没有安全感，也没有金钱——但我仍被自己的怀旧病征服了。我的"瑞士挤奶歌"是我们 2012 年刚搬进黄砖房子时播放的黑胶唱片。在我三十岁生日之前的几个星期，我从卡姆登路的塞恩斯伯里超市走回家，我们的唱片机里播放着罗德·斯图尔特第一张专辑的第一首歌，它一直在循环播放。我坐在一个陌生人的门阶上，突然大哭起来。

"我开始真正理解'时间的流逝'这句习语了。"海伦在她三十岁到来之际告诉我，"这就像我走在一条长长的走廊上，走得越远，我无法进入的门就越多。"在海伦给我描述了这个比喻之后，我看到到处都有门向我关闭着。我不再有资格参加青年作家课程了。我觉得不少衣服和俱乐部已经不再适合我了。我在候诊室里读了一张关于月经杯的传单，注意到有两种尺寸供三十岁以下的女性选择，而只有一种大一点的尺寸供三十岁及以上的女性选择。

我开始着迷于计算我读到的或在电视上看到的每个人的确切年龄。让我感到特别不安的是饰演梅莉黛·布莱克（在 1998 年改编的《天生一对》中，丹尼斯·奎德饰演男主尼克·帕克，而男主的情人正是梅莉黛·布莱克——一个老谋深算的两面派）这个角色的女演员，出演这部电影时她才二十六岁。大卫·修蒙出演《老友记》第三季时才二十九岁，这让我非常烦恼。我在英国国家美术馆的 BP 肖像奖展览会上逛了一圈，更让我着迷的是艺术家名字下用小字写的出生日期，而不是这些画。我在谷歌上搜索了历届"年度最佳女性"获奖者的年龄，卡罗尔·沃德曼在五十岁时获奖，这让我感到欣慰。在观看《雨中曲》时，我更加平静了，我疯狂地计算出吉恩·凯利主演这部电影时已经四十岁了。不知为什么，但对我来说，这一点突然变得非常重要：知道这些通往远方的门还没有为我关上。我需要知道，我既可以成为"年度美臀"，也可以出演一部音乐剧——讲述的是 20 世纪 20 年代的好莱坞，其中包括许多对体力要求很高的踢踏舞动作。

大卫·福斯特·华莱士能够理解时间流逝中的那种砰然关门的响亮声音，他在三十三岁时写道：

> 日复一日，我不得不做出各种各样的选择——什么是好的、重要的和有趣的，然后我不得不忍受其代价：这些选择也意味着丧失了所有其他选择。我开始注意到，随着时间的推移，留给我的选择越来越少，丧失抵押品赎回权的机会则呈指数级增长，直到我爬上枝繁叶茂的生命之树，到达某个枝丫的某个点，最终被困在那里；时间加速了我的停

滞、萎缩和衰退，直到我第三次倒下；其间所有的挣扎都是徒劳的，都将被时间所淹没。

西尔维娅·普拉斯则在时间的流逝中"看到了一棵无花果树的无数枝丫"。她在自己二十九岁时出版的《钟形罩》中写道：

> 我看见我的人生就像小说里那棵绿色的无花果树一样，在我面前伸展出许多枝丫。每个枝丫的顶端都挂着一颗肥硕的紫色无花果，那是美好的未来在向我招手、眨眼。第一颗是相夫教子、家庭美满，还有一颗是名扬天下的诗人，还有一颗是才华横溢的教授，还有一颗是杰出的编辑伊·吉，还有一颗是游历欧洲、非洲和南美洲，还有一颗是康斯坦丁、苏格拉底和阿提拉等一群名字标新立异、职业与众不同的爱人，还有一颗是奥运女子赛艇冠军，除了这些，还有很多我看不清的果实。我看见自己坐在无花果树的枝丫上，快要饿死了，只因为我拿不定主意该选哪颗果实。

那些门砰地关上了，无花果树的枝丫被折断了，无花果也掉落了。一想到"错失恐惧症"不是千禧一代的发明，我就放心了——我最喜欢的一些作家也发现个人时代的转变是令人沮丧的，而不是令人兴奋的。在我最喜欢的歌曲《堆叠》（纸浆乐队的作品）中，贾维斯·卡克完美地表达了伴随着青春而来的宝贵时间："哦，有很多事情要做，有很多事情要看，有很多事情要尝试，有很多头衔要获得，有很多种度过人生的方式，我知道你还有很多事情要做。"那些让我怀念的东西，那些让我在卡姆登路一个陌生人家的台阶上（周围放着塞恩斯伯里超市的购物袋）哭泣的东西，不是我二十多岁时的生活或身份，而是一种成为"时光百万富翁"的感觉——你还有许许多多的选择。我将永远怀念十几岁和二十多岁时那种拥有无尽空闲时间的感觉——在我面前还有无限的时光。我想，无论我多大年纪，我都会一直寻找更多的时光。

在我进入而立之年的前两天，我的生存危机在伦敦市中心的飒拉分店达到了极点。我觉得所有的衣服都有些过时，于是决定到"年轻专区"（那层楼上售卖年轻、便宜、古怪系列的服装）去看看，寻找一些不同风格的衣服——适合像我这样三十多岁的人，但一切似乎都不太对劲。我记得体形只有我一半的法莉有时会到服装店的儿童专区买衣服。事实上，就在一周前，我还看到她穿着一件深蓝色的西装外套，看起来很有学院风，年轻又时尚，她告诉我这是她从一个男生专柜买的。于是我来到专卖儿童服装的楼层，果然看到了一件我很喜欢的刺绣夹克。我拿起了最大的尺寸（十三到十四码），在试衣间试了试。我勉强将一只胳膊塞进一只袖子，而另一只胳膊却怎么也塞不进去。在幽闭恐惧症带来的恐慌中，我试图挣脱出来，却听到了夹克衬里撕裂的声音。这对店员来说是一种警铃般的召唤，一位面色不悦的销售助理冲了过来，问我发生了什么事。

"我想是衬里被撑破了。"我一边继续尝试脱下衣服，一边辩解道，"我肯定会赔的。"

"你知道女装专区在另一层吗？"

"知道。"我说。

"那你为什么要试穿这件衣服呢？"

"因为我觉得它可能合适我。"

"但这是儿童专区。"他说。

"我说过我会赔的！"我愤怒地回答。遭遇"年龄危机"的我情绪崩溃，根本不想继续跟他啰唆了，我原以为这种"年龄危机"也许——也许——可以通过购买并穿上一件童装夹克立即得到消除。

"嗯，到底怎么回事？"那天晚上英迪亚在酒吧里问我，"跟我说说，到底是什么让你这么担心？"

"我想回到二十一岁。"

"不，你不需要那样，老妹。"她说。

"我想那样。我想回到二十一岁。"

"为什么？"

"我不想要自己二十一岁时的大脑、冲动或不堪……内心的骚动。我想要我现在所拥有的一切——我想要自己已经获得的所有教训、拥有的所有经历，以及我所知道的一切。但我想让自己的身体状态永远停留在二十一岁，而前方是大好人生。"

"嗯。"

"基本来说，我希望我的思想和灵魂不断衰老，但我希望我的身体永远不会衰老和消亡。"我说着，把仅剩的一点玫瑰酒倒进了我们的杯子里，"我觉得随着年龄的增长，我们在获得智慧的同时，还应该获得青春永驻的方法。"我把酒一饮而尽，"你明白我的意思吗？我想每个人都是这么想的，不是吗？"

"不，不，我认为这是一个全新的想法。"英迪亚平淡地回答，"你是说你认为大好青春都浪费在年轻人身上了。我想你是第一个认识到这一点的人，多莉。"

在我进入三十岁的那个周末，我们这些好朋友在德文郡的海边租了一套房子。到达那里的当天，当我们打开汽车，正将行李搬进房子时，一个六十多岁的女人从我们身边走过，她留着吉莉·库珀式的发型，脖子上系着一条丝巾，牵着三只可卡犬。

"你们是来这儿举行单身派对的吗？"她咧嘴笑着用颤音说道，同时像拉缰绳一样拉着那些情绪激动的狗。

"不。"法莉朝我点点头说，"今天是一个伙伴的三十岁生日。"

"哦，天哪！三十岁了！史上最糟糕的生日！"她笑着说，"我觉得我的生命快结束了——好像活下去没什么意义了！天啊，真是个可怕的夜晚，无论如何我都不会再来了。"她说着继续往前走，"给自己倒一大杯酒！干杯吧！"

那天晚上，也就是我二十九岁的最后一天，在酒吧里吃了一顿漫长的晚餐后，我们几个人坐在甲板上，天上挂着一轮残月，像一颗淡水珍珠一样圆润又明亮，我们喝着克莱姆酒（相当于三十岁版本的普罗塞克气泡酒，口感要稍微好一点，价格要比普罗塞克贵四英镑）。

"我青春的最后十五分钟。"我叹了口气。

苏菲说："现在你不用再这么大惊小怪了，没什么大不了的。"

"你正奔向一个崭新的十年！这难道不让人兴奋吗？"劳伦说。

"我想是的。"我半心半意地回答。

"好吧，这样想就对了。"她说着，向空气中呼出了一股雾气（一种名为"卢基约微风"的椰子果味酒）。"你一直想长大成人。这就是我们十几岁时想要的——我们想要拥有很多的经历，想要有自己的朋友和自己的公寓。瞧！你得到了！你成功了！你终于成为十几岁时自己期望成为的那个自己。你正处在一个黄金时刻。"

劳伦和我经常谈论一个令人困惑的事实，在十七岁的时候，我们订了《脾气暴躁的老妇人巡回演出》的票，这是一个流行的脱口秀节目的现场衍生节目，女喜剧演员在节目中带着挖苦的口吻分享她们对于生活的智慧。我们比剧院里的其他观众平均要年轻二十五岁，基本上算是最年轻的，这一点让人感到轻松自在。珍妮·克莱尔拿我们还不懂的事情开玩笑：抵押贷款、骨盆底和绝经期。啊，我们笑得多开心啊！看看我们：两个来自郊区的胖处女，假装歇斯底里地狂笑，只是为了让我们觉得自己是这群人中的一员——那种无所畏惧、有趣、一切都不在乎、成熟而欢快的女人。

这就是我一直想要的：好心情和好朋友，智慧和谦卑，自信和勇敢，以及一种轻松自然的自我意识。那么，当我的一些梦想终于开始实现时，我为什么会感到害怕呢？在我开始成年生活后不久的某个时候，男权制的狙击手一定在我不知情的情况下黑进了我系统中最神圣、最安全的部分，并试图给我洗脑，让我相信：只有在我二十几岁的时候，人生才会有意义，我才会力量十足。

但我觉得自己比以前更强大了，也更加平和了。我比以往任何时候都活得更真实。我可能不是我十几岁时所想象的那种女性形象（成熟、苗条，穿着黑色长裙，喝马提尼酒，在新书发布会和展览会开幕式上与男人们邂逅）。我可能不会拥有自认为三十岁时会拥有的所有东西，或我被告知自己应该拥有的所有东西。但我仍感到满足，我感激每天早晨醒来，发现在这个世界上，自己又多拥有了一天，又有机会做善事了，这让我感觉良好，也让别人感觉良好。

当地教堂的钟声表明已经是午夜了。

"嘘。你听到了吗？"劳伦说。我听着海浪在我们下面的海滩上反复拍打着。

"什么？"

她说："我觉得这是站在立式桨板上的死神。他是来收你的，要带你渡过河口，到阴曹地府去。"

第二天早上，我们醒来时看到了万里无云的蓝天。早餐我们吃着紫红色的生日蛋糕，周围环绕着印有罗德·斯图尔特画像的气球；然后我们穿着晨衣来到海滩，一边歇斯底里地号啕大哭，一边涉入冰冷的海水。

我在清澈的海水中游了很久，周围是一群声音嘈杂的美人鱼，我觉得过去的十年像一个结一样被解开了。在通往人生下一阶段的路口，我拿到了一个崭新的大号码牌，而且还不算太糟。在这个地方，我感到前途无量，就像我十七岁时那样，也许我会永远停在那里。在那里，我充满了好奇，渴望经验，却缺乏智慧；在那里，我可以犯错误，也可以做出正确的选择，并继续学习；在那个地方，我知道我可以允许自己——并找到勇气——再次坠入爱河。

我像一个老朋友一样告别了过去的十年。我终于长大了，但会永远记得那个狂暴的、不安的、放荡的自己，那徘徊着的、沙哑的、叛逆的十年时光，还有我那喧闹的二十多岁。

食谱:
情绪失控的生日蛋糕(八到十人份)

蛋糕的材料及做法:

- 225 克细砂糖

- 225 克软化的无盐黄油

- 225 克自发面粉

- 1 茶匙烘焙粉

- 4 个大鸡蛋

- 1 茶匙香草豆沙,或玫瑰水,或两者兼而有之

- 1 撮盐

- 如果需要的话,可以加点牛奶

奶油乳酪的材料及做法:

- 75 克无盐软黄油

- 150 克糖粉

- 几滴香草精,或玫瑰水,或两者兼而有之

- 如果需要的话,可以加点牛奶

- 3~4 汤匙覆盆子酱(为了便于涂抹,果酱最好不要太硬)

糖霜的材料及做法:

- 110 克糖粉

- 1~2 汤匙沸水

- 几滴香草精,或玫瑰水,或两者兼而有之

- 几滴粉红色食用色素(可选)

- 结晶玫瑰花瓣或蛋糕装饰碎屑（可选）

将烤箱预热至 180 摄氏度或 160 摄氏度（通风烤箱）/350 华氏度 / 将煤气炉开至 4 挡，将两个直径 20 厘米 /8 英寸的活动底三明治烤盘涂上黄油。

制作蛋糕面糊：把所有的蛋糕原料（除了牛奶）放进一个大碗里，然后用电动搅拌器搅拌，直到光滑无结块。如果混合物太硬，你可能需要加一点牛奶，但不要混合过度，你需要让它保持松软。将面糊倒进准备好的蛋糕模具，用调色刀调平顶部，烤二十至二十五分钟，或达到这个标准：将刀子插进蛋糕里，抽出来时上面是干净的。让蛋糕在烤盘里冷却五至十分钟，然后把它们取出放在铁架上，直至完全冷却。

奶油乳酪：把黄油放在一个搅拌碗里，用电动搅拌器搅拌，直到它变得非常柔软。撒入（筛入）一半的糖粉，再次搅拌，使其混合（如果你一次把所有糖粉都加进去，糖粉就会撒得到处都是）。撒入（筛入）剩余的糖粉，搅拌至软糯；你可能需要加一两杯牛奶使奶油稍微软化。最后，加入香草精和 / 或玫瑰水，然后尝一下奶油的味道，然后根据需要再加几滴。

将一个夹层蛋糕放在蛋糕架或盘子上，把奶油涂在上面。用勺子把果酱涂在上面，用调色刀（或黄油刀）把它摊开。再把第二个夹层蛋糕放在上面。

为了在蛋糕顶部制作滴流状的糖霜，你在搅拌碗上放一个筛子，把糖粉筛进碗里。再用木勺搅拌玫瑰和 / 或香草精，加几滴食用色素（如果有的话）和足够的水，然后搅拌成黏稠的、流动的糖霜——你的目标是让糖霜的稠度类似于黏稠的奶油。把糖霜涂在蛋糕上，让一些糖霜沿着蛋糕边缘滴下来。你可以在顶部装饰一些结晶玫瑰花瓣或蛋糕装饰碎屑。

制作过程很适合炫耀你的手艺。

三十岁时
我所知道的爱

年纪越大，你的包袱就越多。二十五岁约会时，走进酒吧的每个人都只带着一个非常整洁、轻便的手提行李，里面装着几位前女友，一种轻微的恋母情结，甚至可能是对承诺的些许恐惧。三十岁以上约会时，你需要做好心理准备。与你见面的可能是一个背着二百五十公斤背包的人，里面肯定装满了他的过往、后遗症以及各种要求，包括离婚、孩子以及和前任共有的房子，还有试管婴儿的尝试、垂死的父母、多年的心理治疗、上瘾的问题、占用了他们所有时间的工作，还有一位因争夺一只狗的监护权而不得不每周见一次面的前任。这些包袱令人生畏、非常严肃、问题尖锐，这些问题属于成年人，根本谈不上有趣。

年纪越大，你的包袱就越多，每个人都会变得更加诚实、开放并愿意暴露出自己脆弱的一面。

在创作本书的 2018 年，我正式宣布：在现实生活中遇到一个伴侣几乎是不可能的了。接受上面这一点对于意识到下面这一点至关重要——你遇不到对的人不是因为你难以接近，不是因为没人要你，也不是因为你做错了什么事。

你可以坦诚地面对自己在感情中的不良行为模式，分析它们是如何产生的，并努力确保自己不会再犯，但这是你唯一能控制的。你无法预测另一个人在一段感情中会如何表现。你可以评估风险、步步谨慎、三思之后再做出明智的决定——选择信任谁，邀请谁进入你的生活和内心。但你无法控制另一个活生生的人所具备的那些难以控制的变数。因此，选择去爱就是一种冒险，这是颠扑不破的事实。因此人们会说"坠入爱河"——没人会带着指南针和地形测量图进入爱的国度。

人们相遇时各自带着自己都未意识到的痛苦。这就是为什么那些有着一样的心魔，有着相似的童年或出身的人经常会走到一起。我认为每个人内心最深处的情绪指纹都会无意识地伸出双手并相互接触。这可能是好事，也可能是坏事。这使人变得亲密，会在人与人之间建立联系，但也会使他们产生相互依赖，导致各种戏剧性场面的出现。

作为单身人士，随着年龄的增长，你面临的最大挑战之一就是抵制愤世嫉俗的心态。人们很容易感觉到被爱背叛或辜负，觉得一切都毫无意义，对一切都感到怀疑或愤怒。因此，愤世嫉俗成了一剂"良药"，因为它既有趣又能自我保护。然而，真正的良药是找到信任，保持希望——这才是真正的艺术。

就变老和恋爱而言，最困难的事情之一就是明白：到达某个阶段之后，某些事情就成了"现实"，再努力的话就太费劲了。这是你必须真正提高自己直觉的地方——认清哪些是平静的、快乐的但往往具有挑战性的长期爱情，而哪些只会是一种痛苦的折磨。

如果你有"慢性爱情疲劳"，试着禁欲。删除你的约会软件，停止给你的前任发短信，停止与陌生人调情，放弃性生活。给自己一个承诺，在你的头脑和时间表上腾出一些空间，看看没有它的生活会是什么样子。试着坚持一个月、六个月，甚至一年。

要知道，禁欲会让你从根本上重新评估性的意义。你会想到它的肉体行为，并重新发现它是一件多么特别、神奇、恶心、亲密的东西。夜里你会躺在床上思考它，试图准确地回忆起与某人如此亲密的感觉，然后想：我真不敢相信自己曾和这种男人上过床——他像一个欧洲老人那样在脖子上系着一件粉彩色的套头衫，就职于保险业，我甚至都不知道他的姓氏。

要知道，禁欲可能会让你感到非常平静，进而认为回到爱的国度是一种遥不可及的想法，因为你担心邀请别人进来会破坏这一切。

在选择伴侣时，将是否拥有共同的兴趣爱好作为选择标准是人们容易陷入的一种误区。仅仅因为你们都喜欢乔治·哈利森的音乐，就觉得一个人是好人，是你的灵魂伴侣，是和你完全一样的人，这是非常荒谬的。都拥有马丁·艾米斯的作品集，或者都喜欢在威尔士乡村的某个地方度假，并不会帮你们一起度过生活中各种意想不到的风暴。

在选择伴侣时，一个经常被低估却极其简单的考虑因素是你有多喜欢和他们相处。自从我的朋友们开始有了孩子，我观察到他们作为夫妻是如何相处的，这使得我更加清楚：一段感情中最重要的事情是你们作为一个团队合作得如何。这其中有一个陈腐的原因：伴侣之间需要有非常非常深厚的友谊。

当你接近三十岁的时候，已婚的朋友们会对单身的感觉产生一种健忘症。她们会成为你专属的班纳特太太。她们会认为一切都是因为你太挑剔，你是坐在粉红色天鹅绒宝座上的玛丽·安托瓦内特[①]，挥着一把珍珠凉扇把男人们一个个地赶走。

无论你变得多么冷静和聪明，归根结底，你仍是个动物。我相信，我们永远都无法摆脱眼花缭乱、包罗万象的青春期爱情所带来的潜在羞辱。性欲是一场无声的迪斯科，只有遭受其阵痛的人才能享受其中的滋味——它让你翩翩起舞，沉浸在除你之外没人能听到的歌曲之中。好消息是，随着年龄的增长，你会更清楚是否以及何时该拔掉唱片机的插头。

要时刻提防那些总是想要照顾你的人。

要时刻提防那些总是想要你照顾的人。

如果你已经决定想要一段真正的感情，那么你需要做出必要的

---

① 译者注。玛丽·安托瓦内特（Marie Antoinette），法国国王路易十六的妻子，死于法国大革命。相传她是一位骄奢淫逸的王后，生前唯一的任务就是无节制地买衣服、买珠宝，甚至有人说她把国家买到了破产，被称为"赤字夫人"。

选择来让它成为可能。加入交友网站，邀请你的朋友来相亲，让自己尽可能开放地接受新的关系。这不是反女权主义，也不意味着你无法独立生活。但如果对感情的追求成为你所有选择的主导因素，你就会惊慌失措，痛苦不堪。

尽量不要去批评别人的感情以及他们处理感情的方式。长久的恋情是一项壮举。人们应该以适合自己的方式去追求它，即使这对局外人来说毫无意义。

随着年龄的增长，爱情的抽象概念将不再令人兴奋。这是件好事。想象未来男友的所有细节曾经让我的脑海陷入了永无止境的幻想状态，而现实生活总是令人失望，因为我脑海中的爱情故事是完全无法实现的。爱应该是让你的生活与另一个人相互协调融洽，而不是一个可供你逃避其中的港湾——在那里你总是自我陶醉，总是剧中的主角，无可置疑地受到崇拜。

但激情在等着我；如果你追求的是爱，那么激情也等着你。不管我们有多老或多年轻，不管我们爱过多少或失去过多少，当我们在灶台上搅拌汤的时候，我们都值得拥有一双偶尔会搂住我们腰的胳膊。它永远不会让我们觉得遥不可及。

"内心深处，我们都是白齿红唇的十七岁。"我曾读到劳伦斯·奥利弗的这句诗。我完全同意他的说法。

当你在寻找爱情，却似乎永远都找不到它的时候，请记住，你可能已经拥有了丰富的爱情，只不过不是浪漫的那种。这种爱可能不会在雨中亲吻你，也不会向你求婚。但它会倾听你的声音，激励你，让你重新找回自我。当你哭泣时，它会抱着你；当你快乐时，它会和你一起庆祝；当你喝醉时，它会陪你一起唱圣女合唱团的歌。你可以从这样的爱中得到和学到很多东西，你可以永远带着它，并尽量靠近它。

致谢

感谢我的经纪人克莱尔·康维尔，是她塑造了这本书——当时它只是一些便条纸、故事片段和零碎的想法。我很感激能有这样一位朋友做我的经纪人，她的善良和工作能力一样充沛。

感谢朱丽叶·安南，她完全理解这本书和我，从我们第一次见面开始，她的直觉和洞察力就一直让我感到震惊。她的幽默感、丰富的经验以及对我的指导已经无以复加了；我想不出比她更好的编辑了。

感谢安娜·斯蒂德曼为这本书所做的出色工作，以及她多年来对我写作的不断鼓励。

感谢企鹅公司的波比·诺斯、罗斯·普尔和埃尔克·德桑，感谢她们无限的能量、热情和协作精神。说到姐妹情谊，她们绝对是金牌成员。

感谢玛丽安·凯斯和伊丽莎白·达伊，她们阅读了这本书的初稿，并慷慨大方地给予了支持。

感谢莎拉·迪利斯顿、威尔·麦克唐纳和大卫·格兰杰，感谢他们愿意承担风险，将机会给予一个留着比利·伊多尔发型的二十二岁年轻人，感谢他们给了我一份足以改变我一生的工作（我想我再也找不到这么有趣的工作了）。

感谢理查德·赫斯特，他是第一个鼓励我写作的人，感谢他坚定的支持和建议，感谢他在我十六岁时把我带入了朋克摇滚的世界。

感谢艾德·克里普斯和杰克·福特，他们让我变得更有趣，这样我才能逗笑他们。

感谢杰基·安妮斯丽和劳拉·阿特金森在《星期日泰晤士报》时尚生活版上为我安排了一个专栏，感谢他们耐心而细心的编辑和指导，感谢他们教会我如何讲故事。

感谢这些了不起的女性，她们不仅和我一起经历了过去十年的所有故事，而且还允许我把它们分享给读者。特别感谢法莉·克莱纳、劳伦·本斯特德、AJ·史密斯、英迪亚·马斯特斯、莎拉·斯宾塞·阿什沃斯、莱西·庞德-琼斯、塞布丽娜·贝尔、苏菲·威尔金森、海伦·尼亚尼亚斯、贝尔·达德利、亚历克丝·金-莱尔斯、奥克塔维娅·布莱特、皮奇·埃弗拉德、米莉·琼斯、艾玛·珀西、劳拉·斯科特、杰西·布伦登、潘多拉·赛克斯、汉娜·麦凯、莎拉·希克斯、努·柯比和杰西·温德姆。

感谢克莱纳一家，感谢他们允许我书写弗洛伦斯的故事，并将本书献给她——她的谦逊、正直和热情将永远鼓舞和激励我写下的每一个字。

谢谢我的家人——妈妈、爸爸和本——他们总是告诉我：一切皆有可能。他们总是鼓励我诚实地讲故事，我知道自己永远不会被他们批评，这让我感到心安。拥有你们是我的幸运，我真的很爱你们。

最后，感谢法莉，没有她坚定不移的鼓励和支持，就不会有这本书。你是——而且将永远是——我最喜欢的爱情故事。